Gerhard Fritsch

Fasching

Roman

Mit einem Nachwort
von Robert Menasse

Suhrkamp

Fasching erschien erstmals 1967 im Rowohlt Verlag,
Reinbek bei Hamburg
Umschlagfoto: Wolfgang Reichmann

suhrkamp taschenbuch 2478
Erste Auflage 1995

Druck: Nomos Verlagsgesellschaft, Baden-Baden
Umschlag nach Entwürfen von
Willy Fleckhaus und Rolf Staudt

1 2 3 4 5 6 – 00 99 98 97 96 95

Was soll einem Mut machen, von allem
was man betrachtet, wenn nicht
die Betrachtung selbst?
Elias Canetti

Für Barbara

Ich habe gelacht und sie hat gelacht, ich höre uns noch lachen, beide ein einziges Gelächter, ich sehe sie noch lachen, oben, plötzlich hoch über mir, lachend habe ich mich in der Grube zurechtgesetzt, lachend hat sie gesagt, hier findet dich keiner, lachend habe ich gesagt, vergiß mich nicht. Ihre Antwort habe ich nicht mehr verstanden, Vittoria hat den Deckel meines Kotters unter dem Fußboden zufallen lassen und unmittelbar danach, über meinem eingezogenen Kopf hinrollender Theaterdonner, mit einem Ruck den Schreibtisch auf seinen gewohnten Platz zurückgeschoben. Ich habe mich bemüht, mehr zu hören als Gelächter, ihres und meines, mehr als sich entfernende Schritte und das Einschnappen der Tür. Eher eingebildet als in meinem Versteck gehört, in der Erinnerung an das Gelächter. Wenn ich jetzt lache, lacht das Echo mit. Ich bin wiedergekehrt, zurückgekommen in dieses Loch von damals, aus dem man sich mit eigener Kraft nicht befreien kann. Ich spüre einstweilen auch keine Lust dazu. Ich kann hocken, sitzen und, hätte ich ein Bedürfnis, auch knien. Aufstehen und ausstrecken ist nicht möglich, die Grube ist nach wie vor einen Meter hoch, einen Meter breit und etwa anderthalb lang. Auf Bücher brauche ich diesmal nicht zu achten. Abgesehen von meinem Kostüm, das bei der geringsten Bewegung zu rascheln beginnt, und in diesen geschwätzigen Fetzen mir selber, ist die Grube leer. Sie ist mäßig feucht, ein wenig modrig, das Naphthalin im Gewand riecht stärker. Ob es hier kalt ist, wird sich herausstellen, der Aufenthalt ist angenehmer als in der Turnhalle, bevor mich Vittoria ins Freie gezogen hat. Ich habe sie nicht erkannt, ich habe mich gewehrt, auch gegen sie, das heißt gegen die Gestalt in grauem Ledermantel und steifer Offiziersmütze, eine Maskierung, die ich hätte kennen müssen.

Ich lache, ich versuche nachzudenken und nicht mehr zu

lachen. Feststeht, daß ich mich nicht nur in Vittorias Verkleidung, sondern auch in ihr selbst getäuscht habe. Sie hat Prügel riskiert, sie hat nicht wissen können, daß ein Kurzschluß ihren Plan ausführen hilft. Oder hat sie den Stromausfall arrangiert? Wo ist sie vorher gewesen? Ein Offizier in Ledermantel ist bis dahin nicht zu sehen gewesen. Ich weiß nicht, ob es klug gewesen ist, das Fest zu verlassen. Ich habe gemacht, was man von mir verlangt hat. Ich habe grinsend mitgespielt, die mir zugedachte fatale Rolle ohne Zögern übernommen, wakker alles gesagt, was sie meiner Meinung nach von mir hören wollten. Wahrscheinlich eine Spur zu eifrig, der Zwischenfall mit Raimund allein kann sie nicht so in Wut gebracht haben. Im Nu hat sich der Turnsaal in einen Hexenkessel verwandelt und ich bin die Hexe geworden, die gelyncht werden muß. Ich höre mich lachen, mich allein, es hat mir Vergnügen bereitet, mich endlich wehren zu können, in die Fratzen aus Fleisch und Blut zu schlagen, die zum Vorschein gekommen sind.

Ob sie mich noch suchen? Es ist schon dämmrig gewesen, fällt mir ein, der tumbe Tor erkennt Viktorien erst nach Abnehmen ihrer Mütze. Es ist Vittoria gewesen, der ich meine gelungene Flucht verdanke. Dieselbe, der ich eher die Choreographie der Volkswut zugeschrieben hätte.

Gelächter ferne, Gelächter nahe, das Weiß meines Narrengewands ist schwarz, ein Verprügelter überlegt, ob er nicht klüger geblieben wäre, wieder einmal ist er desertiert, dieser Deserteur, aus Feigheit natürlich, welche Beweggründe sonst immer gibt es, fragt gut gelaunt Dr. Winiak, Teutonia-Czernowitz, aber es ist geschehen und geschehen ist geschehen, hat Vittoria vor zwölf Jahren geantwortet und mich aus diesem Loch geholt. Ich lache nicht mehr, ich versuche mir Hilga vorzustellen. In der Loge wie vorher? Raimund bekommt seinen Herzanfall, eine gediegene schauspielerische Leistung, er bricht hervorragend zusammen. Ich ertappe mich bei Wünschen, Vittoria möge, Offizier oder Madame, die Regie aus den Händen Pacher-Pichlers nehmen und das Stück zu halbwegs akzeptablem Ende bringen. Ich kann mir kein Schlußtableau vorstellen. Die Bilder, die ich machen kann, sind Vergangenheit, ich bin Fotograf, meine Bilder entstehen von selbst, eine Szenenfolge im Fasching, Bruchstücke einer komischen Geschichte, die meiner Absicht nach erst beginnen sollte, aber längst begonnen hat. Alte, neue, altneue Versatzstücke tauchen aus der Finsternis, Geräte, Geräusche, Gerede, Geraune, Gerüche glücklicherweise stärker als Naphthalin und Parfum in dieser Grube, ich sehe ein Durcheinander von Figuren, mich selbst als Figur unter Figuren, ich höre Stichworte, wehre mich gegen sie, verstehe falsch, reagiere nicht richtig, weiß es nicht besser, im Turnsaal wiehert Gelächter, ich lache mit, ich sollte nicht lachen, ich habe öfters Schwierigkeiten gehabt, weil ich im falschen Augenblick gelacht habe, bei einer Rede des Führers und beim Verhör, ein Kapitän hat Surkow geheißen, ich sehe ihn toben in der Empörung des Gerechten, sekundiert vom Faschingsprinzen Augustus Pacher, was zu weit geht, geht zu weit, wohin eigentlich geht es, wenn es zu weit geht, es soll weitergehen und geht im Kreise, ein Kreisel schwindlig im Kreis, eine Spirale hinab in das Loch. Die Griechen haben zu Heilzwecken Leute in finstere Höhlen geschickt, bei mir besteht kein Bedürfnis nach Heilung, ich habe in Eintracht mit Vittoria gelacht, ihr dankbar, wie ich es sein soll, ein Weilchen in Sicherheit vor dem Faschingskomitee. Allmählich gelingt es mir, die Handlung zu beliebigen Zeitpunkten einsetzen zu lassen, eine oder die andere Szene läuft eine Weile kontinuierlich ab, ich kann sie wiederholen, ändern kann ich sie nicht. Ein Mangel an Fantasie, laut Raimund, die Erinnerung manipuliert sich selbst, wende ich ein, ich kann mich mutiger machen, als ich gewesen bin, das leistet auch die schlechteste Vorstellung. Derzeit gebe ich nur mir eine Vorstellung. Eine Beichte, konstatiert Raimund triumphierend. Keineswegs konvertiert, bemerke ich und lache schon wieder, warum und wozu, der Aschermittwoch steht noch aus, geheiratet wird erst. Nicht einmal das ist sicher, wenn ich Hilga betrachte, während ich dem Turnsaal meine Sünden bekenne, damit die guten Katholiken ihren Spaß haben. – Soll ich vor zwölf Jahren beginnen und mich in diesem Loch zum erstenmal verstecken lassen, soll ich vor vier Tagen ankommen, der dringenden Einladung folgend, den Fasching mitzumachen? Raimund zu unterstützen, rasend viel zu tun hätte er, hat er geschrieben. Ehestens soll ich das Geschäft übernehmen, er könne nicht mehr, ich soll sofort, will Hilga, ich will es auch, habe es wollen, es ist nicht zu leugnen. Wann soll ich also beginnen? Längst ist der Betrachter einbezogen in die Handlung, lang bevor er es erkennt, lang vor seiner Ankunft Akteur, keine erste, keine zweite, eine dritte Person, nicht aufzuhalten, nicht zu warnen, wovor eigentlich? Er weiß doch, daß Fasching ist, ankommend in unser aller Mitvergangenheit am Bahnhof, aus Nebel tauchen Konturen auf vertraut und traut man kann der Erinnerung trauen auf sie bauen auch im Nebel gehen die Uhren sind pünktlich die Züge von Bäumen Bahnhof und Raimund heben sich ab aus dem Nebel eine winkende Hand ein glückliches Lachen da bist du.

DA WAR ER wieder da war Raimund, ein lebhaft mit den Armen rudernder Greis auf leerem Bahnsteig, da waren die Bäume, sie hatten oben kein Ende, bewegungslos schwarze Riesenalgen bewachten sie die ärarische Neugotik eines Provinzbahnhofs nach dem Dutzendmodell, Säulen aus Gußeisen glänzten in der Nässe, in Raimunds Schnurrbart, in Raimunds Gamsbart glitzerten die Borsten, jede einzeln geschmückt mit einer Perle aus Wasser. Erwarteter und Erwartender malten Gesten der Begrüßung in den Nebel, sie gerieten pathetisch, Dampf verstärkte den Nebel, er biß in die Augen. Raimund griff nach dem Koffer, er bekam ihn nicht, Schotter knirschte zwischen schmutzigem Eis, die Fliesen waren glitschig, Raimund warnte fürsorglich, einen Satz unterbrechend, welchen eigentlich? Die Worte redeten sich von selbst. Herzlich, gerührt, Freude, Freundschaft, Ankunft. Ein Miedermädchen mit eingeritzter Mandorla blies die Nüstern auf, Fahrpläne auf Pappe hingen schief in ihren Angeln. Gezirp von Morse-Apparaten und batterieschwachen Telefonen kam von rechts und von links, als er mit Raimund, Raimund mit ihm das Stationsgebäude durchquerte. Hinter befingerten Scheiben vergrößerte sich die Allee, der Koffer stieß gegen die blechbeschlagene Schwungtür, da kehrte man also wieder an einem Nebelvormittag im Februar, registrierte Eindrücke, wollte sich freuen, ging durch Nebel, Tropfen tropften von Dächern und Kastanien.

– Der Traum meines Lebens, Felix, es jubelt eine Lerche im Zentrum des Winters: nie habe ich die Bahnhofstraße so geliebt wie jetzt. Ich habe nicht vergeblich gelebt, ich möchte tanzen vor Wonne, ich kann meine Schuld endlich begleichen, sage nichts, ich bin schuldig geworden an dir!

Die verschachtelte Hinterfront des Hotels zur Sonne, ein

Gelb, das den Nebel färbte, der Fachwerkbau der Turnhalle, ebenfalls renoviert, geradeaus schon Wazuraks Zaun, seine räudigen Fichten. Wie erwartet machte die Straße um den Kaffeehausgarten der Sonne eine scharfe Biegung zur Brükkenauffahrt. Auf der anderen Seite der Stadtpark, der sich im Auwald verlor. Park und Turnhalle behütete der Turnvater Jahn. Dort stand eine Gruppe von Männern, einer hielt einen Vortrag. Ein gedrungener, glatzköpfiger Mensch, er redete eindringlich. Die anderen trugen Hüte.

– Die Kommission, Felix! Du kommst an und schon siehst du die Prominenz des Ortes versammelt, wir werden sie begrüßen, sie werden sich freuen, dich wiederzusehen, sie sind unterrichtet, je besser dein Einstand, um so leichter deine Existenz! Raimund straffte sich, ein Rekrut vor dem Gruß einer Ansammlung von Ausbildern: Einen schönen guten Morgen, meine Herren, ich darf euch meinen Nachfolger in natura präsentieren, er freut sich, euch seine Aufwartung machen zu können!

Der Nachfolger zog den Hut, die Kommission ließ ihre Köpfe bedeckt. Sie nickte. Der junge Mann mit der Glatze hatte seine Ausführungen unterbrochen, mit schmalblauen Augen erkundigte er sich bei den Behüteten um rechtes Verhalten.

– Ich brauche euch Felix Golub nicht vorzustellen, möchte aber betonen, daß er ein ausgezeichneter Fotograf geworden ist. Der jugendliche Heißsporn ist gereift, er freut sich ehrlich, euer Mitbürger zu werden.

Die Kommission schwieg. Sie bestand aus sechs Männern. Einer war Windischreiter der Wirt, einer vermutlich der Bäkker Plabutsch, einer war Ortsgruppenleiter gewesen, Warhejtl sein Name, daneben Gastwirt oder Fleischhauer, der fünfte hieß Lois Lubits. Der sechste, der Nußknacker mit der Glatze, sagte: Das wollen wir hoffen. Lubits wippte mit einer Schuhspitze im Schnee. Des Turnvaters Haupt ragte aus dem Felsbrocken seines Denkmals.

– Was heißt hoffen – darauf könnt ihr bauen!

– Ich glaube, Raimund, wir sollten die Herren nicht länger stören.

Der Nußknacker sagte: Wir waren stehengeblieben bei Punkt sechs.

Widerstrebend ließ sich Raimund aus dem Bannkreis der Amtshandlung ziehen. Dieser Pacher-Pichler, sagte er, kann es nicht erwarten, seine Wichtigtuereien anzubringen. Er hat alles darangesetzt, in diesem Jahr Faschingsprinz zu werden. Ein Sparkassenbeamter und Dichter, der sich bei mir Bücher ausborgt, die er für pikant hält. Ein Karrierist, der eine Partie machen will, die Tochter der Sonne. Seine Prinzessin ist sie schon. Warum hast du nicht mehr gesprochen, sie werden dich für stolz halten, beleidigt noch von damals –

Sie erreichten den Eingang des Ateliers. Unter dem verwitterten Schild Raimund Wazurak sperrte der Träger dieses Namens umständlich die Glastür auf. Beim Turnvater war Pacher-Pichler verstummt, die Kommission blickte herüber. Raimund bemerkte nichts davon. Als er ins Haus trat und Felix einen Augenblick zögerte, brach die Kommission in Gelächter aus, exakt einsetzendes Gewieher, Gegluckse, Gegacker.

Eine Wolke abgestandener Luft schlug Felix entgegen, undefinierbarer Geruch aus Tabak, Staub, Seegras und Kampfer, der konzentrierte Duft der Erinnerung an Wazuraks Bude. Die Ladenklingel wiederholte ihren Dreiklang, Raimunds Arme schlossen sich um den Ankömmling, der nichts zu erwidern wußte, was nicht schon gesagt war. Er klopfte Raimund auf den rund gewordenen Rücken. Kameralinsen glotzten von den Regalen.

Er enttäuschte Raimund durch sein Schweigen, der Alte hatte für seinen Nachfolger viel riskiert. Wo stand geschrieben, daß er sich diesen Nachfolger nehmen müsse? Raimund hatte freimütig, gutherzig, großzügig –

Stehaufmännchen, sich auf sein wahres Wesen besinnend, begann Raimund zu tanzen, Fandango des Sieges: Sie müßten kriechen vor dir, du könntest sie mit gutem Grund an manches erinnern, aber es hat keinen Sinn, in alten Wunden zu stochern, Lubits und Warhejtl haben sich geändert, in sich gegangen ist Plabutsch, geläutert sind sie wie ich, sie wollen ihre Ruhe haben wie wir. Denk dir dein Teil und sie werden nett, sie werden reizend zu dir sein. Entschuldige, erst jetzt fällt es mir ein, Fauxpas einer einsamen Seele, daß ich dich nicht weitergeführt habe!

Kellnerbeflissen riß Raimund die Tür zu seinem Kontor auf, der Schreibtisch wuchtete im vollgestopften Raum. An den Wänden Bild an Bild, Hunderte von Köpfen. Zeitlose Windstille. Der Eichensarkophag war bedeckt mit Stößen von Mappen, Bilder und Briefe entquollen ihnen, verstaubt, vergilbt, erledigt von der Zeit. Der Telefonkasten neben der Tür diente als Ablage für Ansichtskarten, der freiliegende Draht darüber bildete zwischen zwei Porzellanknöpfen ein Archiv für Zettel, Rechnungen, Kuverts, verfallene Eintrittskarten, Rezepte, Prospekte, die Nägel hingen gerade noch in der Wand, vom Boden wucherten Zeitungsstapel in die Höhe des Schreibtisches, sie hatten den Teppich besetzt, eine Zimmerlinde eingekreist und zum Verdorren gebracht.

Das Klirren eines Küchenweckers: das Telefon funktionierte. Raimund meldete sich gehorsamst, verbeugte sich vor den Anweisungen der Stimme: Selbstverständlich, sofort, höchstens in zehn, in fünf Minuten ist Felix bei dir!

— Was glaubst du, wie neugierig sie auf dich ist, sie platzt vor Begierde, dich wiederzusehen. Du mußt in diesem Moment aufbrechen, du weißt, wie leicht sie gekränkt ist. Ich habe Blumen bereitgestellt, prachtvolle Rosen, ich habe damit gerechnet, daß sie uns heute einlädt, sie will dich allein sprechen, auch gut, vielleicht besser. Sie sieht blendend aus, verzieh das Gesicht nicht, ich hätte dich rasend gern bei mir behalten, doch das ist eine Verpflichtung, der man sich nicht entziehen darf.

— Wenn es unbedingt sein muß und du zugesagt hast. Bei aller schuldigen Dankbarkeit sind meine Gefühle in puncto Vittoria, sagen wir, zwiespältig, du wirst mich verstehen.

– Nett mußt du sein, nicht nur korrekt! Raimund irrte nervös umher, die Rosen zu finden, wickelte die entdeckten in Seidenpapier und drängte Felix auf die Straße.

– Dieser Besuch ist das Wichtigste überhaupt, Vittoria verdient jede Huldigung. Geh doch schon!

Er ging. Raimund schien Vittoria höriger denn je zu sein. Die Straße stieg gegen die Brücke hin an. Kurz war die Brücke, kurz und schmal, eine gewöhnliche Brücke mit eisernem Gestänge, aus ihren Bohlenbrettern hoben sich die Äste, zwischen dem geteerten Holz sah man auf das dahinschießende Wasser, Eisschollen, Blasen, Schaumkronen torkelten durcheinander, in ihren Lagern schlugen die Bretter einen ununterbrochenen Trommelwirbel, Autos zwängten sich aneinander vorbei, Rauch stieg aus den Schornsteinen der Uferhäuser, gefrorene Wäsche hing vor Fenstern, Moos wuchs an altem Gemäuer, das Städtchen spielte Frieden. Mit schwarzer Fraktur machte es auf roten Plakaten seine Lustbarkeiten auch auf der Brücke kund. Der Stadtball war vorbei, Kameradschaftskränzchen und Narrenball konnten noch genossen werden. Passanten musterten die Affichierung und den Unbekannten mit Blumenstrauß. Drei Möven fügten sich ins freundliche Bildchen.

Frisch getüncht boten Wurstfabrik und Sparkassa dem Gast Willkomm. Lächerlich kurz war die Brücke, lächerlich die Erinnerung an andere Plakate. In appetitlichen Auslagen Sparschweinchen, Würste, Warenhausschätze. Eine Puppe in Mieder. Vittoria hatte ihr Geschäft renoviert, von selbst sprang die Glastür auf. Eine Puppe, die lebte, sagte: Ach Gott, Sie sind schon da, Sie müssen sich ein bißchen gedulden.

Lang und edel von Fessel bis zum abrupten Schnitt Standbeine, Spielbeine, ein Strumpfballett vor Spiegelwand. Zwischen Waden, Kniekehlen und Schenkeln sah der Fotograf sein wartendes Gesicht. Die Hosenbeine gekreuzt, Rosen im Schoß, einen Schuh in der Luft, einen auf rotem Velours, saß er da, es tropfte vom rechten Schuh, es färbte sich um den linken der Teppich dunkler. Den amputierten Beinen gegenüber stand eine Phalanx glänzender Rümpfe. Es dauert noch etwas, sagte hinter den Vorhängen die Puppe. Zuweilen raschelte, flüsterte, kicherte es. Eine Stimme psalmodierte das Ritual eines Verkaufs: Vittoria.

Endlich bauschten sich die Vorhänge, hervortrat weißblond die bewegliche Puppe, semmelblond die Kundin, weizenblond Vittoria Pisani. Sie breitete die Arme, sie lächelte, sie sagte: Laß dich betrachten, Felix. Er sieht nicht schlecht aus, finden Sie nicht, Marga? Das ist Felix Golub, das Fräulein Plabutsch. Margarete, die jüngere Schwester von Radegund, du weißt, Felix. Aber sie werden sich nicht erinnern, Marga. Sie haben gehört, Sie wissen tatsächlich? Was hatte man ihr erzählt?

– Komm, Felix. Ich bin jetzt für niemanden zu sprechen, Mia. Leben Sie wohl, Marga, ich gratuliere schon heute. Hinter dem Vorhang sagte Vittoria: Sie heiratet morgen. Den jungen Windischreiter. Na ja. Ich freue mich riesig über deine Wiederkehr, du weißt wahrscheinlich nicht, wie ich Raimund gedrängt habe, sich bei dir zu melden, nachdem er durch Zufall von dir erfahren hat. Er hat gezögert, gezweifelt, er fühlt sich schuldig, du weißt.

Grün hingen die Lampenschirme über den Tischen der Werkstatt, gesträubten Gefieders kreischte der Papagei Pilsudski. So hieß er.

– Gottes Fügung. Wie alles. Ich hoffe, du bist frommer geworden, die Tatsache deiner Wiederkehr, der bevorstehende Erwerb des Geschäfts müßten dir manches beweisen. Ich habe für den kleinen Felix gebetet, da darfst du nicht lachen. Sie lachte, ihre Augen rollten einen Blick nach oben, es klingelte Schmuck. Ich finde es köstlich, daß wir dich wiederhaben, ich danke dir für die Blumen, plaudern wir am Fenster.

Im Hof stachen Halme durch die schäbige Schneedecke. Die Plüschsessel knarrten. Vittorias Augen waren grau wie die Brückentraversen. Ihr Kleid lag knapp am Körper, sie ließ es hinaufrutschen, ihr Haar leuchtete, mit schlanker gewordenen Fingern hielt sie das Lorgnon. Ihre Strümpfe knisterten an seinen Hosen.

Du wirst natürlich weiter du zu mir sagen, aus deinem Mund will ich das Wort Baronin nicht hören. Dein Mund – werde nicht rot, das ist zwar entzückend an dir, aber ich möchte zunächst vernünftig reden. Es betrifft Raimund. Er ist eigensinnig geworden, er sieht Gespenster, er vermutet Zusammenhänge, die nur in seiner Fantasie bestehen. Ein Glück, daß ich ihn vor bösen Folgen bewahre. Glaube nicht, was er dir an sogenannten Wahrheiten anvertrauen will.

Das Lorgnon fiel herunter, die freigewordene Hand berührte die Schenkel des Besuchs, die andere folgte.

– Ich brauche deine Mithilfe, ich habe Raimund für seinen Lebensabend einen Posten verschafft, er will ihn annehmen und zugleich nicht annehmen, man muß ihn in seinem Interesse dazu zwingen. Wenn er nichts zu tun hat oder gar die Reisen antritt, von denen er seit Jahren schwadroniert, geht er an sich und der Welt zugrunde. Mit unermüdlicher Geduld habe ich ihm vor Augen geführt, daß es nur ein Heil für ihn gibt, die Rückkehr in den Schoß der Kirche.

– Meine Gratulation, Vittoria! Senilität ist einer der Hauptfeinde des Atheismus. Geht Raimund brav zur Messe?

Vittoria sagte: Du solltest nicht spotten, die Religion ist unser einziger Halt, wehe dem, der dieses Korsett zu tragen verschmäht! Ihre Finger suchten etwas zwischen seinen Beinen, was Felix höflich verwehrte. Vittoria seufzte: Er geht jeden Sonntag zur Messe, aber er hat sich noch nicht zu mehr entschlossen, er soll in der Pfarrkanzlei arbeiten, dort fehlt seit Monaten eine Kraft, das Mädchen ist weggezogen, der Mesner gestorben, alles bleibt liegen. Gräßliche Zustände, der Dechant alt und lax –

– Du willst Raimund zum Mesner machen?

– Drück meine Arme nicht so fest. Von Mesner ist nicht die Rede, er wird höchstens aushilfsweise einspringen müssen. Du verstehst nicht, daß ich sein Bestes will. So sühnt er ein wenig sein Leben, über das unausrottbare Gerüchte in Umlauf sind, gibt er ein Zeichen der Einsicht, ein Beispiel, daß es nie zu spät ist. Niemand mehr wird über ihn lachen, er wird den

Frieden finden, nach dem er sich sehnt. Ich sehe, daß du wenig dazugelernt hast, nicht einmal Rußland scheint dich geläutert zu haben. Dabei weiß ich, daß ein guter Kern in dir steckt, ich sehe ihn hinter deiner spöttischen Miene, aber du gehst in die Irre, schon einmal hast du dich aus eigener Schuld und gegen meine ausdrückliche Warnung über alles hinweggesetzt, in chaotischer Zeit das Chaos vergrößert. Du mußt vorsichtig sein. Ich möchte meine Verdienste um dich nicht betonen, du kannst nicht leugnen, daß dir kein Haar gekrümmt worden wäre, wenn du mir länger gehorcht hättest. Ich sehe dich, ein Häuflein kindischen Trotzes, das vor mir zittert und zugleich nach der Pistole sucht. Verloren wärst du gewesen, und Raimund dazu, den du ohne mit deinen damals erheblich schöneren Wimpern zu zucken an den Galgen gebracht hättest.

– Ich bin dir wirklich dankbar –

– Von meinem Risiko will ich nicht reden. Ich habe dich gerettet, weil ich Raimund nicht einem Dummkopf zu opfern bereit gewesen bin. Leider bin ich zuwenig konsequent gewesen, du hast zuviel Freiheit gehabt und sie bei erster Gelegenheit mißbraucht. Ich habe versäumt, dich zu Gott zu führen, und sei es mit Terror. Ich bin zu nachsichtig gewesen, weil du mich angebetet hast. Schämst du dich etwa deshalb? Nur Gott und Pilsudski hören uns zu und sie wissen es noch, leugnest du, daß du mir zu Füßen gehockt bist, den Kopf in meinem Schoß? Komm, Liebes, ich bin, die ich gewesen bin, ich habe dir vergeben –

Vittorias Leib rutschte vor, der Kopf sank zurück in den Plüsch, die Finger griffen ins Kleid, hoben es auf, die Schenkel öffneten sich, Felix spürte seinen Kopf nach vorn gezerrt, näher an das haarig klaffende Maul –

– Wenigstens küssen hättest du mich können, sagte Vittoria und richtete sich auf, nachdem der Nacken des Besuchs stärker geblieben war.

– Ich weiß, daß du verlobt bist. Ich weiß, daß du dich bald wieder nach mir sehnen wirst. Du glaubst es nicht?

Sie erhob sich lächelnd, schritt durch die Werkstatt, Felix

sah sie an, sie sah aus wie früher, sie zog eine Lade auf, entnahm ihr etwas, wandte sich zum Schnörkelkäfig Pilsudskis, der Vogel stürzte sich auf das Gereichte hinkend und eifrig.

– Willst du auch ein Bonbon? Pilsudski hat damals auf manches verzichten müssen. Halte mich nicht für elegisch und mach den Mund auf.

Er gehorchte. Vittoria sagte: Ich hätte dich in jenem Frühjahr zu meiner Hauskatze machen sollen. Kastrierte Kater sind anhänglich und haben keinerlei Kummer. Ich hätte dir diese schielende Polin erspart.

– Sag mir lieber, ob du weißt, was mit Fela geschehen ist. Was weißt du?

– Sie hat sich aus dem Staub gemacht. Glaubst du, sie ist wiedergekehrt und hat sich untröstlich über dein Verschwinden erhängt oder ertränkt? In einem russischen Kasino ist sie Serviermädchen geworden, die, sagen wir, Freundin einiger Herren. Man hat sie sehr fröhlich und schamlos gesehen.

– Das ist völlig ausgeschlossen!

– Du nimmst dir etwas viel heraus, schon beim ersten Besuch. Nach Pia hast du überhaupt nicht gefragt. Lassen wir die Unterleibsgeschichten außer Betracht, meine Schwäche für dich hat mir des öfteren Beichtschwierigkeiten bereitet, Gewissenskonflikte, die dir bedauerlicherweise fremd sind. Darin übertriffst du noch meinen alten Esel Karl Eugen, nach dem man vor zwei Jahren den Kirchplatz benannt hat. Es ist ungehörig, darüber zu schmunzeln. Was ich darf, darfst du noch lange nicht, Karl Eugen war Feldmarschalleutnant, er hat im März 18 Cherson besetzt, ich bin seine Witwe. Und was bist du? Kommen wir also zur Sache. Eine Reise wäre Raimunds Untergang. Er soll hier sterben, nicht in der Fremde, womöglich in Anwesenheit sich über ihn amüsierender Lustknaben! Sein Platz ist ab heute die Sakristei. Wir beide überzeugen ihn davon. Er hat für dich alles riskiert und du – wirst mir helfen, verlaß dich darauf. Im übrigen will dich Lois Lubits ehestens sprechen.

– Ich habe bereits die Ehre gehabt. Er hat nichts gesagt.

– Du mußt ihn anrufen. Heute noch. Er gedenkt seiner Enttäuschung mit herzhaftem Gelächter.

– So.

– Höre auf meine Ratschläge, sie sind wichtig für dich. Ich habe zwar nicht, wie manche behaupten, darunter auch Raimund, irgendwelchen besonderen Einfluß, ich verkaufe Korsagen und singe im Kirchenchor, das ist alles. Aber ich weiß, wie man das Unglück provoziert und wie man es abwehren kann, in vielen Fällen verhindern. Nicht alles darf man dem Himmel überlassen, er hilft dem Leichtsinnigen weniger gern, dem Ungläubigen nur ausnahmsweise. Er wünscht den Sterblichen als Zwitter, halb Schlange, halb Taube. Wehe den Tauben, Fluch den Schlangen, Felix. Du bist ungeduldig geworden, du hörst mir nicht zu, ich bin traurig über dich, über Raimund, über mich nicht zuletzt. Über diesen Ort –

Pilsudski krächzte. Angeblich glich er bei dieser Beschäftigung dem verewigten Ritter Pisanič ganz besonders. Er schlug mit den Flügeln und hielt einer unsichtbaren Suite eine Anklagerede, die erst leiser wurde, als Vittoria ein mit Silbersternen besticktes Tuch über den Käfig warf. Schließlich ging der Sermon in Rufe nach Mia und der noch nicht sichtbar gewordenen, vielleicht nicht mehr vorhandenen Pia über.

– Du machst dich lustig, sagte Vittoria. Ohne etwas zu wissen. Es gibt viele Geheimnisse, Felix, eines vertraue ich dir an, um dich nachdenklich zu machen. Du hast mein Haar bewundert, ich habe es bemerkt.

Mit einem Griff in die Frisur verwandelte sie sich, ein kahlköpfiger Clown mit spiegelnder Glatze sagte: Fürchte dich nicht, mein Schatz. Ich bin schön, hast du einmal gesagt. Es stimmt, ich habe den schönsten Nonnenkopf der Welt.

Der Schädel aus weißem Porzellan präsentierte sich von allen Seiten. Felix spürte die Perücke in seinen Händen, er stülpte sie Vittoria hastig über die Blöße.

– Solltest du das irgendjemandem erzählen wollen, bitte. Ich wüßte niemanden, der es dir glaubte. Also lüge nicht und teile mir in Kürze mit, daß Raimund die Verträge unterzeichnet hat. Den der Geschäftsübergabe und den mit dem Pfarramt. Geh jetzt, du wirst erwartet! Vielleicht von Fela –

Am Käfig, an einer sommersprossigen Fettschulter, an der kichernden Mia, an den glänzenden Hohlrümpfen vorbei stolperte Felix ins Freie. Im Mund zergingen die Reste des Nougats.

Über den Auslagen sanken die Häuserfronten zurück. Ballkleider, Lodenanzüge, die Striezel von Plabutsch waren schäbig geworden, das Schneemehl auf dem Stöckelpflaster grau, Gesichter und Würste hatten sich verfärbt, der Nebel zerflatterte, war schon zerflattert. Hart und scharf standen Kanten, wurden Konturen. Violette Tinte zerfloß im sichtbar gewordenen Himmel, die befleckten Waldberge rückten vor gegen die Dächer.

Eine Kleinstadt im Föhn, Laubengänge um den Marktplatz, vier Kugelakazien um den Brunnen, St. Florian bretterverschalt, Rathaus, Wirtshaus zum Reichsadler, über den Giebeln die Barockkirche St. Lorenz, einkaufende Frauen, herumstehende Männer, plappernde Dachrinnen. Plabutsch, Pilsudski, Pisani, Pia, Mia, es taute rieselnd, rinnend, platschend, klatschend, Gekicher, Gelächter, der Bäcker trat aus seinem Geschäft, er stellte sich vor seine Striezel, er prüfte das Wetter und spähte nach Felix, der um den Markt ging. Ein struppiger Kater huschte in Windischreiters offenes Tor, hier hatten sie Fela geprügelt, in der Küche, im Keller, im Hof im knisternden Frost. Die Dachrinnen gurgelten dreckiges Wasser. Spuckten es Felix vor die Schuhe.

Er kehrte um. Der Bäcker Plabutsch trat einen Schritt rückwärts, es tropfte. Vittorias Auslagenpuppe hielt drei langstielige Rosen, bei Lubits lagen Fleischgebirge hinter den Scheiben. Rauch trieb über die Brücke, an den Faschingsplakaten zerrte der Wind, ein Rudel Kinder kam von der Schule, Wazuraks Fichten wanden ihre Leiber. Die Kinder trugen Larven oder lange Nasen aus Pappe, sie johlten ein Lied zum Trommeln der Bohlen, der Wind trug es weg wie die weiße Fahne von den Zinnen des Schornsteintürmchens unter den

Fichten. An der Straßenseite hatte das Haus noch immer ein Schild mit dem Namen Heckmayr Adolph an der Brüstung des Balkons, sie lag nicht höher als der Gehsteig, die Bude war in die Erde gerutscht, die Taxushecken im Graben zwischen Stützmauer und Haus schmückte der Wind mit Abfall und Streusand. Er trieb das Geschrei von der Brücke zurück. Zicke zacke gicke gacke sangen die Kinder, im Schaukasten spielte eine Kapelle viele Posaunen, defilierte Feuerwehr mit Fahnen, winkte Vittoria aus reisiggeschmückter Loge, stand ein Redner am Pult und trug viele Orden, es war der Major und Wurstfabrikant Lubits.

Zicke zacke gicke gacke nacke nicke facke ficke sangen die Kleinen. Arsch Arsch Arsch jubelten sie auf. Sie hatten kehrtgemacht, im Gänsemarsch kamen sie an, der Wind nahm zu, er riß an Kasperlmützen und Nasen, gicke gacke nacke nicke, Felix sah sich eingekreist, Arsch Arsch Arsch, er wollte weitergehen, die Kinder wollten ihn daran hindern, sie hingen an seinem Mantel, an seinen Armen, zicke zacke, dieses Volkslied besaß eine einzige Strophe, es waren Buben und Mädchen zwischen elf und vierzehn, Felix verstand nicht, was er zu ihnen sagte, sie schrien sich heiser, Passanten blieben stehen, ein Lieferwagen hielt an, Ohrfeigen hätten das öffentliche Bewußtsein verletzt: Man schlägt nicht die Kinder des Nachbarn. Ein paar besonders Mutige wollten Felix etwas ins Gesicht schmieren, er bekam einen Arm frei, mit dem hielt er den Hut und ging weiter, versuchte zu gehen, sie hingen sich an ihn, er schleppte sie mit, er spürte Nadeln in Rücken und Arme stechen, die Passanten unterhielten sich köstlich, er zerrte den Kinderhaufen ums Eck, aus den Fenstern der Sonne sahen die Gäste, Raimund stand vor der Tür, Felix näherte sich langsam, Raimund gestikulierte und schloß das Scherengitter, vor dem der Gesang wieder anschwoll. Zwei Knaben entfernten sich hinkend gegen den Turnvater.

– Das macht der Föhn, glaub mir, es ist nur der Föhn. Alle haben mir zugesagt, versprochen, geschworen, dich in keiner Weise zu belästigen.

– Es sind ja Kinder und nicht Honoratioren. Was steht auf dem Zettel, den du da wegwirfst?

– Nichts, gar nichts. Vergiß diesen Zwischenfall. Wie ist Vittoria gewesen? Wie hat sie dich aufgenommen, was hat sie gesagt, ist sie herzlich gewesen, hat es etwas gegeben?

– Sie hat mich freundlich begrüßt.

Die Kinder tobten vor dem Haus.

– Wird sie dich protegieren? Ist sie dir nicht böse wegen irgendeiner alten Sache? Zuerst hat sie Bedenken gegen deine Rückkehr geäußert, wenn ich ehrlich bin. Hat sie –

– Sie hat mir Ratschläge gegeben.

– Du bist wortkarg, ich sehe, daß du mir etwas verschweigst. Oder ist es wegen dieser kreischenden Kinder? Kinder sind böse, fast so sadistisch wie Frauen, aber sie sind wankelmütig und werden bestraft werden. Da kommen endlich Flödl und Pacher und jagen sie auseinander. Wir können aufatmen. Vittoria ist natürlich keine Sadistin, das habe ich nicht gemeint.

– Sprich lauter, sie hört dich nicht. Vittoria ist reizend gewesen, ich habe mich bedankt, alles in Ordnung. Ich nehme kindliche Sänger nicht tragisch, es ist Fasching.

– Horch wie der Föhn aus den Wäldern herunterorgelt, eine Lokomotive mit platzenden Kesseln, das Haus ächzt, aber es hält stand. Besessene jaulen im Rauchfang, die Geister der Bosheit. Schwache lassen sich hinreißen, bei solchem Wetter werden Väter, die nicht sterben wollen, in Senkgruben gelegt, fallen debile Ergebnisse jahrhundertelanger Inzucht den erstbesten Kittel an, beginnen einsame Weiber zu kreischen, als säßen sie auf einem mit Seife beschmierten Pfahl, ich kenne den Föhn, da wächst der Neid wie eine Lawine, da fährt in den Wallach die Geilheit, in den übermütigsten Bock schlotternde Impotenz, da verfluchen Pfarrer die hochheilige Jungfrau, da platzen Köpfe wie Mohnkapseln, da schnellt die Gemeinheit von Tür zu Tür –

– Der alte Raimund kehrt wieder!

– Aber man muß sich wehren gegen den Veitstanz, die

Tische heben sich nicht von den Brettern, wenn man dem Bösen keine Hand borgt, sie zittern nur, es ist eine Prüfung, eine Geißel des Prinzipals für sein Alpen-Ensemble, wir müssen Disziplin wahren, du hast die erste Probe bestanden, ich könnte heulen vor Wut über die Kinder, aber es ist der Föhn Gottes, des Revisors der Demut.

– Du bist fromm geworden, Vittoria hat recht, sie hat dich bekehrt.

– Gehen wir essen, ich habe gekocht. Ich habe mich gebessert, auch in dieser Beziehung.

Felix lobte das Mahl, das Wazurak auf fleckigen Tellern servierte, das Haus zitterte, der Haarkranz um Raimunds Glatze starrte von Schuppen, der alte Mime schlug vor und nach dem Essen Kreuze, das erste verschämt, das zweite schon werbend. Wußte er etwas über Fela? Felix fragte ihn nicht. Die Mittagspause war vorbei, sie sperrten das Geschäft auf und warteten auf Kundschaft. Wer kam in diese verlotterte Poesie? Raimund fotografierte wie vor dreißig Jahren. Der Drogist, sagte er, mache ihm Konkurrenz, aber was wisse ein Drogist von der Fotografie.

– Wer ein Porträt will, kommt zu mir und wird zu dir kommen. Ich mache die offiziellen Aufnahmen von Festen, Bällen, Hochzeit, Fronleichnam, Taufe und Tod, viel zuviel für mich, du wirst genug zu tun haben und die Leibrente für mich ohne Schwierigkeit –

Er bezweifle es nicht, sagte Felix vor der vergilbten Baumkulisse im Atelier. Er brauche nicht viel, Hilga sei ebenfalls bescheiden. Hilga, sie kam morgen. Er hatte es eine Stunde lang vergessen. Man sollte vielleicht Ordnung machen, sie brannte darauf, ihre Wirkungsstätte als Hausfrau und Gattin, unseren Horst, sagte sie, zu besichtigen, zu überlegen, wie man umbauen ausbauen umstellen verschönern verbessern rationalisieren könnte. Sie war tüchtig, sie hatte gespart, ihretwegen hatte Felix Raimunds Angebot zugestimmt. Es ist die Chance unseres Lebens, sagte Hilga, es war schwer, ihr konkret zu widersprechen. Hatte nicht auch ihn das Bild dieses

Hauses, dieser Stadt angezogen, ein Guckkasten mit magischem Sog? Er war ihm gefolgt. Er hörte lächelnd Raimunds Predigt:

– Ich habe sie verachtet, das ist die Sünde, die ich ein halbes Leben in Selbstmordnähe gebüßt habe. Sie sind für mich Karikaturen gewesen mit abstehenden Ohren, Hängebacken, versoffenen Augen, Kröpfen, Doppelkinnen, Muttermalen, Rindvieh- und Galgenvogelvisagen. Diese Weiber, abortdeckelflache Germkuchengesichter und ausgemergelte Erbschleicherinnen! Mit den schönsten Exemplaren habe ich die Wände tapeziert, Larve an Larve, ich habe sie angebrüllt wie ein Stier, sie haben mir zuhören müssen, ich habe sie durch den Dreck gejagt, in meiner Verblendung habe ich ihr Goya, ihr Daumier sein wollen, ich, der lächerliche Fotograf, das allgemeine Gespött. Ihre Schweinsrüssel haben ihnen gefallen, eitler als Ferdinand VII. von Spanien haben sie ihren Fotosklaven geduldet. Erst durch dich hat sich alles geändert. Du hast mich für ein paar Monate zum Bürgermeister gemacht, seit damals gehöre ich zu ihnen, ob sie spotten oder nicht. Ich bin stolz darauf. Ich glaube wieder an die Menschen und an den Prinzipal über dem Föhn. Man muß das Böse beschwören, daß es das Gute wird, und dem Direktor aller Welten einreden, a) daß er gut sei und b) daß er seine Güte gnädigst anwenden möge, ein überdimensionaler Windischreiter oder Strache gigantisch, mein erster Chef, Teplitz-Schönau 1913. Das verdanke ich dir und Vittoria –

In der Dämmerung des Ateliers blitzte es auf, krachte ein Schuß. Felix suchte den Lichtschalter. Raimund lag hinter der Parkkulisse auf den Knien, in der Tür stand ein Cowboy.

– Wie kommen Sie denn herein, meine Klingel –

– Kann man aushängen, Meister, und die Kassa leeren, aber keine Aufregung. Der Cowboy nahm die Gesichtsmaske ab, ein Staubtuch, zeigte auf Felix: Das sind Sie also.

– Die Gudrun, sagte Raimund. Die Gudrun wollte in ihrer Maskerade für Montag (aber ja nix verraten!) aufgenommen werden.

Während Raimund die Tochter des Stationsvorstandes nach förmlicher Vorstellung dutzende Stellungen einnehmen ließ, setzte Felix das Geläut wieder in Gang. Es schüttete, als ginge ein Gewitter nieder. Der Regen ertränkte die Reste des Winters in grauer Brühe, durch die ein Zug jaulte, Schemen über die Brücke glitten, als Kaaba die Turnhalle im Zwielicht stand.

Die letzten Bilder des Cowboys durfte Felix machen. Ich bin ja neugierig, sagte die Gudrun. Es entkam ihr ein Furz. Sie hätte Knoblauch gegessen. Raimund half dem Fräulein in den Mantel, es war zwei Köpfe größer als er, es borgte einen Schirm, trällernd entschwand es. Zicke zacke –

– Beschwöre das Böse, daß es das Gute wird, für dich und an sich. Ohnmächtig zuckt der Teufel, wenn er in den Ketten der Freundlichkeit hängt. Seine Diener helfen dir, ihn zu besiegen, wenn du sie in deiner Seele Brüderchen und Schwesterchen nennst. Was ist der Föhn, wen stört ein Kinderlied? Liebe die Bestien, sie sind wandelbar. Vittoria hat so viele gezähmt –

– Es ist sechs vorbei, sagte Felix und schloß das rostige Gitter.

– Der Föhn wird sanfter, ich spür es. Denke nicht schlecht von den Menschen, sie sehen deine Gedanken, sie spüren sie durch die Wände kommen, nichts schützt vor den Mitbürgern außer die Liebe, amor socialis und die Welt erscheint in anderem Licht, das ist deine Lehre, ich habe sie beherzigt.

Raimund wollte ausgehen, in den Doppel- vormals Reichsadler, ließ sich von Felix überreden, daheimzubleiben: Das Wetter entschuldigt unser Fernbleiben, wir bereiten uns ein Liebesmahl aus der Dose und zeigen uns nicht, obwohl sie warten. Sie wollen anstoßen mit dir auf dein Wohl –

Die Küche, blau gekachelt, blau der Herd, ein hurtig huschender Raimund, draußen die Nacht. Ruten schlugen ans Fenster, Raimund raunte Rezepte. Womit war das Gulyas gewürzt, womit war die Luft durchwirkt? Das Licht aus dem Porzellanschirm verlor sich, die Wände sanken ins Dunkel, die Holländerstickerei hinter dem Herd war eben noch sichtbar gewesen.

– Bedrückt dich etwas? Ich hoffe, du trittst nicht von unserer Abmachung zurück. Ich sähe es zwar ein, ich habe schlecht gewirtschaftet, alles verfällt, ich habe zuwenig Kraft gehabt, und die ist geborgt. Für dich habe ich durchgehalten. Wenn du das Haus nicht willst, zünde ich es an, das heißt, das darf ich nicht. Weißt du, daß Flödl darauf lauert? Er überbietet sich, Tausender um Tausender hält er mir hin. Er will die Bude niederreißen und auf dem Streifen Grund eine Flußterrasse bauen, ein Gartencafé. Sie haben dich amtlich für tot erklären lassen wollen. Wozu habe ich gewartet? Dreißig Jahre, niemals ein Lehrling. Nur du. Sie haben mir keinen Lehrling vergönnt.

– Ich bleibe bei unserer Abmachung, ich bin froh, ich bin dir dankbar, Hilga wird es dir besser sagen können als ich. Nur wenn dir Flödl mehr –

– Wofür hältst du mich? Du bekommst meinen Besitz oder er geht in Flammen auf, durch Zufall, nicht Absicht, das läßt sich arrangieren, mein alter Blitzlichtvorrat – aber es ist nicht nötig, wir sind uns einig. Deo gratias. Es ist mir ja peinlich, von dir Geld zu verlangen, Ablöse und Rente, aber ich möchte noch einmal in meinem Leben, zum erstenmal unbeschwert, auf Reisen gehen.

– Laß dich nicht davon abbringen, wenn der Arzt nichts dagegen hat.

– Dr. Winiak meint, daß alles sterblich ist, das Körperliche, er ist kein so schlechter Christ, wie manche annehmen, er sagt, Freude und Genuß könnten die Vitalkräfte befeuern, ich weiß nicht, ich bin feige, mir graut ebenso vor der Fremde, wie ich mich in Sehnsucht nach ihr verzehre. Ist nicht auch Frankreich Provinz, ein Kontinent aus Provinz? Ich kann mir Paris nicht mehr vorstellen, nicht einmal Wien, ich fühle mich selbst in Graz verloren. Vor einer Woche, als ich dich besucht habe, bin ich trotz meinem Jubel durch Irrgärten und Spiegelkabinette gegangen, eine Landschaft entsetzlicher Trostlosigkeit. Ich muß mich zusammennehmen und es dennoch wagen, Schritt für Schritt hinaus auf die Bühne: akklimatisieren in Graz, das Theater besuchen, dort bin ich Homburg gewesen –

Er summte den Prinzen von Arkadien.

– Vielleicht später Venedig und Frankreich, wer weiß es. Auch Geborgenheit ist unsagbar schön, sie greift mir ans Herz. Unsere Kirche –

– Ist dort ein Posten frei?

– Leider, Felix, ich leide Qualen. Vittoria hat sich mit dir verschworen, ich soll mit Gewalt in den Chorrock gesteckt werden und täglich Halleluja singen. Ich wäre dazu verpflichtet, aber ich bin undankbar und weiß, es wird der Verführer an mich herantreten eines Hochamts und ich werde Ovid zitieren oder Schlimmeres statt des ehrwürdigen Textes. Ich habe Vittoria angefleht, mich ziehen zu lassen. Aber sie redet allen ein, wie dringend ich mich bewerbe. Ich soll kriechen unter dem Kreuz, auf allen vieren, daß sie ihren Triumph hat und die Stadt ihr Gelächter.

– Laß dich nicht zum Narren machen, Vittoria ist –

– Psst! In meinem Hause wird Vicky Pisanič nicht beleidigt. Sie ist die Dame meiner Minne, du weißt nicht, was ich geopfert habe. Reden wir nicht davon, du verstehst mich nicht mehr. Sei froh darüber und hüte deine Zunge.

– Ich habe sie auch am Vormittag gehütet, Raimund.

Der Alte fuhr herum und sah voll Haß auf seinen Erben, auf der Decke hinter dem Herd fütterte ein Mädchen mit Flügelhaube unförmige Tauben. Raimund faßte sich und lallte: Ich werde alt und verstehe nicht gut, ich habe gedacht, du hast mich der Gestapo verraten, angezeigt beim Herrn Abschnittskommandeur, bitte stütze mich, ich will nicht Lear sein, ich bin nicht präpariert, wo ist mein Gedächtnis geblieben, Reclam-Heft 524/25, ein Glas Wasser, nein, ich möchte lieber Kaffee, mon chèr, da rinnt das Leben nun dahin –

Der Türkische ergoß sich über die Fliesen, Raimund taumelte, Felix stützte ihn, der dem Freunde an die Brust sank: Nach oben, nicht hier! Treppe für Treppe stiegen sie ins Dachgeschoß, von den Lorbeerkränzen und Fotografien an den Tapeten wehte der Staub, der Komödiant hatte keinen Blick für seinen Ruhm, er ließ sich in sein Studio bringen, den einzigen Raum, den er bewohnte, er wollte unter keinen Umständen aufs Sofa: Nur einen Moment, einen winzigen, ich bin gleich wieder da, in den Fauteuil, nein, keine Medizin, nichts, mir ist herrlich, nur verlaß mich nicht, verlaß mich nicht –

Seine Mimik erlosch, melancholisch klebte das Bärtchen über dem aufspringenden Mund. Untergegangen ohne es zu merken, gab sich Raimund der Erschöpfung hin, wehrlose Kinderlippen im Gummigesicht, sackte ab, streckte sich aus, der Föhn rüttelte am Dach, Felix dachte an Dr. Winiak, aber Raimunds Puls ging ruhig. Es war nichts als das Alter, er war ihm weniger gewachsen als der Plunder im Pergamentlicht. Boudoir und Kaffeehaus, Jugendstil, Altdeutsches, Second Empire, Barock, Paravent, Bauerntruhe, Bleikristall, Perserbrücken, eine Psyche aus Rosenholz, ein Feld-Bidet hinter dem Evangelisten Johannes, den die Würmer fraßen. Kulissengeruch aus Leim und Puder, der kalte Rauch englischer Zigaretten füllten Polster und Lunge, die Augen wurden zur Parade der Bilder gezwungen, Kaiserin Eugenie im Reitkleid auf Langiewicz, der feurig tat, Lenin über Putilow-Arbeitern, taillierte Ungarn im Pelz, Krinolinenmädchen des Petit Courrier des Dames, Susanna im Bade und ihre Voyeurs, Wilhelm Zwo in schimmernder Wehr, eine Megäre von Beardsley, im Sterben bei Aspern der weiße Hintern eines Infanteristen, die Fahne zerfetzt in erlauchter Hand, Robespierre auf dem Karren, noch war er zu retten, noch war Vittoria jung neben dem Käfig Pilsudski-Pisanis, da war auch Charlotte, eingereiht in den Louvre des Trödlers, sie stak in einem Dirndl und stickte das Holländerbild, Mantegnas Sebastian schwebte über den Königlichen Weinbergen zu Prag, die langsame Pest Melancholie stak in allem, die Hoffnung der deutschen Bühnen in Böhmen stöhnte im Plüsch. Der große Prinzipal, den er sich eingeredet hatte, möge ihm Kritiken vergilbter Badeblätter zitieren, Don Karlos von Reichenberg, Ferdinand von Leitmeritz, auch als lyrischer Bariton warst du besser als Slezak, Berlin war greifbar nahe. Die Karriere hat in Heckmayrs Salon geführt, in dieses Studio –

– Entschuldigt mich, ich bin doch tatsächlich ein Augenblickchen. Wo sind wir stehengeblieben, Kinder? Gleich bin ich wieder in Form, meine Damen und Herren, jenseits der Tannen und Dornen wartet – ach, Felix, natürlich, du bist da! Warum blickst du besorgt, niemand kann läuten, klopfen, die Tür eintreten und dich holen, es ist alles geregelt. Ich habe dich wieder, einziger Eleve, du bist mehr als mein Nachfolger, du bist mein Sohn, ich kann getrost und in Frieden aus diesem Hause scheiden, Geliebter, geliebter. – Er tappte näher, minuziös die Pointen der Gestik, ein später Amant in der Regie Stanislawskijs, alles Gefühl in den Armen, in den nähertappenden Fingern, in den äußersten Spitzen der Finger, näher, noch näher, Trance –

Felix wich aus wie Charlotte einmal zurückgewichen war. Raimund ließ die Arme fallen und sagte: Miserables Theater. Ich kann meine Rolle nicht mehr spielen. Ich bin überfordert worden. Dreißig Jahre lang. Ich spiele nicht weiter. Ich bin nämlich nicht das, wovon du überzeugt gewesen, noch immer überzeugt bist, was eine Stadt beschwört.

Raimund schlug dem wurmstichigen Evangelisten auf den Rücken, daß er zu fallen drohte. Felix stützte, staunte, stotterte.

– Warum hast du dann –

– Frau Baronin haben mir als Liebesbeweis und zur Schonung des Mariatheresienritters diese undankbare Rolle vorgeschrieben. Als Bedingung, daß ich mich in ihrem Bannkreis ansiedeln darf. Flugs habe ich die Bretter von Ischl verlassen und mime seither den Päderasten, ich habe es oft selber geglaubt. Aus Liebe! Ich hätte es dir früher sagen können, gewiß. Vielleicht hättest du dann mehr Sympathie für mich gehabt.

– Das ist verrückt, Raimund.

– Das verstehst du nicht. Ich bin der letzte Minnesänger. Ich bin Vittoria hörig, würde ein Fachmann sagen. Was wissen Fachleute! Wir Narren machen das nicht so einfach, wir basteln ein komplizierteres System. Ich weiß, daß die Miedermacherin eine Bestie ist, und bete sie an. Du hast sie einmal Madonna im Mieder genannt. Hier ist ein Schlüssel zu den Geheimnissen zu suchen, ich kann die Geheimnisse meiner schmerzhaften und freudenreichen Rosenkränze nicht in Worte fassen!

– Du solltest ihr lieber unter den Kittel fassen.

– Schone mich! Vittoria liebt dich wie einen Sohn. Wenn ich nicht mehr sein werde, bist du –

– Ein langes Leben, Raimund. Nicht nur deshalb. Hast du keinen Schnaps?

Lenin sprach im Putilow-Werk, bei Aspern wehte, wie es sich schickte, der Wind in die Fahne, mit den Dachziegeln spielte der Föhn, der Schnaps tröstete den Pseudopäderasten und schwemmte seine Religionen beiseite, er sprach von Ehrungen, die man für Felix plane, der Gemeinderat wisse nur noch nicht recht wie: Das mußt du dir gefallen lassen, da gibt es keinen Protest, du bist ein Held gewesen, alle erkennen es an, auch Lubits. Sogar Warhejtl.

– Ehrungen? Hör auf, Raimund, erzähl von Fela, was ist mit Fela geschehen? Sag, was du weißt!

– Ich bin kein getreuer Chronist, ich lüge, wenn ich nicht weiterkann, ich atme, um nicht zu ersticken. Ich weiß nicht mehr, als daß ich sie gesehen habe, auf meinem letzten Bittgang für dich. Hat sie dich grüßen lassen? Wenn ich ehrlich bin, heute ist der Tag des Bekennens, zum Glück geht er zuende, du wirst es ertragen: sie hat nichts gesagt. Ich habe sie gar nicht gesehen, ich habe mich getäuscht. Offiziere haben Vittoria erzählt, daß sich Fela einen Oberst erobert hat. Angeblich auch Platgrin, den Pianisten, wenn du dich erinnerst. Nehmen wir an, daß sie gelogen haben. Auf das Wohl der Fela Pomorska. Trotz ihrer Schuld, daß du – sie ist nämlich schuld, sie allein.

– Auf unsere Gesundheit, Raimund! Schweigen wir über Fela und Vittoria. Es ist besser für uns.

Nach einem scheuen Blick durchs Fenster sagte Raimund: Vielleicht fahre ich doch nach Paris. Wenn du mir hilfst. Träumen wir, daß das Traurige komisch und das Böse nicht böse ist, wenn du es umarmst wie mich.

Der Traum dieser Nacht hat in die Kirche geführt. Mesner Raimund singt mit hinhallender Stimme. Unser Herr der Geschundene, eine steirisch-aztekische Gottheit mit weißem Bußkleid. Das Kreuzholz ist eine Widmung der Firma Hötzler & Lubits. Großer Verehrung erfreuen sich die beiden weiblichen Heiligen über dem Chorgestühl, links die heilige Felicitas, rechts St. Viktoria, Arbeiten eines heimischen Meisters. Erschrecken Sie nicht, Fräulein Hilga, du kennst ja den Trick, Felix; ich schalte einen Mechanismus ein und die Figuren beginnen zu leben, natürlich nur scheinbar, sehen Sie, wie die hölzernen Damen ihre Augäpfel rollen, wie sie die Hände aus der Gebetshaltung lösen, wie Farbe in die Gesichter tritt, gleich werden sie die Münder öffnen. – Ach, Felix hat Angst vor Gespenstern, stellen Sie bitte den Mechanismus ab, Felix ist leider ein Angsthase. – Stets zu Diensten, gnädiges Fräulein, aber leider nichts mehr zu machen, die Damen sind in Betrieb. Laufen Sie Felix nach, fangen Sie ihn ein, draußen warten die Kinder, er hat sie beleidigt –

Du fürchtest dich vor Gespenstern, kichert Hilga im Bett, du hast ein schlechtes Gewissen, ich weiß auch warum. Ich, habe ich gefragt und gelacht. Ich habe einmal Angst gehabt, du hast mich Berechnung gelehrt, Adam Riese und Knaus, Unempfindlichkeit und Gewinnsucht. Darum sitze ich jetzt in der Grube und du auf den Knien von Lubits.

Ich überlege, wie es weitergehen soll. Ich sitze im Loch unter dem Fußboden und warte. Hier ist es finster und still. Ich kann mich schwer in den Schachspieler verwandeln, der alle Eventualitäten vorhersieht und sein Programm durchsetzt. Ich habe berechnend sein wollen, ich habe die Partner des Spiels beobachtet, im Gegensatz zu Raimund glaube ich weder an das Böse noch an transzendentale Mechanik, ich halte das Böse für falsche Berechnung, für eine Mutation der Berechnung, wenn aus Bauern plötzlich Türme werden, kein Schiedsrichter den Verstoß ahndet und man gegen zehn Türme zu spielen hat, mit dem Rest der eigenen konventionellen Figuren mit ihren konventionellen Möglichkeiten. Ich gebe zu, daß diese fatale Dialektik eintreten kann, manche beherrschen sie, manche werden beherrscht. Ich beherrsche sie schlecht, ich bemühe mich seit zwölf Jahren, sie zu erlernen. Bis vor kurzem bin ich der Meinung gewesen, fortgeschritten zu sein.

Irrtum, Schwindel, Herr Golub, legen Sie dem Dunkel ein Geständnis ab: Sie haben Angst, kindische Angst. Sie warten auf die Erlösung aus der Fallgrube, in die Sie sich freiwillig begeben haben, warten auf die Aufklärung aller Mißverständnisse, es müßten doch Mißverständnisse sein – meinen Sie! Sie haben die Empörung gehört. Sie fingern an den Bohlen, die Sie vor der Außenwelt absichern, die Bohlen sind dieselben geblieben, es ist aber möglich, daß sie miteinander verbunden worden sind, Vittoria hat sie wie eine Klapptür zugeworfen. Sie sind über die solide Bauweise Ihres Verstecks unter dem Schreibtisch so erstaunt wie über die Wut der Menge. Sie haben die Spielregeln verletzt, Sie haben geschwindelt, Sie, nicht die anderen. Nicht nur damals. Zeugin dieser Wahrheit ist die Angst. Sie wollen sich beruhigen, indem Sie die Wände abtasten, die Ritzen zwischen den Bohlen suchen, Sie reden sich ein, nicht frieren zu müssen – richtig, Sie haben genügend an, aber mit solchen Beweisen beweisen Sie nichts. Sie frieren.

Es ist lächerlich, ich friere, ich habe Angst, ich möchte meine Entscheidung rückgängig machen. Wie vor zwölf Jahren. Es geht nicht. Geschehen ist geschehen und wirklich geschehen. Irreal ist nur die Zukunft, Wunschtraumperspektive eines Rekruten, der zu lange das Illustriertenfoto eines Angriffs betrachtet hat, Interbrigade geröllabwärts nordwestlich Madrids, Bajonette gefällt für die richtige Sache, Freiwillige der Wut gegen das Unrecht, o Rekrut des Volksgrenadier-Regiments 382 in nebligen Wiesen an der Bahn, im Stadtpark, in den Baracken, in der Turnhalle im Dezember 1944, ein Siebzehnjähriger, der nicht mittun will, der mitmachen will, aber anders. Aus dem Traum von den geschlagenen Brigaden wächst ein anderer Traum, Partisanen schleichen durch krainische Wälder, neue Freiwillige der Empörung gegen die Ordnung der Schlächter. Es ist nicht weit in die Südsteiermark, einmal umsteigen mit dem Personenzug, man muß etwas tun, ich bin kein Schlachtvieh, wenn ich sterbe, soll es einen Sinn haben, wenn ich Morde begehen muß, dann Morde an Mördern im Kampf gegen die Gesetze des Schlachthauses Deutschland, gegen die Gesetze, die alle logisch finden, hart aber logisch, sieht denn keiner, begreift denn keiner die Logik der Metzger? Es ist gefährlich zu begreifen, was kann man machen, man muß mitmachen, man fällt dem eigenen Volk nicht in den Rücken, das Schlachthaus steht unter der Devise Gemeinnutz, es bricht ohnehin einmal zusammen, sagen die Vernünftigen, dann gnade uns Gott, wenn die Juden kommen, die Bolschewiken, wenn Asien flutet über den Hofzaun des Reiches, es ist bald von selber zuende, und das ist viel, wenn es einer flüstert auf knisterndem Strohsack, in den Nächten auf Wache an der Bahn, an der Brücke bei den Baracken. Sie geben zu bedenken, sie sagen, du bist verrückt. Am Ende wegen des bißchen Schliffs? Mit Horridoh geht es in die Wälder auf Jagd, da machen auch die Lahmärsche fröhlich mit, es besteht keine Gefahr, es geht gegen ausgerückte Fremdarbeiter, Diebsgesindel, Untermenschen, Polacken, und du Kamerad mußt mit, mußt mit, es kommt der Befehl, schießt sie zusammen, die Schweine ergeben sich nicht, es ballert die Jugend der Metzger ins Gebüsch, Pardon gibts nicht, Handgranaten gibt es, die besten Werfer treten vor, einer verdrückt sich, er hat in die Baumkronen geschossen, jetzt spielt er den Schlappschwanz und wird vom Gefreiten ertappt, er darf die Klumpen zusammensuchen, vor Wonne juxt die Kompanie, drei Untermenschen weniger im Wald, in der Welt, ohne Tritt marsch, sammeln bei der Birke am Weg.

Ausgangssperre für Grenadier Golub, Latrinendienst sonnabends, daß er den Umgang mit Scheiße erlernt.

Das Polackenlager befindet sich an der Bahn, ein drei Meter hoher Stacheldrahtpferch um einen verkommenen Hof, Mitleid kämpft mit Furcht, Ergebnis ein halbes Kommisbrot für Polen, heimlich gemachte Fotos für Golub in der Agfa-Box, wer soll diesen Film entwickeln? Was wird der Sonderling in der Samtjacke sagen, der die Herbststimmung in der Au fantastisch genannt hat? Er entpuppt sich als Mensch, der begreift, Tränen treten in seine Augen beim Geständnis eines Rekruten, er lädt ein zum Kaffee, seine Bude wird das Ziel aller Ausgänge, auch heimlicher. Aus solchem Stoff sind Helden gemacht, sagt der Fotograf zum Pochen des Londoner Senders, gehen Sie klug ans Werk, Gott schütze Sie, es ist tollkühn, aber vielleicht haben Sie Glück. Bei jedem Ausgang erörterte Chancen, Bruderschaft, wermutgeboren flüstert eines Abends die Hoffnung: Wenn ich nachts, ohne daß mich eine Menschenseele bemerkt, hinter dem Schuppen über den Zaun krieche, finde ich Zivilkleider? Ich werde versuchen, etwas Passendes zu organisieren, von mir darf es natürlich nicht sein, verraten wirst du mich nicht, auch wenn sie dich. Das Gewand hast du gestohlen, wenn. Ich hab es gestohlen. Klar. Und dann der letzte Ausgang. Wohin, Golub? Ich hab eine, es lohnt sich, hab ich gesagt. Wo? Verrate ich nicht, ich bring sie einmal in den Reichsadler, bestimmt.

Der Bahnhof, die Turnhalle. Rast an der Mauer, der Park steht schwarz und schweiget. Du hast keine Ausreden mehr, du hast eine Pistole geklaut, du kannst nicht mehr zurück. Die Landkarte deines Heimatgaues hast du im Kopf, die Brücke kannst du vermeiden, die Bahn entlang zehn Kilometer kein Haus, kein Posten, die letzte Nacht bricht an, die Kompanie ist seit Mittag betrunken, die Dienstgrade vögeln ins Neujahr hinüber, nie mehr geht es so leicht. Über der Au liegt Nebel, der Boden ist gefroren, du hinterläßt keine Spuren, die Uniform verschwindet bei Gelegenheit im Fluß, du bist ertrunken, los! Nur der Turnvater hat dich gesehen, er kann es nicht melden. Leiser als das Wasser ist das Knistern der Büsche. Noch zehn Meter zum Zaun, der Fotograf hat Licht in der Mansarde, ein Streifen Helligkeit entlang der Verdunklung, der einzige Mensch ist auf Posten. Aber wo sind, wo hat er die Klamotten? Er hat die Stelle dreimal gezeigt, die Hundshütte ohne Hund, da steht sie. Sie ist leer. Sie bleibt leer.

Ich zerschlage das Küchenfenster, der bleiche Teig eines Gesichts taucht auf, ertappt, stotternd auch der Rekrut, es schwindet die Wut, der Mut, wo ist er? Felix zwängt sich durchs Fenster, er macht Lärm, viel zu laut sind die genagelten Schuhe. Noch ist es nicht zu spät, nimm Vernunft an, ich kann dir keine Kleider geben, es wäre Wahnsinn gewesen, dir etwas zu besorgen, jeder kennt mich, ich habe es nicht über mich gebracht, ja, ich bin feig, aber du denkst nicht, komm zu dir, sei gescheit, ich braue einen echten Bohnenkaffee, und vor Zapfenstreich gehst du zurück. Du zitterst selber, ich habe dich nicht ermuntert, ich beschwöre dich zur Vernunft, ich kann mich nicht in dieses Abenteuer stürzen, es geht schief, es muß schiefgehen, ich will nicht sterben, du willst es auch nicht, ich bin Mitglied bei NSV, DAF und Reichskolonialbund, ich stehe seit Jahren unter Verdacht, auf schwarzen Listen, mein Herz, es geht doch alles von selber zuende, die Russen werden kommen, amerikanische Bomber in jedes Tal, geh zurück heute nacht –

An Raimunds Kaffee richtet sich der Rekrut wieder auf. Mit Keksen im Mund gesteht Raimund, ein Schwuler zu sein: Es wissen hier alle, aber du kannst bezeugen, ich bin dir niemals nahegetreten, ich verstehe dich, ich möchte dich – reinsten Herzens – umarmen ob deiner Kühnheit, geh zurück, ich begleite dich, ich rede wegen der Pistole mit deinem Chef, er ist mein Kunde, Oberleutnant Hofrichter wird es verstehen, es ist Silvester, ein Scherz –

Wermut und Tränen, Bekenntnis um Bekenntnis, melodramatisch schließlich der überraschende, nicht mehr erwartete Sieg. Der erschöpfte Sieger Rekrut legt sich, so gut es geht, auf rutschenden Büchern zur Ruhe. Die Finsternis dreht sich, winzige Sterne tanzen, es ist vollbracht. Der erste Schritt ist der schwerste gewesen, Raimund wird doch Zivilkleider beschaffen, angeblich ist ihm eine neue Möglichkeit eingefallen, eine gute, die beste: wir werden Klamotten kriegen, und du wirst lachen, sie stammen von einem General in Pension, du mußt nur Geduld haben, ein österreichischer General, kein Nazi, was glaubst du? Die Pistole finde ich morgen oder übermorgen im Park oder im Garten und gebe sie ab. Das ist ein hübsches Alibi, findest du nicht? Mit Brotlaib und Teeflasche hältst du ein Weilchen aus, ich werde indes meditieren über die Gefahr, in die du mich gebracht hast, ich bin zu schwach, um dir zu widerstehen –

Wie lange habe ich geschlafen? Die Bücher sind verrutscht, die Flasche ist da, da ist das Brot, es ist wahr: ich bin desertiert. Die Bücher rutschen bei jeder Bewegung, sie werden beschädigt, so gut ich aufpasse. Aber es geht um mehr als jüdische Literatur. Ist es schon Tag, vergeht die Zeit schnell oder langsam, wie vergeht Zeit in der Finsternis? Sie sitzt in mir, ist Hunger und Harnzwang, ich darf nicht klopfen, nicht rufen, ich habe es geschworen, ich habe auch Hitler geschworen, ist auf Raimund Verlaß? Viele Nazis sind schwul, viele Schwule sind Nazis, sie haben noch mehr Schiß als Normale, die Feldgendarmerie wird den Fotografen für die Entwaffnung des Delinquenten beloben, wenn er mich anzeigt, kann er sich retten, ich werde hoffentlich nichts gegen ihn sagen, welch ein Wahnsinn, im Dunkel zu hocken und zu warten, bis sie kommen. Schritte nähern sich, eine Schreibtischlade quietscht, Schritte entfernen sich, meine Blase platzt, es geht nicht mehr, es ist egal, der Boden saugt es vielleicht auf, ein neues Jahr hat begonnen, prosit, andere sterben jetzt, ich will leben, man muß nur richtig wollen; hätte ich schlapp gemacht, wäre ich längst wieder in der Baracke, vielleicht scheint die Sonne, vielleicht schneit es, bei Exekutionen von Wehrmachtsangehörigen hat der zum Tod Verurteilte, hat der Gefreite Bahnert erzählt, vor der Hinrichtung einen

Pullover anzuziehen, an den über dem Herz ein Kreis genäht ist, er hat das gesehen, ich habe noch nie mit einer Frau geschlafen, ich habe nicht einmal richtig geküßt, der Cornet hat es besser gehabt, im Bett und im Kampf, sogar der Gefreite hat ihn gelesen, die deutsche Hinrichtung ist human, es wird auf den Kreis gezielt, es kann natürlich schiefgehen, aber Raimund ist in Ordnung, es gibt einen General, der helfen will, ich werde ihm kurz erklären, warum und wieso, Generale haben im Sommer gemeutert, nicht Grenadiere oder Matrosen wie 18, ich werde die Wälder erreichen, ich weiß ungefähr, wo die Partisanengebiete sind, die Partisanen sitzen rings um Marburg und sprengen alle paar Tage einen Zug in die Luft, das gibt selbst der Leutnant bei der politischen Lage zu, auch daß sich etliche Wehrmachtsangehörige zu ihnen geschlagen hätten, rotes Gesindel und Feiglinge, hat der Leutnant erklärt, Mikat mit dem Pickelgesicht. Die Männer der Interbrigaden sind nicht umsonst und so weiter und so fort auf rutschenden Büchern mit krachendem Magen, ich übe das Hungern; wenn ich auf allen vieren kriechen muß, werde ich kriechen, das Moos von den Bäumen kratzen und Silberdisteln zerschneiden, ich werde hinkommen, wenn ich hier gut herauskomme, ich ertrage schon ohne Aufregung das Rasseln des Telefons, die Schritte oben sind keine trampelnden Stiefel, ich zähle Sekunden, ich zähle Minuten, ich zähle den Pulsschlag, den Herztakt unter Pullover und Bluse, ich zähle nicht mehr, ich bin gefangen, ich bin frei, ich wache, ich schlafe, ich lebe.

NOCH IMMER GEFANGEN, noch immer frei. Er wachte, er schlief, er döste dahin. Er verlor, wie er glaubte, endgültig die Angst, dann hörte er sprechen. Anders als bisher. Er richtete sich auf, so rasch, daß er gegen die Bohlen stieß. Raimund psalmierte keinen Monolog im quälenden Singsang, er sprach laut, er sprach mit einer Frau. Ich bin am Ende, sagte er. Sie suchen ... Hausdurchsuchung ... welche Situation ... nicht mehr gewachsen ... was soll ... tut mir schrecklich leid. Er ging auf und ab. Die Frau stand am Schreibtisch, schob den Sessel, setzte sich und sagte: Dein Gejammer geht mir auf die Nerven. Typisch Raimund, läßt sich auf Dinge ein, die er nicht bewältigen kann. Und wenn er nicht weiterweiß, kommt er winselnd zu mir. Du verdienst einen Denkzettel.

Felix preßte den Kopf an die Bretter, fingerte nach den Ritzen. Er verstand nichts mehr, die Frau klopfte mit dem Schuh auf die Dielen, sie hatte die Unruhe gehört, sie erhob sich, es folgte ein kratzendes Geräusch, sie schob einen Teppich in den freien Raum zwischen den Schreibtischsockeln. Der Gefangene sollte nichts mehr verstehen. Warum hatte Raimund eine Frau ins Vertrauen gezogen, warum hatte er nie ein Wort an ihn gerichtet, wo war der General? Es stand schlecht. Felix stellte es fest wie das Herannahen der Katastrophe in einem Theaterstück, interessiert, aufgeregt, aber ohne Angst. Wie lange hockte er schon in diesem Loch? Bissen für Bissen hatte er den Brotlaib gekaut, mit endlosen Pausen, längst war nichts mehr da, die Flasche leer, vor unermeßlichen Zeiten hatte er den letzten Schluck getrunken, der Hunger quälte nicht, aber der Durst quetschte die Zunge aus dem Maul, sie leckte an den Ziegeln, die waren kühl und feucht, er leckte den Moder und seine eigene Ausdünstung, es klimperten Blechbecher voll Wasser, es gluckten Eimer und Tröge,

Fässer gingen über, ein paar Meter weiter rauschte der Fluß, vielleicht kam von dort das Brausen, das die Ohren füllte mit heroischer Musik, mit dem einzigen Ton, zu der sie wurde, vielleicht war es der Hunger, ein ununterbrochenes Beben unter der Erde, das Echo des Lärms von oben –

Kreischend ratterte der Schreibtisch über die Bretter, eines nach dem anderen wurde abgehoben, ein greller Lichtkegel stach in die Augen, Felix griff nach der nicht mehr vorhandenen Pistole und hob die Hände, er preßte sie auf die Augen, die zu tränen begannen, er duckte sich vor dem gräßlichen Licht –

– Man sollte es nicht für möglich halten, nach zwei Tagen ein Wrack. Degoutant, Raimund, dieser Gestank! Stehen Sie auf, wenn man mit Ihnen spricht.

Die Frau war nicht zu sehen, durch das Zimmer tanzte der Lichtstrahl, er war gar nicht so hell, nur eine Stablaterne, die hüpfend Signale gab. Felix hielt sich an den Kanten der Grube fest, nahm sich zusammen, wollte hinaufklettern, ein Schiffbrüchiger, der das Gestade einer Seeräuberinsel erreicht, allmählich unterschied er Einzelheiten, Raimund im Hintergrund, schweigend, die Frau nahe und schrill:

– Bleiben Sie, wo Sie sind. Es genügt, daß dort alles verschweint ist. Ziehen Sie sich aus, nicht so zimperlich! Werfen Sie Ihr Zeug in die Grube, auch die Bücher sind Unflat, herunter die Hose, auch die Dessous, ich werde Ihre Reize ertragen, markieren Sie nicht das schüchterne Kind, ich habe nicht endlos Zeit. Ach Gott, Raimund, sieh dir das an, Finger weg! Der Penis eines Zehnjährigen, und so etwas ist Soldat.

Beharrlich blieb das Licht auf der Blöße –

– Marsch heraus und diesen üblen Abort verschlossen, hilf ihm nicht, das macht er gefälligst allein, auch als halbe Portion, und jetzt ab ins Bad. Raimund, paß auf, daß er nicht echappiert.

Im Bad versuchte Felix zu überlegen. Raimund als Wächter vor der Tür. Das Wasser rann in die Gurgel, in langen Schlucken zuckte der Körper, Wasser brachte Klarheit und

Hoffnung. Die Kraft kehrte wieder. Felix wusch sich hastig, Flucht? Als Nackter oder im roten Seidenschlafrock, der da hing? Rief das Weib jetzt die Streife, war es aus. Läutete das Telefon? Die Frauenstimme drang durch zwei Türen, Raimund klopfte, Felix zog sich, naß wie er war, den Kimono an, vor dem ihm grauste, und tappte zurück ins Zimmer. Die Frau saß hinter dem Schreibtisch. Vor ihr, in Raimunds Papieren, lag die Pistole. Die grüne Stehlampe gab das gewohnte Licht. Die Frau sah aus wie eine Dame, sie war geschminkt, vielleicht war sie dreißig, vielleicht älter, Felix konnte das Alter von Frauen nicht schätzen, seine Tante war seit jeher eine alte Schachtel gewesen, er war überhaupt reichlich ahnungslos, wie sollte er sich verhalten, er stak in einem grellen Kaftan, um seine Füße färbte die Nässe den Teppich, wo war Raimund? Felix versuchte sich zu entschuldigen, was seiner Vorstellung vom Umgang mit Damen entsprach, seine Aufmerksamkeit galt dem Bemühen, keinen Formfehler zu begehen. Sollte er leger stehen oder militärisch?

Die Dame beendete seine Überlegungen. Name, Einheit, Einrückungsdatum? Er antwortete knapp, vielleicht war sie die Tochter, vielleicht die zweite Gattin des Generals. Gründe der Flucht, Absichten? Es hätte keinen Sinn, irgend etwas zu leugnen, zu verschweigen, das verschlimmere nur seine Lage. Was sollte er sagen, wie sollte er es formulieren, konnte er Vertrauen haben? Die Dame sah nicht aus wie eine Fanatikerin, er wolle nicht länger, sagte er, man müsse sich doch auflehnen, meinte er, wenn alle so wie er, er habe sich eben entschlossen. So, sagte die Dame und fragte nach seiner Familie, lächelte zur Tatsache seiner Unehelichkeit, zum frühen Tod der Mutter, zum Beruf der Tante wie zu ihrer Parteizugehörigkeit, zur Flakhelferausbildung, zur Notmatura, sie spielte mit dem Revolver. Nein, Selbstmordgedanken habe er nicht, nie gehabt. Er sollte seine Weltanschauung bekennen. Rundheraus, Ehrlichkeit sei das beste für ihn. So lange hatte er darüber gegrübelt und seine Ethik entdeckt, die für alle, nicht nur für ein Volk. Er stotterte etwas von Kant und dem Katechismus, der Einleitung zu einer Gedichtsammlung vom Juden Rubiner, einem Churchill-Zitat aus dem Völkischen Beobachter, von Sätzen aus dem Roman ‹Im Westen nichts Neues›, berief sich auf Carossa und Schiller – er konnte es nicht ausdrücken, obwohl er es einmal sogar aufgeschrieben hatte, er sagte schließlich: Ich glaube nicht, daß wir Herrenmenschen sind und alle anderen unterdrücken und zu Seife machen dürfen. Auch nicht die Juden. Sie können so wenig dafür, daß sie Juden sind, wie wir, daß wir keine –

– Du bist also Kommunist. Das erklärt deine perverse Absicht, zu den Partisanen zu gehen. Du bist ihnen hochwillkommen. Als Opfer. Schweig, in diese Gefahr kommst du nicht. Nach der Beschreibung deines geplanten Fluchtweges müßtest du etwa hundert Posten passieren. Wie willst du das machen, kleiner Bolschewik? Besitzt du einen Schutz- und Geleitbrief? Du hast weder Zivilkleidung noch genügend Verstand, ein einziges Hindernis zu überlisten. Du verfügst nur über die genügende Portion Skrupellosigkeit, Herrn Wazuraks weiches Herz auszunutzen, du kannst dir denken, daß du seit gestern gesucht wirst. Die Streife ist bereits bei Herrn Wazurak gewesen, sie hat seinen letzten Film beschlagnahmt. Male dir aus, was geschehen wäre, wenn sie genauer gesucht, wenn Raimund die Nerven verloren, wenn er mich nicht gerufen hätte, die Affäre zu bereinigen. Vielleicht kann dich eine freiwillige Meldung einstweilen retten. Wenigstens deinen Kopf. Im Strafbataillon müßtest du auf ihn allerdings aufpassen, möglicherweise wird dich das zur Besinnung bringen. Trotzige Blicke machen auf mich keinen Eindruck, ich bin grundsätzlich gegen Deserteure jeglicher Art, Ordnung und Eid sind mir heilig, sie stammen von Gott. Keine Widerrede, mein Mann ist General gewesen, noch knapp vor seinem Tod hat er in diesem Landstrich das rote Gesindel auseinandergejagt.

Der General war tot. Seine Witwe erhob sich, die Pistole in der Hand. Felix wehrte sich gegen das Wackeln in den Beinen.

– Es gefällt mir nur, daß du nicht um Hilfe bettelst. Oder? Willst du es nicht versuchen? Ein paar Tränchen?

Felix schüttelte den Kopf.

– Du versteckst dich im Bad, Raimund geht mit mir etwas essen, ich bin hungrig geworden. Du begehst keinerlei Unbesonnenheit und erwartest unsere Rückkehr.

Die Badezimmertür ließ sich auch von außen versperren. Dünn bimmelte die Ladenglocke. Die Hähne des Beckens tropften. Tropften. Jetzt hätte Felix besser erklären können, woran er glaubte, warum er, was er. Zu spät? Bestand Hoffnung? Die Dame holte nicht die Feldgendarmen, sondern etwas zu essen. Sie holte Zivilkleidung. Sie hatte ihn geprüft, er hatte sich in ihr getäuscht, sie war seine Rettung. Sie besaß eiserne Nerven, sie war nicht nur schön, sie war klug und eine hervorragende Schauspielerin, die Witwe eines Generals.

Felix wartete. Er dachte im Finstern an seine Ausrüstung, an Stiefel und festes Zeug, die Wälder kamen näher, er würde sie erreichen, er hatte Slowenisch gelernt, das mußte er der Generalin noch sagen, die slowenische Grammatik lag im Spind, er hatte sie vergessen, ein grober Fehler, man konnte dadurch auf eine Spur kommen. Aber nicht auf seine! Er hatte sich nicht den Weg vorgenommen, den man vermuten könnte, so einfach machte er es den Häschern nicht. Außer der Generalin hatte sich das Wetter mit ihm verbündet, es schneite. Man hörte es an den Scheiben. Felix stieg auf die Wanne, schob das Verdunklungspapier weg, es schneite in dichten Flocken. Schnee, der alle Spuren tilgte. Es sollte schneien und schneien, alle Straßen blockieren, alle Eisenbahnlinien, das war das Wetter für einen neuen Großangriff der Russen an Weichsel und Narew, das war Wetter für die Partisanen, Wetter für den Deserteur, der sich nicht mehr als solcher fühlte. Die von Gerechtigkeit und Menschenverstand desertiert waren, trugen Wehrmachtsuniformen, exerzierten bei den Baracken, sprengten Polen im Wald –

Das Glöcklein zirpte, der Schlüssel drehte sich, Raimund schwang ein Köfferchen, Felix verstand.

– Ein Handkuß wird nicht gegeben, man deutet ihn an. Versuch es noch einmal. So ist es etwas besser. Geh in die Küche und iß deinen Griesbrei. Dann melde dich, du findest uns in der Mansarde.

Er löffelte die Menageschale leer, er fühlte sich satt und frisch, er war bereit, in einer Stunde aufzubrechen, Abschied zu nehmen von seinen Rettern. Auf Raimund fiel ein Widerschein des Glanzes, der die Generalin umgab, und ließ sein Gejammer vergessen. Die Küchenuhr tickte, es war halb acht, es war gemütlich, eine Idylle, die zum Bleiben einlud, zum Gespräch auf einer Insel des Friedens, er traute der Generalin zu, daß sie eine Streife hinauskomplimentieren konnte, souverän wie sie war. Felix nahm sich vor, um Proviant zu bitten, sich höflichst zu bedanken und zu verabschieden. Wer konnte sagen, wie lange das Wetter so blieb, wo und wie der nächste Zwischenfall eintreten konnte.

Die Treppen knarrten. Bewegung tat wohl. Felix klopfte an die Studiotür und wartete auf das Herein wie vor der Schreibstube. Die Generalin rief es, er folgte erwartungsvoll, seine Augen suchten die Stiefel, das Winterzeug. Über dem Paravent hing Weiberwäsche. Raimund trug also nicht nur seidene Schlafröcke –

– Hör mir zu, Kleiner. Ich müßte dich den Behörden übergeben. Es wäre nicht nur meine Pflicht, es entspräche auch meiner Überzeugung. Aber Herr Wazurak würde unweigerlich mit in dein Debakel gezogen, du nennst ihn beim zweiten Verhör, das ist klar. Zu den Partisanen kann ich dich nicht schicken. Das wäre Hochverrat, ob du hinkommst oder nicht. Wer kann sich ausmalen, was du unterwegs anstellen würdest, nein, daraus wird nichts. Auch wenn du dein Mäulchen verziehst. Ich nehme die Bestrafung in meine Hände, Gott wird mir verzeihen. Ich folge einem alten Gesetz wehrhafter Völker: der Feigling wird in Frauenkleider gesteckt. Die öffentliche Verachtung, keine Widerrede, muß ich leider vorläufig vertagen.

– Du bist gerettet, Felix! Bedanke dich bei der Baronin,

sosehr du danken kannst. Sie erspart dir den Krieg, sie rettet dein Leben, vergiß die Partisanen, sie sind Schlächter mit anderen Nebeln im Hirn. Die Baronin Pisani hat unter Lebensgefahr, mit mir, zweimal die Brücke passiert.

– Geh zum Bahnhof und spiele die besprochene Szene, Raimund: letzter Zug, das arme schüchterne Kind und so weiter. Ich werde hier allein besser fertig, deine Blicke –

– Ich gehorche, Vittoria, wenn auch –

Die Baronin wies zur Tür, sie hielt ein Mieder in der Hand.

– Auf diese Rettung verzichte ich. Auch wenn ich, ich meine, in Ihren Augen, nicht richtig gehandelt habe, lasse ich mich nicht zum Narren machen. Lieber gehe ich zurück und melde mich –

– Dazu ist es zu spät, stolzer Knabe. Im übrigen bin ich Widerspruch nicht gewöhnt, die Anarchie hat ein Ende, mir wirst du besser parieren als deinen Feldwebeln. Kusch jetzt, weg mit dem Kimono. Wenn ich mich in dieses Abenteuer einlasse und immerhin einige Unannehmlichkeiten riskiere, ist es das mindeste, daß du tust, was ich für richtig halte. Mein Gewissen wird durch die Tatsache entlastet, daß die deutsche Wehrmacht mit dir nichts Nennenswertes verliert. Ich könnte dich auch erschießen, aber ich vergreife mich nicht gerne an Wehrlosen.

Sie holte seine Pistole aus ihrer Tasche. Was sollte er machen? Nahm er die Maskerade auf sich, war er vermutlich den momentanen Gefahren entronnen und konnte eine neue Fluchtmöglichkeit suchen. Er überlegte noch, als er den ferkelrosa Panzer an sich spürte und die Baronin an den Schnüren zog, er überlegte, als er Strümpfe und Stöckelschuhe, als er ein Hemd anhatte, wie er es nicht einmal in Auslagen gesehen hatte, geschweige denn an einem Körper. Er durfte sich das nicht widerspruchslos gefallen lassen, dachte er, als er die Arme hob, um in das Kleid zu fahren, das an den Armen kitzelte und kratzte. Ich, sagte er, ich kann doch nicht –

Die Baronin lachte und setzte ihm eine blonde Löckchenfrisur auf: Das glaubst du selber nicht, mein Kind, sieh dich im Spiegel an, Kleider machen Leute, nicht wahr? Wir brauchen vorläufig keine Kosmetik, der Flaum kann stehenbleiben bis morgen, die Haare an den ein wenig ländlichen Beinchen desgleichen, bewege dich ungeniert, deine Verwirrung paßt dir, du hast einen Popo, den Raimund bewundern wird. Dein Name ist Charlotte Weber. Hier ist der Taufschein, lies ihn durch, seine Angaben sind wichtig. Wie du siehst, bist du eine Volksdeutsche aus Pettau, einem reizenden Städtchen, nicht weit von gewissen Wäldern entfernt. Deine Doppelgängerin hat im Vorjahr bei mir arbeiten wollen, sich jedoch dann zu den Blitzmädchen gemeldet, um den Makel einer nix daitschen Mama auszugleichen, ihre Papiere sind bei mir geblieben, Gottesfügung, mein Fräulein. Du hast den Reichsarbeitsdienst absolviert, das Pflichtjahr natürlich, bist Hilfsarbeiterin von Beruf, dein Volksschulzeugnis ist das einer dummen Gans, deinem Aussehen entsprechend, du könntest ruhig flennen, das paßt wunderbar, deinen Busen werde ich üppiger machen, das ist dort landesüblich, für heute genügt es.

Seine Knie rieben knisternd aneinander, er kippte aus den Schuhen, die Baronin steckte seine Pistole ein, er legte den Taufschein auf die Kommode.

– In diesem Moment, sagte die Baronin, stehen Millionen Männer in schwerem Abwehrkampf an den Fronten, da muß ein deutsches Mädchen nachdenklich werden, auch wenn es keine Leuchte ist.

– Großartig, schrie Raimund und schüttelte Schnee in die Stube: Feminität wird erst pikant, wenn man ahnt, daß sie Überraschungen birgt. Dies ist die erste Unschuld vom Lande, an der ich mein Wohlgefallen habe. Der Abendzug, gestrenge Baronin, wird um 21 Uhr 20 eintreffen, ich war befehlsgemäß verzweifelt über das Ausbleiben des süßen Kindes am Nachmittag, ich habe den Herrn Vorstand in deinem Namen ausgefragt, ob er nicht eine ortsfremde junge Dame bemerkt hätte. Stellt euch vor, er hat nicht das geringste gesehen.

– Jetzt kannst du im gegebenen Rahmen ein bißchen Schneid zeigen, Charlotte. Es ist eilig, Raimund, führe sie an

Ort und Stelle und informiere sie über alles. Ich hole dich ab, mein Kind, du begrüßt mich mit einem Knicks, schnell in den Mantel, in der Tasche steckt ein Kopftuch, geht schon und macht keinen Unfug!

Schnee und Nacht. Hinter Raimund herstolpernd, stieß Felix gegen die Hundehütte, Raimund zischte, irgendwie ging es über den Zaun und weiter in den Park, die Schuhe waren zu eng, Charlotte konnte nicht einmal richtig gehen, Raimund flüsterte etwas von genialer Taktik, ja, sagte Felix, er werde es versuchen. Kaskaden schwebten vom Himmel, die Lungen füllten sich mit Luft, wollten sich füllen, sie waren zusammengeschnürt, das Gehen war kein Gehen, das Atmen kein Atmen. War das die Freiheit? Am Arm eines Schwulen, während fünfzig oder hundert Meter weiter Angehörige seiner Kompanie, seines Zuges, vielleicht Stubenkameraden auf Posten standen, wie es ihnen befohlen war? Er hatte sie verachtet, weil sie nicht nachdachten, nicht nachdenken wollten, zufrieden mit sich und dem befohlenen Schicksal. Anstelle der Ausbilder kommandierte den Ausbrecher ein boshaftes Weib: das kläglichste Scheitern einer Revolte, das man sich vorstellen konnte.

Vorsichtig sichernd überschritten sie das Bahngleis. Bei Tag sah man von dieser Stelle die Baracken, sah von den Baracken jede Gestalt auf dem niedrigen Damm. Der Schnee hatte alles verwandelt, verstellt, versteckt. Der Schnee und die Generalin Vittoria. Bei einem Baum nahe der Straße blieb Raimund stehen. Von hier hatte Felix etwa zweihundert Meter die Straße entlang zu gehen, vorbei am Holzlager, es war in der Regel unbewacht, vorzurücken bis zum Schuppen, dort zu warten, bis der Zug kam, um dann, als dumme Gans verkehrt ausgestiegen, nach der Abfahrt dazustehen und die gnädige Frau zu begrüßen. Eine einfache Sache, kaum ein Zwischenfall möglich. Er mußte sich dazu mühsam aufraffen, es fehlte nicht viel und Felix hätte sich in den Schnee gehockt.

Er watete Schrittchen für Schrittchen gegen den Schuppen. Die Weichenkreuze waren deutlich zu sehen, hinter blaugestrichenen Gläsern die Lichter der Station. Ein Bilderbuchwinter mit kleinen Figuren unter dem Perrondach, Umrisse von Eisenbahnern und Soldaten. Lieber in ein Mieder verpackt sein, als Handgranaten in Wehrlose zu werfen?

Der Zug fuhr pfeifend ein, zwei Waggons hinter uralter Lokomotive. Felix stieg über die Signaldrähte, stinkende Dampfwolken hüllten ihn ein, er kletterte auf die verwehten, darunter vereisten Stufen des Waggons vor ihm, der Zug pfiff abermals, jetzt röhrend, das Mieder drückte in den Bauch, das Kleid krachte und riß, aber Felix stand oben, rutschte über die Plattform, der Zug ruckte, begann wieder zu fahren. Aber Charlotte sollte aussteigen. Also sprang sie ab. Einem Soldaten in die Arme.

– Mensch, Transuse!

– Küßdiehand, gnädige Frau!

Die Generalin nahm das Mädchen gerührt an die Brust, der Soldat stand daneben. Ich werde dir diese Späße abgewöhnen, zischte die Dame im Pelz und sagte für die Ohren des Landsers: Ich habe mir solche Sorgen gemacht, wo du bleibst. In diesen Zeiten ist viel Gesindel unterwegs, komm schnell heim, du mußt total ausgefroren sein.

An der Sperre – es gab ja die Sperre an allen Bahnhöfen des Reichs! Gnädig hielt die Generalin dem Eisenbahner eine Karte entgegen, er salutierte devot. Zwei Mann mit Stahlhelm hoben die Grußarme. Um ihre Hälse trugen sie die Blechschilder der Streife.

Mit der Baronin war leichter Schritt zu halten als mit Raimund. Da ihnen außerhalb des Bahnhofs niemand begegnete, sprach sie kein Wort. Raimunds Häuschen hatte eine hohe Schneehaube auf, es blieb rechts liegen, sie gingen zur Brücke. Taschenlampen zuckten, Maschinenpistolen klapperten, drei Mann stellten sich in den Weg.

– Sehr richtig, meine Herren, sagte die Generalin. Es ist ein gutes Gefühl, wenn man weiß, daß alles ordentlich bewacht wird. Die Kleine kommt aus der Südsteiermark, dort sind die Partisanen reichlich frech geworden.

– Hier bei uns –

– Natürlich. Komm, Kleines, du hast auf der Straße nichts mehr zu suchen.

Einige Schritte weiter sperrte die Baronin ein Haustor auf und gab ihrer Begleiterin eine Ohrfeige. In einem Biedermeiersalon wurde Charlotte eröffnet, daß sie erstens ein Saumensch sei, zweitens Stubenarrest habe, drittens ab morgen früh weibliche Handarbeiten lernen müsse, viertens kochen, fünftens überhaupt alle Griffe im Haus, sechstens und wichtigstens ordentliches Auftreten und ferner siebentens, wenn dies wenigstens einigermaßen klappe, zu Raimund Wazurak a) als Hausgehilfin, b) als Konkubine und c) als Alibi komme. Wenn sie dies für einen Witz hielte, könne man auch andere Seiten aufziehen.

Felix sagte nichts und wurde in ein Gewölbe, eher Museum als Diele, geführt. Vor einer riesigen Karte Osteuropas, flankiert von Säbeln verschiedenster Breite, stand eine Kleiderpuppe ohne Kopf. Sie trug eine hechtblaue Uniform mit viel Gold, schwarze Hosen mit roten Lampassen. In einigem Abstand vom Kragen schwebte ein grüner Federhut.

Auf der fleckigen Karte waren schwarz-gelbe Fähnchen gesteckt, tief in die Ukraine hinein.

Die Baronin würdigte Charlotte keines Kommentars. Als Quartier wurde dem Mädchen eine Kammer hinter der Küche zugewiesen. Es zog sich mühsam aus und fiel in augenblickliches Vergessen, aus dem es viel zu früh mit einem Guß kalten Wassers geweckt wurde. Wenig später sah sich das nun mit Busen versehene Geschöpf in der Werkstatt des Wäsche- und Miedersalons Frauenheil gespiegelt den Käfig eines grauschwarzen Papageis mit gelbem Schnabel säubern. Der Vogel schwirrte kreischend durch den Raum, erfolgreiche Angriffe auf das verdächtige Individuum unternehmend, das bald blutige Finger hatte, aber nicht aufhören durfte, das Bauer zu betreuen.

Etliche Tage später, Charlotte lebte außerhalb der Zeit, hörte sie, die nun unter erheblich schmäler gewordenen

Augenbrauen in eine ihr völlig verändert scheinende, aber nach wie vor frostige Welt blickte, daß die Rote Armee im Baranow-Brückenkopf zum Angriff angetreten war und in wenigen Stunden mit Hunderten von Panzern die HKL überrollt hatte. Es war der 13. Jänner 1945, die Stimme von Radio London übertönte den Störsender. Charlotte lief aus der Wohnung in die Werkstatt.

– So, sagte die gnädige Frau. Pia betreute eine Kundschaft im Laden. Interessant, aber nicht für dich, Charlotte. Wenn du noch einmal einen Feindsender einstellst und deine Arbeit in Stich läßt, werden deine neugierigen Löffel mit Ohrringen versehen. Die Löchlein sind im Nu gestochen, das Souvenir ist bleibend. Halte deine Dankbarkeit in Maßen und verschwinde! Kehrt marsch: was tut ein anständiges Dienstmädchen?

Felix biß die geschminkten Lippen zusammen und knickste. Er trug seit gestern ein schwarzes Servierkleid, eine gestärkte Spitzenschürze und hatte eine Rüschenhaube in die Perücke gebunden. Das klassische Sagengut tröstete wenig: Die Generalin besaß vielleicht Züge einer Omphale, aber er fühlte sich nicht als Herakles. Es half allerdings, im Fahrplan zu blättern, den er entdeckt hatte, und sich einzureden, als Mädchen ganz legal und ohne jede Heimlichkeit mit der Bahn fahren zu können. Die Fahrt bis Marburg dauerte fahrplanmäßig drei Stunden, wenn man den Frühzug nach Graz nahm, der hatte sofort Anschluß. Einer routinemäßigen Kontrolle wären seine Ausweise gewachsen, was war normaler, als wenn ein Mädchen aus Pettau nach Marburg fuhr? Dies wäre die ideale Lösung, alle Hindernisse vor dem Ziel zu überwinden. Geld? Er hatte aus der Geschäftskassa beim Aufräumen des Ladens zwei Zehnmarkscheine gestohlen, die er wie diebische Hurenmädchen seiner Vorstellung im Mieder verborgen hielt. Die Baronin hatte nichts entdeckt, nichts bei der Abrechnung, nichts an ihm, sie kümmerte sich seltener um seine Garderobe, sie schrieb sie nur vor und sagte zuweilen: Du bist kein kleines Kind, bei dem man nachschaut, ob es sich richtig angezogen hat, du mußt autark werden, das läßt noch stark zu wünschen übrig. Wie oft habe ich gesagt, daß du keine großen Schritte machen sollst, du bist keine BdM-Führerin. Man reißt die Oberschenkel nicht so weit auseinander. Beim Gehen, meine ich. Man lümmelt nicht, beim Sitzen ruhen die Beine parallel, nicht gekreuzt.

Die Fahrt, war sie möglich, war sie unmöglich? Es schien einfach, er hätte zu Fuß und querfeldein, jetzt könnte er, könnte er nicht! Sein Mut, oder was er dafür gehalten hatte, sank von Tag zu Tag, wenn er sich abends Rechenschaft gab. Er konnte sich die Flucht immer weniger deutlich vorstellen. Es nützte nichts, sich vor dem Spiegel zu drehen: ein idiotisches Weibsbild, selbst wenn er die Perücke abnahm, was streng verboten war. Du kommst nicht einmal zum Bahnhof, nicht weil sie dich aufhalten, du traust dich nicht, du machst in die Hosen, wenn du daran denkst, die Alte hat dich korrumpiert, du zitterst, wenn sie zu tadeln geruht, du benimmst dich dümmer, als sich die richtige Charlotte benehmen könnte, hundertmal hast du dir vorgenommen, der Alten zu sagen, das und das mache ich nicht, ich bin doch nicht. Es kam nicht dazu. Die Gnädige tat, als hätte sie vergessen, daß er ein Mann war, auf den der Pullover mit dem Kreis wartete. Auch Pia, die Verkäuferin, eine grobknochige Person, schikanierte ihn, sie platzte vor Lachen, wenn er bei Anspielungen auf weibliche Intimitäten das Rotwerden nicht verhindern konnte, sie ließ sich bedienen, wenn sie einmal an der Nähmaschine saß, es kam selten vor, der Salon Frauenheil legte geringen Wert auf Reparaturen, die Baronin schien auf ihr Geschäft nicht angewiesen. Pia wußte nicht, so behauptete ihre Chefin, daß Charlotte keine Charlotte war. Aber die Generalin wußte es, auch wenn sie sich über seinen Schwanz lustig gemacht hatte! Jedesmal, wenn er sich entschloß, eine normale und vernünftige Meinung zu vertreten (z. B. nur, daß Göring eine eitle Fettsau wäre), erlitt er eine Niederlage. Er fürchtete Vittoria mehr als jede Militärperson, die sich in das Miedergeschäft verirrte oder es mit Bedacht aufsuchte, um mit Pia zu flirten. Die Baronin hatte nichts dagegen. Felix hingegen konnte mit Raimund nie allein reden. Raimund kam manchmal und hielt sich trotz seiner Geschwätzigkeit strikt an das Gebot der Hausfrau, Charlotte als Charlotte zu behandeln. Felix hatte den Tee zu servieren, das Geschirr abzuräumen, den Likör zu bringen. Der armselige Herakles versuchte sich seufzend einzureden, daß es trotz allem gescheiter war, Tassen zu spülen und zu sticken (was ihm gar nicht so leicht fiel) als in der Kälte Wache zu schieben oder gar im Granatfeuer liegend Panzerfäuste gegen T 34 abschießen zu müssen. Soviel er gehört hatte, würden die Rekruten demnächst an die Ostfront geschickt. Ein Teil sei schon abgestellt worden, sagte Pia. Während er sich vierhundert Meter von seiner Einheit entfernt hatte, hatten die Russen Krakau, Warschau, Thorn, Oberschlesien und halb Ostpreußen erobert.

Vittoria Pisani schien ihre Zermürbungsschlacht gewonnen zu haben, als sie Charlotte zum erstenmal in die Kirche mitnahm. Vom Besuch des Hochamts konnten die Baronin weder der totale Krieg noch der strenge Frost abhalten. Dies respektierten Partei und Bevölkerung einhellig. Auch der die Geschäfte des Ortsgruppenleiters führende Lehrer Warhejtl fand es in Ordnung, er ehrte die Witwe Feldmarschalleutnant mit servilem deutschen Gruß, deren Begleiterin erwiderte ihn geborgen am Arm des Persianers. Die Generalin sagte Grüß Gott. Daß es Charlotte an den seidenbestrumpften Beinen fror, nahm Felix hin. In der mit spärlichen Ausnahmen nur von Frauen besuchten, sehr vergoldeten Barockkirche fühlte sich Felix versucht, zur allerheiligsten Dreifaltigkeit und besonders zur Jungfrau Maria und deren geheimnisvollen Schoß zu beten und für seine Rettung zu danken, für das Glück, in dieser furchtbaren Zeit friedlich in einer zwar moderkalten aber feierlichen Kirche als unbekanntes Mädchen neben der Baronin Pisani knien zu können. Weihrauchschwaden und mystische Wahrheit vor Augen, verloren seine Glaubenszweifel zusehens an Kraft. Neben sich hörte er den kräftigen Alt der Witwe Pisani.

Der Messe schloß sich eine deutsche Fürbitte für den Führer, unseren Staat und unsere Wehrmacht an. Möge Gott sie bewahren, leiten und die Heimat beschützen. Der Pfarrer leierte sie im Singsang von Sterbegebeten. Felix dachte an die Soldaten im Osten. Gestern war, hieß es im Wehrmachtsbericht, die Marienburg verlorengegangen. Das Tannenberg-Ehrenmal sei gesprengt worden. Hunderttausende Flüchtlinge waren zwischen Weichsel und Oder unterwegs. In der Früh hatte das Thermometer minus neunzehn Grad gezeigt, und er konnte in einem Wintermantel mit Pelzkragen, mit gefütterten Lederhandschuhen, ungefährdet aus der Kirche nach Hause gehen in eine geheizte Wohnung mit herrlichen alten Möbeln, Zinnkrügen und Ölbildern. Beim Bekreuzigen am Weihwasserbecken fielen ihm die Zehnmarkscheine an seinem Busen ein, hatten sie geknistert? Er wollte sie unauffällig wieder in die Lade legen. Er spürte sie über dem Herzen als Vorwurf. Das Dreiecksauge –

Vittoria schüttelte sich wohlig gähnend, als sie daheim angekommen waren: Nimm dir einen Schnaps, Lottchen, ich bin angenehm überrascht, daß in dir ein frommer Kern steckt. Zivelj, Kleines, du machst dich allmählich. Am Altar ist Trost für jeden Sünder. Das Schrecklichste am Bolschewismus ist, daß er Kirchen zu Garagen und Kinos gemacht hat. Auch bei uns sind einige Übergriffe passiert, ich beklage sie tief, indes lehrt der Krieg die Herren wieder beten, ich bin überzeugt, daß die aufgehobenen Klöster zurückgegeben werden, es geht nicht ohne Transzendenz, sie verlängert die sie anerkennende irdische Ordnung, welche immer es sei, senkrecht nach oben, und macht sie zu einem Teil der geheimnisvollen Hierarchie; vielleicht ist das für ein einfaches Mädchen zu hoch, ich will es dir simpler sagen. Den Gottesleugnern, sie mögen in ihrer Kurzsichtigkeit das sogenannte Beste wollen, verwirrt sich der Verstand, sie möchten, daß alle Menschen gleich seien, daß keiner mehr verdienen dürfe als der andere, der Dorftrottel dasselbe wie der fähigste Führer. Das Ergebnis ist das Chaos. Eine Armee ohne Befehlshaber und Menage, die sich selber in unaufhörlicher Meuterei anfällt und auffrißt, die Hölle, mein Kind. Die Frauen sind in einer solchen Gesellschaft entweder geschändete Lämmer oder Hyänen. Lies die heutige Tagespost, die Bolschewiken schneiden Schwangeren die Brüste ab, das sind keine Einzelfälle, Partisanen, da steht es, haben im Pachern einen Hof überfallen, alles gestohlen und die Familie einschließlich der Säuglinge ausgerottet. Da hängt sie vor den verkohlten Resten ihres Hofes, präg dir das Bild ein. Diese Toten sind unschuldig! Die drei Polen, das möchtest du ja sagen, haben sich außerhalb der Ordnung gestellt, keine andere gesucht, keine andere gewußt, sie sind ordnungsgemäß unschädlich gemacht worden. Ihre eigene Schuld. Bete um das rechte Verständnis. Unser Feind ist die gottlose Anarchie, du mußt Einordnung, Unterordnung und Gehorsam lernen, die Anfangsgründe begreifst du allmählich, es ist höchste Zeit. Ich will dir nicht den Kopf vollreden, zieh dich um und geh in die Küche. Wenn du brav bist, darfst du am Nachmittag mit mir zum Empfang von Hauptmann Lubits, das ist der erste Ritterkreuzträger unserer Stadt, ein Flieger, der sich größte Verdienste erworben hat. Ein ganz einfacher Mensch, er ist Kommis bei Pappler gewesen, mein Seliger hat früh seine Verdienste erkannt, er hat den blutjungen Burschen, damals kaum achtzehn, zum Stoßtruppführer ernannt, bei der Aktion gegen die Roten oben am Berg. Ich habe Karl Eugen dazu geraten, er ist mir dankbar gewesen. Dieser Loisl ist nicht nur ein Draufgänger, der hat auch ein Köpferl, hat er gesagt. Und heute empfängt die Stadt Loisl im Rathaus. Er ist zum erstenmal seit Jahren auf Heimaturlaub, nach einer schweren Verwundung. Das ist ein Kerl, der mir imponiert!

Charlotte senkte schuldbewußt den Kopf. Auch bei der Feier im Rathaussaal. Sie hatte sich an die Baronin gehalten, so lange es gegangen war. Nun saß diese als Ehrengast in der ersten Reihe. Neben dem Luftwaffenhauptmann, dem nach Chören von BdM und HJ der Ortsgruppenleiter Warhejtl eine Rede hielt. Lieber Herr Hauptmann, mit echter Rührung, sagte er, wenn ich das sagen darf, Herr Hauptmann, du bist aus unseren Reihen hervorgegangen, ein Beispiel zur Nacheiferung für die Jugend, Pia sagte, mein Gott, der ist fesch, der Lubits, Warhejtl blickte mißbilligend, er hatte feine Ohren. Ein hundertfach bewährter Luftheld aus nationalsozialistischer Überzeugung ohne Rücksicht beinhart gegen dich selbst, Idealist und Draufgänger von kleinauf, ich bin stolz als dein Lehrer auch in der Gesinnung in der Systemzeit unerschütterlich der Grenzgau des Reiches Abwehrwall wir alle sind stolz in diesen Tagen der Prüfung ein Ansporn, noch eiserner entschlossen ohne Rücksicht, ausradieren Feind jüdisch kapitalistisch defaitistisch durchgreifen abschießen am Boden zerstören zum Absturz bringen durchhalten wie du jeder deutsche Mann an der Front in der Heimat der Führer –

Das Siegheil schnitt in die Ohren, Pias Stimme überschlug sich, sie drängte gegen die barrierebildenden BdM-Mädchen, auch andere Weiber wollten mehr sehen, sie traten Charlotte auf die Zehen, Mief von Wintermänteln, Schweiß, Naphthalin, Stall, Unterleib und Rifseife wölkte, jetzt sprach der Bürgermeister Plabutsch im Dialekt mit den vielen ei und au, es sei ihm Ehre und Herzensbedürfnis, den Herrn Hauptmann willkommen zu heißen, Charlotte begann zu schwitzen, Leutnant Mikat, Oberleutnant Hofrichter tuschelten miteinander, Zugführer und Kompaniechef, sie sahen herüber, hinter den drei Sesselreihen standen die Unteroffiziere des Ausbildungslagers, war eingerückt eine Abordnung Rekruten, mindestens hundert Mann, sie blickten entschlossen und beinhart ohne Rücksicht, der Boden wurde weich unter den Stöckelschuhen, zwei Zehnmarkscheine knisterten im Mieder.

– Wenn ich jetzt unserer allgemeinen Stimmung Ausdruck verleihe und Ihnen als heiß empfundenen und bescheidenen Dank der Heimatfront die Ehrenbürgerurkunde dieser Stadt –

Nur der Freiheit gehört unser Leben, eine BdM-Latte mit Hakennase dirigierte, die Ehrengäste erhoben sich von ihren Sesseln, die Rekruten fielen ein, schrien mehr als sie sangen, die Bilder vibrierten an den Wänden, der Messinglüster, es dröhnte der Saal, Lois Lubits stand unter der Gipsbüste des

Führers, kniff Augen und Kinnladen zusammen, unsichtbar wehten die Fahnen im Wind, aufgeboten waren sie alle, niemand entzog sich, es trafen einander der Blick des Hauptmanns und das Lächeln der Generalin, die irdische Ordnung verlängerte sich senkrecht nach oben, ein Fahnenmast, ein Maibaum in die hohe Nacht der klaren Sterne, wehe dem, der keine Heimat, der seine Heimat verraten hat, Wazurak wurde sichtbar, er hatte geblitzt und blitzte wieder, wehe dem Verräter, er kommt in die Hölle, er ist in der Hölle mitten in der Gemeinschaft.

Lubits hob den Grußarm, die Linke exakt in der Schlinge, die Zivilisten klatschten Beifall, eine Bäuerin rempelte Charlotte: Schlafst vielleicht? Die schlug erschrocken die Hände im Takt der anderen. In die eingetretene Stille fielen Kommandos, das Militär polterte die Treppen hinunter, gerührt umarmte die Baronin den Hauptmann, die Jugend formierte sich in Respektabstand zur Entgegennahme von Autogrammen, der Spielmannszug intonierte einen Marsch, Charlotte hastete zum Ausgang. An Hinkenden vorbei erreichte sie keuchend den Marktplatz. In der Dämmerung stand die Kompanie, eine dreigliedrige Mauer aus Leibern. Reeechts umm. Ein einziger Klatsch und Stille. Charlotte klapperte über das Pflaster, blieb stehen, klapperte weiter, schneller, auf den Zehenspitzen, das gelang nicht, also Getrippel vor dem schweren Marschtakt der Kolonne, die sie unter dem Portal mit der Kurrentschrift Frauenheil singend überholte. Fern bei Sedan wohl auf der Höhe, da steht ein kleines weißes Haus.

Die Baronin kam nicht viel später, sie sagte: Nun ist es hoch an der Zeit, daß du zu Raimund übersiedelst, er hat Sehnsucht und beklagt sich bitter. Schließen wir die Einschulung ab, sie war nicht erfolglos, scheint mir, Leib und Seele sind erfreulich gewandelt, du hast Ausgang gehabt, also packe deine Siebensachen und gib zu, daß für die spinnstoffknappe Zeit deine Garderobe so reichhaltig ist, daß dich manche junge Soldatenfrau darum beneiden würde. Deine Kleiderkarte behalte ich, die Lebensmittelkarten bekommst du von mir ausgefolgt, der Meldepflicht wird Raimund für dich genügen, es ist alles in Ordnung, wie du siehst. Für deine Arbeit, du hast dir immerhin Mühe gegeben, schenke ich dir zwanzig Mark, ein kleines Taschengeld, wenn du ins Kino gehen willst, warum nicht. Auch wenn man einen Verehrer findet, ist es schicklicher, man zahlt selbst, mach Raimund nicht eifersüchtig und hüte dich vor stürmischen Burschen. Die Kleider verrechnen wir später einmal. Entre nous, der Schleichhandelspreis für deine Ausstattung beträgt etwa viertausend Reichsmark, die Preise haben angezogen, ein Glück, daß ich einen soliden Fundus besitze, schau nicht wie ein angestochenes Kälbchen. Glaubst du, ich habe nicht anderes zu tun, als mich mit deiner Dressur zu beschäftigen? Mein gesellschaftliches Leben ist in diesen drei Wochen zum Erliegen gekommen, du hängst mir zum Hals heraus, ich brauche einen anderen Anblick als, na ja. Man darf von dir nicht mehr verlangen. Vertreibe Raimund die Langeweile, er ist melancholisch geworden. Bring Ordnung in seinen Junggesellenhaushalt, du bist seine Hausgehilfin, das steht auf dem Meldezettel, ich werde gelegentlich nachsehen, ob du auf Draht bist und spurst. Dienstboten darf es nicht zu gut gehen. Solltest du etwas zu bemerken haben, schnell! Ich habe keine Zeit. Hauptmann Lubits hat meine Einladung zu einem bescheidenen Abendbrot angenommen, ich habe zu tun, ich muß mich ein bißchen auffrischen, verschwind in deine Kammer und dann ab. Nimm den neuen Pappkoffer, der wird passen.

Charlotte tat wie geheißen. Sie schmiß Kleider, Rock, Pullover, Schuhe und Wäsche, wie es ihr in die Hände kam, in den Koffer, das Zofenkleid ließ sie hängen, sah sich noch einmal um, passierte den Feldmarschalleutnant, hörte aus dem Boudoir, wie es zu nennen war, eine Operettenmelodie und verließ das Haus auf stelzenden Beinen, den Koffer einmal in der, einmal in der Hand. Es war noch immer Sonntag, Rudel von Landsern kamen in die Stadt, mit und ohne Mädchen dabei, das Eckhaus am Fluß war Standortkommandantur, ein riesiges Wachlokal, der Koffer bahnte sich mühsam den Weg, ein Arm mit Obergefreitenwinkeln wollte zupakken, ein anderer, Charlotte schüttelte die Locken, der Hut verrutschte, im Abendlicht kreischten die Möven, durch die Spalten der Brückenbohlen stieg stechende Kälte hoch unter das Kleid, der Eishauch ließ sich nicht vertreiben, ein Soldat ebensowenig, es war der Gefreite Bahnert. Er sagte: Ich glaube, wir kennen uns doch, wo hab ich Sie schon gesehen? Ich bring Sie zur Bahn und hoff ich zu besserer Laune. Er trug den Koffer. Mit dem anderen Arm spielte er Balance über den Hüften seiner Eroberung. Wenn Wazurak nicht daheim sein sollte –

Der Gefreite verankerte die Rechte in der Achsel, von diesem Stützpunkt tastete sie weiter nach vorn. Leise und heiser sagte Felix: Da bin ich schon, danke. Bevor er den Finger an der Klingel hatte, lag er in den Armen seines Ausbildners, der den Koffer fallen ließ und mit geübter Zunge vor Staunen offene Lippen vollends aufstieß, die Mundhöhle füllte. Felix konnte sich mit nichts als mit der eigenen Zunge wehren, er kämpfte verzweifelt und siegte schließlich, was Bahnert zu quäkender Wonne entflammte. Da konnte Felix läuten. Raimund erschien, Bahnert fielen die Arme herab, er sagte: Aber ich, ich merk mir die Adresse, du, hörst du, ich heiße Heiner!

Nun holte Raimund zu einer Umarmung aus, blieb jedoch mit den Händen in der Luft stecken, ein segnender Priester. Schweigsam zog Felix bei seinem neuen Dienstgeber ein.

– Wenn der Kerl wiederkommt, sage ich, du bist verlobt. Mach dir's gemütlich, vergiß die Soldateska, sie scheint heute entfesselt, das macht der Lubits, oder es liegt ein Wetterwechsel in der Luft. Ich leide unsäglich unter Migräne, jetzt wird es besser, Fel- pardon, Gottes willen, Charlotte!

Raimund umtänzelte den Ankömmling, wagte scheu zu bewundern, zunehmend betreten. Anscheinend wußte er nicht, wie er seine Hausgehilfin behandeln sollte. Die bemerkte auf dem Ladentisch ein großes rotes Papier, das Raimund wegziehen wollte. Wieder blieb seine Bewegung hängen: Lies es, falls du es noch nicht kennst. Besser, als wenn du es in den

Auslagen anstarrst. Es ist gestern allen Geschäftsleuten vom Bürgermeisteramt zugestellt worden. Das sind die neuen Auslagendekorationen, eine Einführung der Herren Plabutsch, Warhejtl & Co, vielleicht auf Grund reichseinheitlicher Weisung.

«Aufforderung an die Bevölkerung zur Mithilfe bei Dingfestmachung des fahnenflüchtigen
Kravogl Josef, Obergefreiter des Heeres (Landesschützen), geb. am 12. 8. 1897 in St. Pankraz im Walde, nach Heimaturlaub zuletzt gesehen am ... Der Betreffende ist 1.58 groß, hat längliches Gesicht, graue Augen, melierten Schnurrbart, schadhaftes Gebiß ...
Golub Felix, Grenadier, geb. am 3. 6. 1927 in Graz, fahnenflüchtig seit 31. 12. 1944, der Betreffende ist 1.72 groß, hat ovales Gesicht, braune Augen, dunkelblonde Haare ...
Es besteht die Vermutung, daß sich die Genannten noch im Gebiete des Landkreises befinden. Wer ihnen Unterschlupf gewährt, Nahrungsmittel ausfolgt, sowie jeder, der es unterläßt, zweckdienliche Angaben ohne Verzug ... wird vom Volksgerichtshof gemäß § ...»

Das Bild des Grenadiers Golub war das gleiche wie im Soldbuch.

– Und das muß ich affichieren!

– Laß dich nicht aufhalten.

– Ich werde es lieber gleich tun, nimm einstweilen Platz, armes Kind. Im Saal bist du bleich gewesen wie die Wand. Hat dich Vittoria schikaniert?

– Aber nein, ich habe es nur satt.

– Halte aus im Sturmgebraus, wer wird denn traurig sein in dieser langen Fastnacht, die zugleich die Passion ist. Sogar der Feigste von allen, der warme Fotograf, hat wieder Zuversicht, es kommt Ostern. Vielleicht erst im Sommer oder im Herbst, aber der Spuk geht unaufhaltsam zuende, die Russen sind heute in die Vorstädte von Breslau eingedrungen, was sagt man zu diesem Elan? Du freust dich gar nicht? Was hätte dir diese Botschaft zu Weihnachten bedeutet, die Panzer der

Roten Armee rollen durch Brandenburg, ich klebe das Plakat in den Schaukasten, aber ich zittere nicht mehr. Du siehst reizend aus, nur eine Spur zu düster. Weißt du überhaupt, was das Lustigste ist? Das sich bewahrheitende Gerücht, daß bei Wazurak ein Mädchen eingezogen ist, wird hier wie eine V-Waffe einschlagen und die guten Leutchen die Hände über dem Kopf zusammenklatschen lassen. Nichts ist unmöglich im sechsten Kriegsjahr.

Felix seufzte, als Raimund umständlich zu seiner Expedition ums Hauseck aufbrach. Am anderen Ufer empfing jetzt die Baronin den Ritterkreuzträger, lag gelbliches Licht auf den Polituren, auf dem Firnis der Gemälde, auf den Polsterungen des Récamiers.

– Ich zeige dir dein Zimmerchen, die Aussicht ist herrlich; mach es dir bequem, ich habe geheizt und notdürftig aufgeräumt.

– Wozu? Ich bin deine Hausgehilfin, ich möchte arbeiten, verstehst du mich, nicht herumsitzen, ich werde schrubben und bohnern, das Haus von oben bis unten, da muß ich nicht denken und nicht schwätzen, ich werde deine Hemden waschen und bügeln, die Socken stopfen und kochen und Geschirr spülen und heizen, alles – nur nicht quatschen und quasseln, laß mich bitte in Ruh, ich komme gleich wieder.

– Beruhige dich, es ist ein bißchen viel für dich, packe in Ruhe aus, ich bringe dir später einen Imbiß, ich habe für deinen Einzug eine Dose Sardinen aufgehoben, ich habe mir gedacht, eine Flasche Chateau Neuf du Pape –

– Trink sie allein.

Raimund blieb im engen Gang der Mansarde zurück. Die Kammer befand sich neben seinem Studio. Schmalbrüstig, mit dunklen Blumentapeten, stockfleckig, ein Holzbett, ein Nachttisch, ein Waschtisch, Marmorplatte darauf, ein angelaufener Spiegel mit braunem Rahmen, ein Nähtisch, ein schiefer Kasten mit Spiegel, ein Kanonenofen, dessen Rohr glühte. Über dem Bett ein Jesus mit Hostie «Zum Andenken an die hl. Erstkommunion für Beatrix Heckmayr am 15. Mai 1908».

Über dem Nachttisch ein Muranospiegel mit grünen und blauen Röschen, Spiegel zum Verrücktwerden, unter dem Bett ein Porzellantopf zum Kotzen, Spitzendecken auf dem Bett, Gehäkeltes, Geklöppeltes aller Orten, um die Lampe Fransen aus Glas, von Fliegen beschissen, im Kasten ein räudiger Sealmantel, in der Schublade ein Polster, aus dem Inlett wucherten Federn, Mottenkugeln zerfielen, die Bretter ächzten, Scharniere quietschten, die Glasfransen kicherten.

Felix hatte das Klopfen überhört, Raimund stand im Zimmer: Kann ich nicht doch etwas helfen –

– Nein!

– Was hat Vittoria mit dir getrieben? Du bist ein anderer Mensch, verstört und verzweifelt, es besteht kein Grund –

– Ein Haustrampel bin ich, oder soll ich dich verführen, sieh mal, wie süß mir die Reizwäsche steht, ich kann mit dem Popo wackeln, wenn du willst, es macht mir nichts aus. Ich bin als Konkubine engagiert –

Raimund legte Felix den Arm um die Schulter und drückte ihn auf das Bett neben sich: Ich verstehe allmählich, was in dir vorgeht. Es ist, ich zögere es auszudrücken, du bist mir nicht böse, wenn ich es sage, du darfst es nicht sein. Ich sehe, du hast dich in Vittoria verliebt, du bist eifersüchtig auf Lois. Sie hat dich deinem Gefühl nach erniedrigt. Sie hat nicht anders können, du schwebst ja immerhin in Gefahr. Daß die Ankunft am Bahnhof gut geklappt hat, verdanken wir dem unergründlichen Zufall. Ich habe dich beobachtet, ein Bursch, der aus Jux ein Mädel markiert. Vittoria hat dich domestizieren müssen.

– Es ist ihr gelungen.

– Sie ist eine Regentin von Natur, eine Königin von Montenegro, die es in diese Gegend verschlagen hat. Ihren Mann hat sie mit der Reitpeitsche traktiert, mich hat sie, lassen wir Beispiele, glaube mir so. Ich warne dich feierlich und auf den Knien, dich in sie zu verlieben, das stehst du nicht durch. Diese Dame in den höheren Vierzig spielt mit einem unschuldigen Jungen wie dir Katz und Maus, wenn sie die erste Spur einer

Lähmung bemerkt. Sie fordert dich so lange heraus, bis du eine Wahnsinnstat begehst, um ihr deine Männlichkeit zu beweisen. Du brauchst alle deine Sinne zum Überlegen. Deinetwegen. Ich rede ausnahmsweise nicht in meinem Interesse, diese Frau –

– ist eine montenegrinische Königin, ich hab gehört. Ich bin ein windischer Trampel. Ich habe zu eifrig gelernt, ich habe den Nazis gelauscht wie das blödeste BdM-Mensch, in der Kirche habe ich gebetet wie eine Vettel. Eine solche Scheißfigur verliebt sich nicht in eine Dame.

Raimund lachte.

– Soll ich dir etwas vortanzen?

– Die Paradoxie des Eros, die Schizophrenie des unsterblich Entbrannten! Du bist nie männlicher gewesen als jetzt, glaube einem erfahrenen Mimen, lasse dich warnen! Jede Frau, jede andere kannst du begehren, Vittoria Pisani ist Gift für dich. Schlaf ein, du bist fertig. Ab morgen üben wir uns ein in die Pseudokunst der Fotografie, da lernst du ein Handwerk. Man weiß nie, wofür das gut sein kann. Der Krieg wird nicht ewig währen, gebe das blinde Fatum, daß wir zu den Überlebenden gehören, wenn die Hüter im Hause zittern und sich krümmen die Starken, und müßig stehen die Müller, weil ihrer so wenig geworden sind, und finster werden, die durch die Fenster sehen –

Es wurde Mitternacht, eine Leuchtkugel zerbarst über der Stadt, Felix sah den Magnesiumschein herabschweben, jede Einzelheit hob sich überdeutlich aus dem Schnee, eine Spielzeuglandschaft, so fremd und so vertraut wie das Linoleummuster unter der Märklin-Eisenbahn. Der weißen Kugel folgte eine rote. Ohne Flammen brannte das gefrorene Gelände. Es wurde Nacht und es wurde Morgen, nüchtern und kalt. Das alte Hotel, das als Truppenunterkunft diente, und die Turnhalle ragten wie Festungen. Hier war ein vorgeschobener Posten, ideales Himmelfahrtskommando für einen hysterischen Mädchenknaben, ob er die Witwe des gepeitschten Generals liebte oder nicht.

Raimund war guter Laune, er zeigte, schrulliger Onkel, Dunkelkammer und Kameras, er fotografierte seine neue Gehilfin. Gegen elf, sie wollten gerade zu kochen beginnen, die Filme von der gestrigen Feier waren entwickelt, die besten Vergrößerungen gemacht, schepperte das Telefon. Die Generalin bestellte Charlotte für halb zwölf. Raimund mußte trotz Hinweis auf die Staatswichtigkeit der anliegenden Arbeit den Befehl weitergeben.

Felix ging ohne Lust, ohne Zwischenfälle, mit etwas Bauchweh, an etlichen Plakaten mit seinem Konterfei vorüber auf das andere Ufer.

In der Wohnung stank es nach Alkohol, Gläser und Teller standen herum, auf dem Bachtyar glitzerten Scherben. Schleppenden Schrittes tauchte die Baronin auf. Kein Kleid, kein Schmuck, keine Schminke, eine verquollene Gestalt im Negligée, schlaffes Fleisch unter Spitzen, ein schwammiger Bauch, die Brüste blaß hängende Euter, gedunsen das Gesicht, Tränensäcke, das Wrack einer Opernsängerin, das lallte:

– Na, Bubi, hast deine Bildchen beguckt? Eins habe ich in die Auslage gestellt, rechts ein Korsetterl, links ein Korsetterl, wer will, kann sich seinen Reim darauf machen, bekackter Angsthase. Warum, zum Teufel, hast du das Servierkleid nicht mitgenommen, das wirst du büßen. Ich laß dich bedienen, wenn bei mir was los ist, und da ist etwas los, du hast keine Ahnung, du hast Limonade im Leib, alle haben lauwarme Brühe in den Adern und statt eines Schwanzknochens, lassen wir das, die Zeiten kommen nicht wieder. Ich habe in Ischl auf den Tischen getanzt im Weltkrieg Numero Eins, die Herren haben Sekt aus meinen Schuhen gesoffen und aus den Sektgläsern meine Pisse. Madonna di Piave – das waren Männer, k. u. k. Kavaliere! Komm, Kleines, kränk dich nicht, mit dir geb ich mich nicht ab. Wenn du erwischt wirst, würde ich vielleicht weinen um deine reine Seele. Wenn du diesen Idioten wirklich das Fräulein vorhüpfen kannst, belohne ich dich, das ist eine anständige Leistung, du bist ja nicht gescheiter als deine Gegner, eher noch dümmer, aber ich ehre deine Unschuld und werde dafür sorgen, daß es dir gut geht. Eine Aussteuer werde ich dir bezahlen –

– Soll ich Kaffee machen? Er wollte sie nicht mehr sehen, nicht mehr hören und mußte bleiben, sie wollte keinen Kaffee: Spiel nicht die keusche Jungfer, Lottchen, ich rate dir gut.

Sie ließ sich in einen Fauteuil fallen und kippte einen Rest Schnaps. Ihr Körper floß auseinander wie der seidene Umhang, Schenkelkeulen entblößten sich, das Gesicht wurde straffer, gewann die gewohnten Konturen zurück, schon bevor sie Puderdose und eine Bonbonschachtel befahl.

– Möchtest auch eines? Mailänder Konfekt. Lubits hat den Herrn gespielt und Vittoria das gefällige Mädchen, ein ziemliches Mißverständnis, das er sich ausgedacht hat, bei allem Respekt. Seinem, meine ich. Der Narr ist auf Jungfrauen spezialisiert, errötend hat er gestanden, seine Abschußziffer betrage im Augenblick 151. Er führt eine luftwaffengraue Kladde mit Name, Datum und Stellung, er trägt das Büchlein bei sich. Am meisten erregen ihn sportliche Langbeine, merkst du was? Du merkst nichts. Schade, daß du nur hinten ein Loch hast, sonst könnte ich dich rekommandieren. Mir schaudert vor dieser Turnhosen-Erotik, sie enthüllt die Krankheiten Deutschlands mitleidsloser als die Sensationsberichte über KZ, mit denen London und Moskau uns das Fürchten beibringen wollen. Das ertrage ich gelangweilt. Wenigstens ein Zug von Größe an Briefträgern, wenn sie tun, was man ihnen nachsagt. Die Vergasungen, von denen dein zartes Gemüt neulich so bewegt war, entspringen Buchhaltergehirnen. Ich meine Benzininjektionen, Experimente mit allerlei Bazillen und Unterdruckzellen. Genauer betrachtet, auch nur kalte Kalkulationen heroischer Impotenzler. Jeder Bosniak ist erfinderischer im Schlachten, Schächten, über die Schnur springen lassen. Ich sehe schwarz für Großdeutschland aus der schmerzlichen Erkenntnis, daß seine Stützen den Juden, den Russen, selbst den Tschuschen und Itakher hassen, aus Neid, aus heimlichem Wissen, daß allen anderen mehr Phantasie zwischen den Beinen baumelt. Verbittert und kurzatmig pumpen die armen Teutonen ihren Weibern die Bäuche auf, damit aus Backfischen möglichst schnell Muttis werden und die Kindlein wie die Orgelpfeifen zur Freude von Statistikern und Schulmeistern in die Turnhöschen wachsen, gleich armselig und öde, Jasager und Duckmäuser, bestenfalls Jagdflieger, Jungfernstecher, Obergefreite, eine gut gedrillte Wach- und Schließgesellschaft für hygienische Feindliquidierung.

– Wenn Sie eine Christin sein wollen, können Sie nicht so reden, ob die KZ-Geschichten wahr sind oder nicht. Auch wenn Sie enttäuscht oder betrunken sind, dürfen Sie –

– Steht da, Modell für ein Witzblatt, hat nach Jahren einmal Weihrauch geatmet und will mich katechisieren! Das ist die Höhe, du wirst heute arbeiten, daß du auf allen vieren über die Brücke zurückkriechst. Wenn ich nicht zu faul wäre, würde ich dich verdreschen. Ich bin Katholikin, du lauwarmes Arschloch, ich glaube an Gott und seine Heiligen, an den Teufel und seine Machinationen, an sein ewiges Geflüster: Du, erhabener Mensch, bist selber Herr über diese prachtvolle Erde, dein Land, errichte dein Reich nach deinem Gewissen, es ist rein wie das Blatt auf deinem Reißbrett. Ich, Vittoria Pisani, verachte und hasse das Durcheinander der Ingenieure, ich liebe die Ordnung der Sünder, die stehlen und morden und sich an die Brust schlagen, heimlich, nicht vor den Proleten, sondern im Beichtstuhl, vor Gott, und von ihm gestärkt, inspiriert und beflügelt die Moral auf ihren Schultern tragen, eine Figur der Immaculata, durch den Dreck und die Gosse. Die wahre Ordnung auf Erden muß im Herzen von ihrer Nichtswürdigkeit überzeugt, ihre Fassaden müssen sauber sein wie fabrikneuer Battist. Ich, eine Sünderin, sage dir –

– Sie quatschen wie Raimund. Mit Verlaub.

– Soll ich dir deine Ohrringe verpassen, sie sind überfällig, Charlotte. Du bist zu blöd, nur zu ahnen, daß ich es ernst meine und außer diesem doppelt verfluchten und dreimal von sich selbst geschlagenen Wazurak keinen Menschen auf der Welt habe, zu dem ich reden kann, was mir einfällt. Ich habe geglaubt, ich kann dich zu meinem Ohr erziehen, aber du bist dümmer als Pilsudski, der einzige Liebling meines seligen Herrn Gemahls. – Eugen ist Landkartenfetischist gewesen, ein Typ, den selbst Adolf Hitler nur in Andeutungen verkörpert. Und du stehst da, glaubst dich geschändet von meiner Wäsche, verschmähst das Kleid, das ich dir eigenhändig genäht habe, läßt es hängen, Rock und Pullover ziehst du an, weil es dir weniger entwürdigend scheint. Welches Wort! Du hast es von mir gehört und angenommen. Hätte ich gesagt, Held, wir müssen dich tarnen, eine Kriegslist, wärst du mit Wonne in einen verstunkenen Fetzen gekrochen. Das ist der Grad deiner Reife. In voller Absicht und kühler Überlegung habe ich dich, wahrlich mit Maßen, terrorisiert, anders hättest du nie die leiseste Ähnlichkeit mit einem weiblichen Wesen gewonnen. Das und nichts anderes hält dich am Leben. Es ist ein dünner Faden. Eine Nacht außerhalb meiner Mauern, und der Jüngling blickt aus der Vermummung wie das Gerippe aus dem Sterbenden. Ich habe Sorge um dich, du wirst es niemals begreifen: ich will dich nicht verlieren. Weder in den Tod noch zu den Partisanen, noch sonst irgendwohin darfst du mir entkommen, ich zögere nicht, dir eine Art Liebeserklärung zu machen. Bevor du aus der Grube gekrochen bist, stand mein Entschluß fest, dich unschädlich zu machen. Um Raimund zu retten und aus bestimmten Grundsätzen – nicht militärischer Kategorie. Dein komischer Versuch, mir die Gründe deiner Flucht zu erklären, hat mich gerührt. An einer Stelle, die kein Mitleid kennt, Felix –

Er zitterte, er konnte es nicht verbergen, er wollte sie schlagen, die Baronin, die keine war, die Miedermamsell, die sich den senilen Trottel angelacht hatte, nicht einmal der Name stimmte, Pisani klang der alten Hure feiner als Pisanič, sie war so ordinär und widerlich, daß er Zähneklappern bekam. Trotzdem lief er nicht weg, machte nicht einmal einen Versuch dazu, stand angeleimt da, verwurzelt im Perser, starrte auf das Fett, in dem blaue und violette Adern Astmuster zeichneten.

Als vor ihm die Schenkel auseinanderglitten, sah er, was er

längst sehen und jetzt nicht sehen wollte, das Modell der Zeichnungen an den Abortwänden, den haarigen Wulst, die offene Wunde, den schwimmenden Glanz des Dunkels, das Loch. Vittoria griff hinein und lachte.

Felix stand stocksteif, unter dem Kittel pochte ein anderer Stock in seinem Gefängnis. Vittoria langte nach ihrer Beute: Du magst doch Bonbons, mein Kind. Sie zog ihn nieder, er war zu keinem Widerstand fähig, im schlaffen Fleisch lagen Muskeln auf Lauer, sie nahmen seinen Kopf gefangen, preßten ihn weiter, dem Geruch von gärendem Heu entgegen, sein Mund schnappte nach Luft und glitt vor. Die Lippen in faulendem Seegras, Nougat auf der Zunge, war der Schoßhund im Schraubstock gefangen. Inter faeces et urinam empfängst du das Sakrament der Zuflucht, du kniest, du bebst vor Andacht, deine Zunge gesteht es, du willst deiner Retterin dienen, du willst –

Felix sprengte die Schenkel, er sah die tropfende Fotze, Gestank in der Nase, Nässe im Mund, stand er auf, stand er wieder da, Herzklopfen unter dem Mieder, Schwanzklopfen unter dem Wollrock, das Jucken der Zellwolle, das Monstrum Vittoria seufzte, grell fiel das Licht darauf, Felix sah seinen Händen zu, sie tappten über seinen Körper, der Kittel fiel auf den Boden und er der Länge nach in das Fleisch. Es gab nach.

Ein lächerlicher Reiter ritt, geklammert an den faltigen Hals, Trott im klatschenden Takt der Gezeiten, Flaschenkürbisse schaukelten mit, schlenkernde Euter, ein Roß, das traben sollte und nicht wollte, es doch langsam wollte, es lehrte allmählich dem Reiter das Reiten. Er begriff es und begriff nicht, daß er das wollte, Vittoria, sagte er und biß in Puder und Blut, besser ihr Blut im Mund als ihre Pisse, am besten alles, die roten Buschen in den Achseln, den schwarzen Buschen auf dem Knochen über dem Spalt, den Nabel, die Zitzen, rosa und grau, alles was wackelt und schaukelt und stöhnt an dieser Frau, sie soll winseln, sie soll ihrem Hochmut abschwören, stotternd und lallend, Feli, lacht sie und lallt sie, du bist ja, sie soll schreien und schweigen, sie furzt und jault, die Dressur des Opfers ist aus, dressiert wird die Dame, die auf alles Antwort gewußt hat. Sie ist häßlich, sie ist alt, sie ist eine Hure und die Königin der schwarzen Berge, ihr Arsch ist ein Felsen, ihr Loch ein Sumpf, ihr Loch ist Beton, ihr Bauch würgt an der Geburt ihrer Kapitulation. Der Reiter singt sich ein komisches Lied von der Generalin, die vögelt wie eine Maschine und flucht, daß ihr Herr gepanzert ist und einen Busen hat, sie will ihn befingern, das Mieder platzt in den Nähten, ein einziger Leib wälzt sich auf krachenden Matratzen. Ave Vittoria, gnädigste Nutte Exzellenz, ich bete dich an, ich bin, du bist, wir sind, verflucht noch einmal, jetzt stürze ich ab –

Ein weißer Polyp mit blubberndem Loch, seine Fangarme kommen zur Ruhe, der Reiter will nichts als vergessen, er streckt sich aus an klebrigem Strand. So ist es.

Es ist ziemlich spaßig. Was ist es nicht, was sagst du? Du redest wieder, bist glücklich, sagst du, ach ja, ich bin es wahrscheinlich auch, ach Gott, laß das blöde Korsett, ich will nicht, sie werden mich schon nicht erwischen, ich passe ja auf, mach dir keine Sorgen, von mir aus, ruf Raimund an, mir ist es egal –

Verändert der Beischlaf, der erste, das Bewußtsein des Männchens, das hat? Ich bin ein Mann, denkt Charlotte und läßt sich in ein Mieder schnüren, das fester ist als das beschädigte, gar kein Vergleich, fühlt sich als heimlicher Partisan auch mit einer Taille, unter der wie eine Birne ein Seidenarsch hängt, wenn die dreiteilige Psyche nicht lügt. Es ist eine Kriegslist, eine Maßnahme der Geliebten, ich liebe sie, weil ich es kann, man kann lachen über die Figur, über die eigene und ihre, und braucht sich nicht mehr genieren, daß der Busen sitzt, als wäre er angewachsen, ich bin sogar im Schlafzimmer der Freundin im Nu getarnt, wenn es klopft. Es klopft nur Pia, sie bekommt durch den Türspalt Erlaubnis zum Besuch des Films ‹Was eine Frau im Frühling träumt› mit Marika Rökk. Was ist die Rökk gegen Vittoria Pisani, die unter mir gekeucht und gestöhnt hat. Ich bin kein Mann gewesen, jetzt bin ich einer. Ich habe ihr Unrecht getan. Soll sie mit Dutzenden geschlafen haben, soll sie mehr als doppelt so alt sein wie ich, was sind gegen sie diese Mädchen, die mit Soldaten ins Kino gehen und vom Leben nichts wissen? Erhaben über die Turnhosen-Erotik lasse ich mir von Vittoria das Dienstmädchenkleid anziehen, sie ist die Zofe ihrer Zofe geworden, sagt sie und schminkt ihren Freund wie eine Französin im Film. Vor zwei Stunden hätte er mit den Zähnen geknirscht ob dieser Behandlung, die er lachend erträgt. Er spielt sachlichen Ernst bei der Lackierung seiner Nägel. Mit ziegelroten Krallen versuche ich Vittorias Nägel zu färben. Wo gibt es im sechsten Kriegsjahr sonst so gepflegte Hände wie die Vittorias? Sie ist wieder jung, eine Prinzessin in der Verbannung, die Männer und die Kleinstadt haben sie nicht erniedrigt. Sie ist allem gewachsen, sie schlägt selbst dem Führer ein Schnippchen, sie hat einen Grenadier so vollendet getarnt im Gelände, wie es dem besten Ausbildner im Traum nicht einfallen könnte. Herr Hitler, ich bin Ihnen entwischt, ich grüße Sie knicksend. Ich liebe Vittoria, ich ziehe sie an, ich werde nicht mehr rot, wenn ich mir Frauenfleisch vorstelle, wenn ich es sehe, eine Dame ohne Kleid, ich streichle den Bauch und die Brüste, ich schlage zum Spaß auf den Hintern im Spitzenhöschen. Es ist aus Paris, sagt Vittoria, es ist offen zwischen den Beinen. Das mußt du tragen, sage ich. Sie spreizt die Beine, das Loch ist mit Rüschen garniert ein Löchlein. Ich habe mir nicht einmal richtig vorstellen können, wie eine Frau aufs Klosett geht und –

jetzt sitze ich im Loch unter den Bohlen unter dem Schreibtisch, rülpse Weindunst ins Dunkel und lasse mir vom Vaudeville in Vittorias Kemenaten die Zeit vertreiben, um nicht an die Schenkel Hilgas denken zu müssen. Hilga hat nie ein Schlitzhöschen getragen, dafür sitzt sie auf dem Schoß des Ritterkreuzträgers, sie ist fasziniert von diesem Lubits, ich höre sie schwärmen: das ist ein Mann, Felix, wie ich ihn mir früher vorgestellt habe, unheimlich die Ähnlichkeit mit meinen Träumen als Kind. Hilga hat die Luftwaffenillustrierte gesammelt mit elf und zwölf, sie hat Rufzeichen neben die Bilder der Helden gemalt und den Unsympathischen ein Bärtchen wie Galland. Der Flaum auf ihren Schenkeln ist blond, sie will turnen im Bett und hat festere Brüste als Fela, sie absolviert den Beischlaf als Kursus mit steigendem Schwierigkeitsgrad. Ich schmähe sie, ich ziehe ihr eine Sporthose an, aber ich kann nicht mehr lachen, ich liebe dich, sage ich laut, es klingt dumpf, die Stimme des Gehörnten im Kasten, der das Bett schwingen hört, den Takt der Takte, taktvoll in seiner Verzweiflung, in seiner Scham, im Versteck zu horchen, wie es draußen jubelt, Eifersucht, Laster der Laster, Pein des gepeinigten Narren, der nur Grinsen einheimsen kann. Niemals zuvor habe ich Hilga geliebt wie jetzt. So blöd dein Name ist, so dumm deine Rufzeichen und Gallandbärtchen in Illustrierten für erfolgreich Schwachsinnige sind, ich möchte dich um Verzeihung bitten für den heimlichen Hohn. Wer verdient ihn mehr als der Knabe Charlotte? Tauch wieder auf, Schießbudenfigur mit Handtasche und Muff, zeig dich in deiner Dummheit, stöckle durch das Bilderbuch deines Winters, mach dich nicht klüger, nicht mutiger, nicht distanzierter, säusle den Unsinn am Fenster der Werkstatt, nimm den Stickrahmen, präsentiere der Alten die Fortschritte, die du gemacht hast, fern dem Fett der Geliebten bei Raimund und Feindsender mit Fading, sehnsüchtig wartend, traurig, aufjubelnd endlich, wenn du kommen darfst. Höre dein Lob aus ihrem Mund, sie nennt dich ihr fleißiges Lottchen, aus dem allmählich ein Haustöchterl wird, du wartest, ob und bis sie geruht, deinen versteckten Pimpel zur Kenntnis zu nehmen, sagst nichts, auch wenn er dich verrückt macht, du bist dressiert auf Bonbons, sie läßt dich nicht nur einmal nachher abblitzen, sei froh, daß du das darfst, Undankbarkeit ist ein Laster. Gegen versuchte Gewalt setzt sie Hohn oder einen Griff, der deinen Mannesrest im Augenblick erledigt und du Stunden nachher nicht ordentlich gehen kanst. Sie sagt, sie überlege, ob es nicht am gescheitesten wäre, ich würde Raimund heiraten. Wenigstens standesamtlich. Das Ehetauglichkeitszeugnis von Dr. Winiak werde sie organisieren, die dazugehörige Blutprobe könnte man riskieren. Als Frau Wazurak würde ich gefahrloser zu ihr kommen können, Raimund wäre ein für allemal von seiner Schande befreit, und ich würde nicht sterben, wenn er seine Gattin auch tatsächlich in Besitz nehmen sollte. Ich sage, mich ekelt, und mich ekelt auch vor Vittoria. Sie sagt, das steht mir. Vom Krieg ist sie überzeugt, daß er noch Jahre andauern wird, wir sind in Ungarn im Gegenangriff, sie versichert, daß der Ostwall im Burgenland hält, wenn es darauf ankommt. Sie sagt, ich verstünde nicht das geringste davon, ich solle den Mund halten. Sie glaubt an eine Revolution bei den Sowjets, an einen Sonderfrieden Hitlers mit Amerika und England. Sie tut, als glaube sie es. Im Grund ist ihr das egal. Sie hört die Nachrichten, eine Dame in der Loge sitzt sie mit mir am Fenster zum Hof, der Schnee fällt und taut weg, es fällt neuer, an sonnigen Tagen gleiten Schwärme silberner Fische durch meerblauen Himmel, amerikanische Bomber nach Wien und Graz. Der Grazer Bahnhof ist hin, zwei Tage kommt kein Zug, in Schlesien und in der Mark erfrieren tausende Kinder, und ich schwöre Vittoria vor einem Kruzifix, nicht zu den Partisanen zu gehen, niemals, ich schwöre, keine Geheimnisse vor ihr zu haben. Es bleibt mir nichts anderes übrig, sie droht mit der Hochzeit, Raimund weiß zunächst nichts davon, aber er leistet ihr keinen Widerstand. Ich bettle um Galgenfristen bis Ostern, bis Pfingsten. Sie sagt, sie mache sich Sorgen um mich. Das beste sei, ich würde schwanger. Vorübergehend wenigstens. Raimund wird als werdender Vater noch rührender sein. Und Raimund ist trotz seiner Güte und seinem unheimlichen Wissen ein Schwein. Wenn er nach meiner Hand greift, nur um sie zu drücken, rinnt es mir über den Rücken, ich habe keinen Grund, ich weiß es, ihn ein Schwein zu nennen. Ich nähe mit Vittoria mein Brautkleid, während Dresden in Flammen steht, sie füttert mich nicht nur mit Konfekt, ich darf mir Speck und Eier braten, ich nehme zu, Raimund erfährt Vittorias Pläne, erhebt ernste Bedenken. Er spart sich die besten Bissen ab, ich fresse an beiden Ufern. Wenn ich dir das erzähle, Hilga, ich habe es noch niemals getan, wenn du es wüßtest, würdest du dich mit Lubits auch in grinsender Verachtung verstehen, ein besseres Gewissen in deinem Sekretärinnenschädel. Das molliger werdende Lottchen bei seinen Versuchen, Vittorias Ethik zu bessern, auf christlicher Basis, während sie Pilsudski erzählt, daß sie Lottchen, wenn es nicht bald aufhöre, auch kirchlich verehelichen werde, damit es für das geistvolle Geplauder ein Ehebett ohne Sünde habe.

Ich habe sie nur auf Minuten besiegt, eingebildete Siege wahrscheinlich. Sie ist Vittoria geblieben, und ich bin Mitte Februar so frech geworden mit dem plötzlich als Major rangierenden Lubits Krakowiak zu tanzen, im bewundernden Kreis händeklatschender Offiziere, geschmeichelt von seinem Trinkspruch auf meine prächtigen Beine, die das Hüpfen in der Kniebeuge länger aushielten als seine.

Ich komme außer Atem, wenn ich daran denke. Ich schnappe nach Luft in dieser finsteren Grube, die Luft ist zäh und würgt in der Kehle. Naphthalin und Parfum, ich bin dem weißen Narrengewand nicht entgangen. Ich höre mich atmen, der Moder dringt pfeifend in mich ein, Vittoria läßt sich Zeit. Wie lange wartet sie noch? Sie will mir anscheinend manches ersparen, Hilga. Die Prügel und dein Abenteuer mit Lois. Der Moder beißt in die Augen, der Film ist heimlich gedrehte Amateurarbeit, ich bin versucht, vor Rührung zu weinen, daß ich versuchen will, dir Lois zu vergeben, Hilga Langbein mit dem Flaum auf den Schenkeln, deine Haare sind echt, dein Kopf ist nicht aus Porzellan, du lebst, du liebst mich, ich weiß es, du bist nur verwirrt, der Fasching ist ein Irrenhaus, in dem sich eine Turnerin nicht leicht zurechtfindet, hat es doch sogar mich in dieses Loch gesteckt. Ich habe den Spuk schon einmal besiegt, gemeinsam werden wir ihn leichter los, Kameradin in Bett und Geschäft. Wenn alle untreu werden, so bleiben wir doch treu, singt der Chor der SS-Division Frundsberg über alle Sender des Reiches, eine schöne Melodie hat dieses Zeug, du hast recht.

OHNE ES ZU WISSEN oder gar zu wollen spielte Raimund einen Raimund, den Hilga abstoßender fand als den Raimund, den sie nach reiflicher Vorbereitung durch Felix und eigenem Urteil nebst Vorurteil erwartet hatte. Von Bahnhof bis Schreibtisch ununterbrochen redend, schneller und schneller, damit Hilga und Felix nicht zu Wort kämen, vor allem Hilga nicht, stellte sich Raimund selbst die Fragen betreff Geschäft Leibrente Übergabe Einkommensteuer Umsatzsteuer Gewerbesteuer Reparatur Abschreibung Zinsen Inventar. Er beantwortete sie eher zu seinen Ungunsten. Felix fürchtete einen Ausbruch Hilgas, mit schmäleren Augen blickte sie von einem Papierhaufen zum anderen, von den Flecken auf der Tapete zur Zimmerlinde, Raimund hüpfte durch das Büro und bat zur Führung durch das Haus.

— Es modert der Fußboden, sagte er fröhlich, stürzen Sie nicht, lassen Sie sich von Felix führen, es ist düster, ich verwende nur Glühbirnen mit fünfundzwanzig Watt, ein Tick, ich hasse zu große Helligkeit.

— Du hast auch stärkere Lampen, sagte Felix. Schweigend und schnuppernd betrat Hilga die Küche.

— Ein Leben ohne Frau ist eine Kette von Improvisationen, eine Speisekarte, auf der das Rahmherz fehlt, ein Herd, dessen Kacheln sich hoffnungslos schwärzen; ich scheuere und scheuere und bringe nichts auf Hochglanz, Verfall ohne Antithese, es fehlt die Dialektik dieses Unbegreiflichen, das Sie verkörpern, es fehlt die Logik von Apfelstrudel und Schmollmund, das Einhalten der Gebote von Waschtag und Putztag, die Heiligung des Leintuchs und des Lockenwicklers, das immerwährende Lob der sieben europäischen Seligkeiten in der Tretmühle der Taten für eine Familie hin zu Kind und Kindeskind.

– Ich weiß nicht, warum Sie nach dieser unnötigen Selbstbeschuldigung, sagte Hilga mit der Stimme der Chefsekretärin eines florierenden Anwalts, plötzlich das Familienleben verspotten; Sie sind uns keinerlei Rechenschaft schuldig über Ihre Vergangenheit, machen Sie sich keine Sorgen, wir (sie ergriff Felix bei den Schultern) werden dieses Haus verwandeln.

– Peitschenhiebe, die ich verdiene, ich singe die Litanei meines Versagens und bin glücklich, euch glücklich zu sehen. Ihr seid es, Felix und Felicitas, ich küsse euch die Hand.

Das war auf der Treppe zwischen den Lorbeerkränzen und den Mimenfotos, Hilga versuchte die Rollen zu identifizieren oder zu prüfen, ob der Dargestellte wirklich Raimund war. Raimund küßte ihr beide Hände. Da ihm Felix die seinen entzog, küßte der etliche Stufen tiefer, wie er sagte, unter ihnen Stehende Hilga den Rocksaum.

– Ich heiße zwar Hilga, doch glücklich hoffe ich zu werden.

Felix hinderte Raimund, Hilgas Schuhe zu küssen. Hilga lächelte und sagte: Wirst du vielleicht eifersüchtig?

– Ich finde das übertrieben, hörte sich Felix dozieren, während Hilga bereits die Kammer Beate Heckmayrs betrat und Raimund ihr nachstürzte.

– Mein Name ist Charlotte Weber, sagte Hilga, die sich den Sealmantel angezogen und ein mottenzerfressenes Kopftuch aufgesetzt hatte. Mit tiefer Stimme sagte sie: Ich bin ein Mann, meine Damen in Beinkleidern.

Raimund bewunderte sie, unterbrach sich und sagte, Hilga solle nicht spotten, Felix habe zuviel durchgemacht.

– Bist du mir böse?

Felix sei es nicht, beteuerte er, sie solle nur weiterspielen. Sie wollte den Mantel ausziehen, obwohl ihr kalt war. Auch Felix fror. Zu seinem Erstaunen war ihm unangenehm, daß sich Hilga benahm, als gehöre ihr schon das Haus. Sie rückte die Nähmaschine vom Fenster, überlegte, wohin mit dem Muranospiegel und beschloß, aus dieser Kammer das Kinderzimmer zu machen.

Raimund fand es großartig, die schönste Überraschung, er wollte gratulieren.

– Sie werden es noch erwarten, Großtante zu werden.

– Ich möchte dich bitten, dich zu benehmen. Raimund hätte sich ehrlich gefreut!

– Ich bitte dich, Felix, lieber Gott, wer wird denn keinen Spaß verstehen!

Raimund küßte Hilga wieder die Hand und bat um Vergebung für seine Frechheit. Er könne Kleinkinder seit Menschengedenken nicht ausstehen, aber dieses wolle er sogar hüten, wenn er dürfe.

– Das werden wir uns noch überlegen. Für Babies sind Sie ja keine Gefahr, oder?

– Hilga!

– Daß du mit mir schreist, ist das Allerneueste!

– Du solltest netter zu deiner Braut sein.

– Du bist gereizt, weil ich Charlottes Reliquien zu wenig bewundere.

– Eure Tante bekommt eine Herzattacke, wenn ihr nicht friedlich seid.

– Entschuldige dich gefälligst! Auch bei meinem Chef hast du dich zu entschuldigen. Du hast ihn attackiert. Eine Minute nachdem er mir Urlaub gegeben hat. Du mußt ihm unbedingt schreiben. Ich sage es dir gleich, damit du ja nicht vergißt. Du hast ihn angeschrien.

– Angeschrien?

Angeschrien hat er ihn, jawohl, ich sage Ihnen, es ist manchmal schwer mit ihm. Da kommt er zu Dr. Wolff, der sich – das muß man sagen – für uns einsetzt und mehr als Sympathie hat –

– Für dich vielleicht.

– und beginnt nach kurzem Gespräch einen Streit. Er könne nicht verstehen, sagt er und weiß genau, daß mein Chef gerade einen Ehemaligen herausgeboxt hat, unterbrich mich nicht, er könne nie und nimmer verstehen, daß ein vielfacher Massenmörder, so hat er gesagt, freigesprochen werde und ein harmloser Wilderer drei Jahre Kerker bekomme. Dabei ist der Betreffende ein hochdekorierter Mann, der im Krieg zufällig nach Wilna abkommandiert gewesen ist. Der angebliche Massenmord hat sich zu einem, einem einzigen unklar bezeugten sogenannten Totschlag reduziert. Alles andere war phantasievolle Aufbauschung durch die Zeugen.

– Ich habe dir meine Meinung gesagt, deinem Chef auch. Schluß damit. Du weißt nicht –

– Ich weiß genau. Du hast diese sogenannten Zeugen der Anklage weder gehört noch gesehen, du hast etwas gegen alle, die im Krieg ihre Pflicht erfüllt haben. Du verdächtigst jeden Offizier.

– Aber liebe Hilga, verstehen Sie doch, Felix hat sein Leben riskiert –

– Als Damen-Imitator. Er hat –

– die Stadt gerettet, Fräulein Hilga.

– Er will nichts mehr davon wissen, sagte er. Stimmt das oder nicht?

– Es stimmt.

– Er hat das beste gewollt, ich räume es ein, aber wäre er nicht fahnenflüchtig geworden, hätte er sich die Gefangenschaft erspart. Er sagt es selber, sag es doch, Felix!

– Raimund weiß es.

– Ach, Kinder, begrabt das Kriegsbeil, liebt einander, ich sehe ja, wie sehr ihr euch liebhabt. Laßt die dumme Politik, an der alle alle derart gelitten haben.

– Es muß der Schlußstrich gezogen werden. So heißt es doch, Hilga.

– Küßt euch, Kinder, er ist ein Held trotz allem, Hilga, vergessen Sie das nicht.

– Ich weiß schon, sagte Hilga und löste sich von Felix, den sie auf Mund und Augen und seitlich der Nase sehr feucht geküßt hatte: Mein Bruder ist bei Bobruisk gefallen, wissen Sie, mein einziger Bruder. Er ist mit Leib und Seele Soldat gewesen. Da ist man voreingenommen, auch wenn ich jetzt diesen Deserteur liebe.

Raimund hängte sich in beide ein: Du hast eine prächtige Wahl getroffen, Felix. Vittoria wird begeistert sein. Meine Augen sehen euer künftiges Glück. Felix verdient, daß Sie sich seiner annehmen, treiben Sie ihm den letzten Rest Anarchismus aus, Sie können das, machen Sie ihn friedlich und zufrieden.

– Extratouren gibt es nicht mehr, nicht wahr, Felix?

– Denken darf ich, was ich will. Du hast, wenn ich mich recht erinnere, darum gebeten, daß ich dir stets meine Meinung unverblümt sage.

– Das gilt auch umgekehrt. Entscheiden wird die Vernunft. Wenigstens in allen Fällen, die praktische Auswirkungen haben.

– Ausgezeichnete Kandare, Felix. Entschuldige dich bei diesem Anwalt. Man weiß nie, wofür man ihn einmal brauchen kann.

– Nicht für eine Scheidung, sagte Hilga, als hätte jemand daran gedacht. Sie schmiegte sich an Felix. So folgten sie Wazurak in das Schlafzimmer der Familie Heckmayr.

– Der Zustand dieses Raumes ist unverändert seit dem Jahre 1927. Ein Triumph der Mottenkugel.

– Und die Marmelade auf dem Kasten?

– Verschiedene Jahrgänge, mein Fräulein, die drei Gläser links außen enthalten laut Aufschrift den versteinerten Rest von Johannisbeerkonfitüre der Ernte 1914. Die Beeren waren reif, als Wazurak gegen Serbien zog, um den Thronfolger und seine Morganatin zu rächen. Unter den ehelichen Betten der Nachttopf der Familie, Meissener Zwiebelmuster in heimischer Variante, zuletzt benutzt von Oberstleutnant Marschak, Held der Sowjetunion. In den Kasten die Reste der Heckmayrschen Garderobe, soweit sie zwei Motteneinfälle, etliche Spinnstoffsammlungen und die Liquidierung des Faschismus überstanden haben. In der Schublade des rechten Nachttisches, nur für starke Nerven, das falsche Gebiß und die Schnurrbartbinde des Gründers und Bauherrn, hier die Familienporträts. Das Hochzeitsbild, die einzige Frucht, Beate genannt. Als Säugling, als Matrosenmädi mit Mützenband Viribus Unitis, als Mitglied der Kongregation. Ständig Jungfrau, bis zum Tode Jungfrau, immakuliert in alle Ewigkeit trotz ihrer quälenden, was sage ich, verzehrenden Sehnsucht nach dem Gehilfen des gestrengen Papas, der ein derart ruchloser Schauspieler gewesen ist, ihr Liebe vorzuheucheln, händchenhaltende, vorlesende Keuschheit am Krankenbette, das Sie bereits besichtigt haben. Dortselbst erlag sie allmählich der Tbc, noch vor Papas Heimgang. Sonst hätte ich sie heiraten müssen, um mir die Mitgift zu sichern – heiraten, ich, dieses Geschöpf in blassem Chamois. Sehen Sie nur, wie sie lächelt, wenn man den Staub entfernt. Rührend, nicht wahr. Papa war trotz Basedow und Blähhals deutscher Turner, Mama eine Milchkuh. Was hilft es, frage ich Sie, wo bleibt die Lebenskraft? Der Wille ist dagewesen, was für ein Wille! Aber die Kraft, blasse Beate –

Raimund liebkoste das Glas über dem Foto, Hilga schob das Kinn vor, ihre Linke um die Hüfte des Verlobten. Ihre Verachtung für Raimund war groß, und er sagte ihr: Sehen Sie doch nicht zu, Mädchen, zertreten Sie diese Bilder, Sie dürfen es, ich bitte Sie darum. Niemand hat mich erlöst, Sie müssen es tun!

– So stellen Sie sich Ihre Erlösung vor? Wir nehmen Ihnen den Plunder ab, den Sie nicht mitnehmen wollen. Sie hätten sich selbst längst davon befreien können.

– Selbst? Raimund produzierte ein Koloraturenlachen. Selbst selbst selbst, sagt sie, selbst!

– Zeigen Sie uns die anderen Räume, sagte Hilga. Behutsam stellte Raimund Beates Bild nieder und öffnete die Tür in die ehemalige gute Stube ihrer Eltern, das Balkonzimmer auf gleicher Höhe mit dem Gehsteig: Hier gibt es keine Gespenster, hier ist es richtig gemütlich. An diesem Tisch wurde die Übergabe von Haus & Geschäft an mich unterzeichnet, es lag diese Fransendecke, lag auch, als mich einige betrunkene Herren der Sowjetarmee zum provisorischen Bürgermeister ernannten. Traditionsgemäß können auch wir unseren Pakt an diesem Tisch besiegeln. Wenn Sie wollen, sofort. Ich hole die Papiere, es ist alles abgesprochen, die Stunde ist günstig, worauf warten wir noch?

– Eine ausgezeichnete Idee, sagte Hilga.

Raimund war schon entwischt. Felix versuchte Hilga Vorwürfe zu machen, weil sie etwas gesagt oder gedeutet haben könnte, das er weder gehört noch gesehen hatte. Er hatte nur gesehen, wie sich Raimund vor Hilga tief verneigte.

– Die Papiere sind in Ordnung, sagte Hilga zu Felix. Warum sollen wir warten? Dr. Wolff hat, wie gesagt, die Schriftstücke noch einmal überprüft. Bevor der Alte endgültig verrückt wird, soll das unter Dach und Fach sein. Dr. Wolff besorgt alles Weitere. Wir haben keine Laufereien mehr. In einigen Augenblicken sind wir gemeinsame Besitzer, auch die Lagerbestände gehören uns, sie sind im Vertrag sehr niedrig pauschaliert. Das Mobiliar ist ausgeklammert, ich denke, da wird Wazurak eher großzügig sein. Eine Anführung der Gegenstände wäre zeitraubend und würde nur die Kosten erhöhen. Warum soll der Staat verdienen, fragt Wölffchen mit Recht. Die Leibrente ist durch deine Güte ohnehin hoch genug. Vielleicht müssen wir sie nicht lange zahlen.

– Ich weiß nicht, ich bitte tausendmal um Vergebung, sagte Raimund, ich weiß mir keinen Rat mehr, ich kann die Mappe nicht finden. Ich bin überzeugt, sie vor unserem Aufbruch zum Bahnhof auf dem Schreibtisch gesehen zu haben.

– Es hat doch Zeit, Raimund, reg dich nicht auf, wir wollten ja erst nächste Woche das Zeug unterschreiben, warum auf einmal so plötzlich?

– Ich will den Plunder loswerden, schrie Raimund.

– Ein Kriminalfilm, sagte Hilga, vielleicht hat Fräulein Beate die Papiere an sich genommen.

– Spotten Sie nur, Sie haben sich gescheut, Beate zu vernichten. Hören Sie ... hören Sie doch: es sind Schritte im Haus, sie nähern sich ... helft mir, so helft mir doch!

Felix öffnete die Gangtür. Tatsächlich, Schritte. Auf der Treppe: Wer ist da, verdammt noch einmal?

— Wer flucht schon am Vormittag, wer kann das sein?

Die Stimme gehörte Vittoria. Sie kam mit Pacher-Pichler. Raimund, der hinter Hilga Schutz gesucht hatte, führte die Vorstellung durch, als wäre nicht geschehen, was nicht geschehen war. Vittoria und Pacher nahmen Platz, beide tasteten Hilga mit Blicken ab, Vittoria nahm ihre Hände zu Hilfe: hochbeinige Größe 44, sagte sie, herzlich willkommen heißt Sie nicht nur die Pisani, sondern auch der Faschingsprinz, nicht wahr Augustinus Augustulus?

— In der Tat, sagte er, und versuchte Hilga in den Hintern zu zwicken.

— Die Manieren haben Sie nicht erfunden, dringen da einfach ein und glauben, Sie können. Das ist ein Irrtum, für diese Art Humor haben wir nichts übrig. Sag ihm das, Felix. Warum stehst du herum? Entschuldigen Sie, Baronin, aber —

— Ich konstatiere Widerstand gegen die Faschingsgewalt. Ich regiere zwar erst ab morgen, aber man hat mir auch schon vorher Respekt zu zollen, nicht mir persönlich, sondern der in mir verkörperten Tradition. Ich verwarne Sie!

Hilga lachte. Raimund fragte, womit er dienen könne. Der Prinz sagte: Mit deiner ganzen Seele und allen deinen Werken.

Vittoria: Sie sind ein Dichter, Gustl, plagiieren Sie nicht. Er will euch im Auftrag der Faschingskommission für heute abend zum Heimkehrerball einladen.

— Der offizielle Titel ist seit nunmehr drei Jahren Kameradschaftskränzchen. Es findet statt unter den Fittichen des Doppeladlers und Bürgermeisters. Ich handle übrigens in eigenem Auftrag. Als Schriftführer des Kameradschaftsvereins bin ich dazu ebenso berechtigt wie im Namen unseres Obmannes. Wir freuen uns über Ihre Zusage.

— Wir haben noch gar nicht —

— Ihr habt, was denn, Felix! Für dich ist das eine besondere Aufmerksamkeit, wie du dir denken könntest.

— Da freut sich der alte Wazurak wie ein Kind, ich habe nämlich —

– Alter Gauner, nimm ja genug Filme mit und betrink dich nicht wie bei der letzten Fahnenweihe, sonst geht es dir Montag schlecht. Du weißt schon, was ich meine.

– Wazurak sagte weinerlich: Ich werde bestimmt keinen Anlaß geben.

– Also bis zum Abend, Herrschaften, sagte Pacher, dem Vittoria das Zeichen zum Aufbruch gab.

– Und was zieht man an? sagte Hilga.

– Das beste, das Sie haben. Trachtenkleid besitzen Sie wohl keines?

– Wie kommen Sie darauf? Ich habe es allerdings nicht mit.

– Sehen Sie. Es wird auf dezente Kleidung Wert gelegt.

– Sei nicht lästig, Gustl. Fräulein Hilga ist eine ebenso seriöse wie gutgesinnte Dame. Das sieht jeder, nur du nicht. Susi muß dir noch einiges beibringen, Herr Dietwart. Küß schön die Hand, so ist es brav.

– Gutheil, sagte Raimund, als Pacher ging. Als der Dietwart verschwunden war, ergänzte Wazurak: Er freut sich über den Turnergruß mehr als über alles andere. Schließlich bin ich ein förderndes Mitglied!

Vittoria kam zur Sache. Die Sache war zunächst die, daß sie Schlüssel zu Raimunds Haus besitzen mußte, denn sie sagte lächelnd, sie habe sich in der Frühe die Vertragsentwürfe geholt, da man sie ihr bisher im Wortlaut vorenthalten hätte. Sie beschwichtigte Einwendungsversuche Hilgas. Felix ließ sich nicht das Wort verbieten. Er sagte, die Verträge wären doch eine Sache, die –

– mich nichts angeht. Gewiß. Ihr könnt machen, was ihr wollt. Du unterstellst mir schon wieder Absichten, dich zu bevormunden. Das möchtest du vielleicht.

– Keineswegs, Vittoria.

– Du benimmst dich, sagte Hilga, wie dieser Flegel.

– Sag doch schon, was du willst, Vittoria, flehte Raimund.

– Ich will, daß die Vernunft siegt und die Übernahme reibungslos klappt, daß Raimund endlich von dieser Bürde befreit wird und etwas für sich tun kann.

— Dann dürfen wir ja unterschreiben, Baronin, jubelte Hilga und drückte Felix an sich.

— Gewiß, Kindchen, ihr sollt sogar. Nur, meine ich, wenn ich etwas bemerken darf, wäre es besser, der Vertrag würde noch einmal geschrieben. Gewiß, er ist großartig durchgearbeitet, man sieht das Werk eines seriösen und versierten Juristen, allen Respekt. Ich werde mich bei Gelegenheit selber einmal an diesen Dr. Wolff wenden. Alle Punkte bleiben in allen Bestimmungen und Bedingungen unverändert.

— Warum soll der Vertrag dann neu geschrieben werden?

— Ja, Kindchen, das müßt ihr euch überlegen. Ihr seid fest entschlossen, baldigst zu heiraten?

— Ja, sagten Hilga und Felix gleichzeitig.

— Dann ist es reine Formsache, aber um so klüger. Ich rate euch zur Vermeidung jedweder Schwierigkeit, den Vertrag zwischen Raimund auf der einen und Fräulein Hilga auf der anderen Seite zu schließen. Nicht gleich aufbrausen, Felix, du liebst Hilga, sie liebt dich, was soll passieren. Ihr erspart euch Ärger und eventuelle Einsprüche. Felix wird erst zeigen, hoffentlich, wie harmlos und rechtschaffen er geworden ist.

— Nein, nein, Vittoria, ich habe mir geschworen, meinen Besitz ihm zu übergeben. Schon die Teilung ist ein Kompromiß, allerdings hat das Felix selbst vorgeschlagen.

— Du siehst, es besteht keinerlei Grund zur Aufregung.

Raimund ließ sich nicht überreden, auch Hilga wagte Einspruch. Felix schwieg. Das Geld, das sie besaßen, war Hilgas Geld. Zwei Sparbücher einer fleißigen Sekretärin mit überdurchschnittlichem Gehalt. Ohne diese Büchlein konnte die Geschäftsübernahme keinesfalls stattfinden. Mit seinem eigenen Geld konnte er den Betrieb keinen Monat führen, geschweige denn die Leibrente zahlen.

— Ich bin einverstanden, Vittoria.

Raimund und Hilga beschworen ihn, noch zu überlegen. Vittoria lobte sein schlechtes Gewissen.

— Nein, sagte Felix, deswegen nicht, deswegen bestimmt nicht, sagte er, deswegen nicht. Er suchte nach Worten, er war wütend, daß er sich lächerlich machte, er wußte es, er sagte: Deswegen nicht. Wenn alle so wenig, so wenig Grund, meine ich, hätten, dann wäre es gut. Er war versucht, Vittoria die Perücke vom Schädel zu ziehen. Sie sagte nougatsüß, er solle sich um Gottes willen beruhigen, es wäre nur ein Spaß gewesen, das Gewissen sei eine heikle Sache, nur der Allmächtige wisse, wie es damit stünde, sie hätte nur einen Vorschlag gemacht, einen freundschaftlichen Rat gegeben, den zu befolgen ein Vorteil sei, nicht für sie, nicht für Raimund, sondern für Hilga und in erster Linie für Felix. Man dürfe sich doch nicht wundern, wenn die Gewerbebehörden vielleicht zögerten, wenn noch Gerüchte, dumme natürlich, welche Gerüchte wären gescheit, in Umlauf seien, keinerlei böse Absicht, woher denn, warum auch, alles integer, und der Vorteil, der Vorteil, der Vorteil –

Hilga zappelte ratlos. Raimund blickte düster.

– Ich habe nichts gesagt, redet euch nicht auf Vittoria heraus, benehmt euch nicht, als wäre jemand gestorben. Es ist alles gut, ihr seid zum Ball eingeladen, ihr seid ein liebendes Brautpaar, ihr schlaft miteinander, so oft es geht, es geht gut, ich sehe das –

– Halt den Mund, sagte Felix, bevor ihm Hilga den Mund zuhielt, während Vittoria sagte: Das ist keine Schande, wenn man es beichtet und bereut; mein Gott, bei so einer Frau, nicht wahr, Raimund, das Leben selbst, da muß sich der Kleine anstrengen, das ist klar.

– Bitte, Baronin, ich möchte nicht, sagte Hilga.

– Wir sind Freundinnen, Kindchen, genier dich nicht, ich sehe die Menschen aus Berufsgründen nackt. Schon gut, nichts für ungut, ich muß gehen. Wenn du willst, Hilga, seien wir per du, du gefällst mir, gehst du mit und holst die Verträge, du kannst sie gleich umschreiben, die beiden Herren müssen zur Hochzeit, sie werden erwartet, alles Gute zu deinem Debüt, lieber Felix, ein schwerer Tag für uns alle, abends muß man ausgeruht sein, Mittagessen könnt ihr bei mir, keine Frage, die Wirtshäuser sind nach der Hochzeit zu voll.

Sie schickte sich an zu gehen, Hilga sah Felix an, Raimund sah ihn an, der sagte: Bitte, Hilga, begleite Vittoria und erledige das. So ist es am besten.

– Komm, Hausbesitzerin, man muß die Männer entscheiden lassen und seine Emotionen in geschäftlichen Dingen zurückhalten. Du bist klug genug, das einzusehen. Felix hat sich aus klarer Überlegung in deine Gewalt begeben, nutze sie zu seinem Nutzen.

– Es ist doch nur eine Formalität, daß ich allein unterschreibe.

– O nein, mein Kind, denk bitte nach: Felix wird dein Angestellter, du kannst seinen Lohn festsetzen und von der Steuer absetzen.

– Ich gebe mich geschlagen, Baronin, Sie sind –

– Wir sind per du.

– Ich bewundere dich.

Raimund wünschte die Weiber in des Teufels Abort. Er ging ins Heckmayrsche Schlafzimmer und zertrampelte Beates Kongregationsbild. Dann zerstörte er das Matrosenmädchen und röhrend zuletzt den Säugling.

– Felix, du weißt nicht, was du mir angetan hast. Ich übergebe einem Weibe! Meine Abhängigkeit von Vittoria ist paradiesische Freiheit gegen die Sklaverei, in die dich deine Braut stürzen wird.

– Unsinn, Hilga ist nicht Vittoria.

– Du bist nicht ich, meinst du. Das stimmt, das muß stimmen, hörst du, das muß unbedingt stimmen, sonst erscheine ich dir nach meinem Tod als Gespenst und lache wie die Madonna, die mich als Kind von Maria am Teyn bis an die Moldau verfolgt hat.

– Abgemacht, sagte Felix. Er brauchte eine Weile, um Raimund startklar zu machen. Felix brauchte länger, als er sich zugab, die neue Wendung sich selber als wahr, und noch länger, sie als unwesentlich auszugeben.

Schwer bewaffnet mit den Geräten ihres Berufes marschierten sie über die Brücke. Das Wasser floß, die Möven flogen.

Raimund grüßte in vielen Nuancen, mit jedem Gruß sicherer strebte er der Brückengasse entgegen, die Augen der Herumstehenden signalisierten unverständliche Zeichen von Gruppe zu Gruppe. Kittel- und Hosengestelle zwischen Wintermauern, Raimund hindurch und voran, Felix folgend, nicht mehr folgend, weil gerammt und umarmt von einer in Giftgrün. Unter roten Haaren kreischte es: Liebling, Pias Liebling ist da. Wir werden feiern, am Abend, Liebling.

Hinter Felix erhob sich Geraune, das Rauschen des Flusses, das Schlurren und Tappen und Trippeln von Schuhwerk, die Menge setzte sich in Bewegung, mühsam erreichte Felix Raimund, dem ein nervöser Brillenträger die Hand schüttelte, ein Lehrer und Trauzeuge. Vor dem Kirchenportal bezog Raimund Posten. Es wird eine ungeheure Hochzeit, sagte er, der Platz ist voll wie seit Jahren nicht. Die Familien Windischreiter und Plabutsch halten Beilager.

Die Vorhut zog in die Kirche, jeder Mann, jede Frau, jedes Kind musterte Felix, der Engel ob der Tür starrte ihn an, der Engel hielt das dreieckige Auge vor seinen englischen Unterleib, dieses Auge fühlte Felix auf sich ruhen wie vor der Erstkommunion. O Herr, ich bin nicht würdig, daß du eingehst unter mein Dach. O Herr, ich bin nicht würdig, daß ich eingehe unter dein Dach. Die Schwalbennester in den Stuckwolken waren leer. Drei Autos schwarz und im Schrittempo passierten das auseinandertretende Volk, Raimund ging in die Knie, ausstiegen zwei Bürgermeister in Schwarz, der regierende Windischreiter und Plabutsch weiland, zwei Gattinnen in Pelz, Verwandte Bedienstete Bediente Pacher Lubits Flödl Warhejtl Wirte Greisler Fleischer, endlich die Braut, Margarete Plabutsch in all ihrer zartrosa Mächtigkeit, eine Taube flatterte beziehungsvoll drüber hin, Konny Windischreiter überreichte seinen nylonverpackten Blumenprügel, die Verpackung löste sich nicht – Raimund übernahm die Regie, ordnete zu Gruppen, der amtierende Windischreiter nickte, Pacher ordnete um, Windischreiter nickte abermals, nicht nur Bürgermeister, Ökonomierat und Abgeordneter dazu war er, auch an Besitz war Plabutsch dürftig gegen ihn, der Interimsbürgermeister Wazurak fiel vor beiden in die Knie, fiel vor allen, die Orgel jaulte auf, in einem Sturmwind von Klängen kam der scharfgesichtige Raubvogel Radegund, der Zug zog ein, Raimund ruderte um Hilfe, wo war Hilga, wo war Vittoria?

— Sie schauen wohl gerne zu, sagte Pacher und trat neben Felix. Arbeiten Sie, arbeiten Sie! Windischreiter führte die Braut, die Bäckerin den Konny, Gold blitzte, Raimund blitzte, Felix blitzte in die Gesichter. Na also, sagte Pacher. Raimund keuchte und schob Felix in die mit allen Lichtern leuchtende Kirche. In so glanzvollem Katholizismus sehr schmächtig der Pfarrer, mit flehender Stimme nahm er den Kampf gegen den Raum auf, zwischen händeringenden Engeln wurde der heilige Lorenz auf den Rost gelegt, Raimund blitzte auf der Evangelienseite, Pacher ließ Felix nicht allein, er ordnete an, wer wie zu verewigen war, er scheuchte Felix von Säule zu Säule, ließ ihn an das Brautpaar heranschleichen, gab Zeichen aus wechselnder Deckung, das riesige rosa Schleierbonbon füllte den Sucher, der Bräutigam schwankte gott- und familienergeben, hier siegte der Plabutschclan, die Rührung ergriff auch die Bäckerin zuerst, ihr Busen wogte in asthmatischer Freude. Na also, tuschelte Pacher, jetzt bemühen Sie sich, aber das hier unten kann der alte Wazurak auf jeden Fall besser. Wenn Sie sich trauen, steigen Sie auf die Leiter hinter dem Hochaltar, von oben haben Sie eine herrliche Sicht. Sie haben ein Teleobjektiv, los Mann, der Pfarrer wartet nicht!

Felix stieg über die Kommunionbarriere, der Dechant wakkelte mit dem Kopf Dominus vobiscum, Felix stieß gegen ein Tischchen, das klirrte, Augen durchbohrten seinen Rücken, sieben Schwerter in der Höhe das Herz Mariens, da lag ein Kabel, er störte die Handlung, das Sakrament der Vermählung, vor allen Augen, endlich nahm ihn das Dunkel auf. Er hätte kriechen müssen, um sich den Blicken zu entziehen und war aufrecht gegangen, schlecht dargestellte Demut beim Hasten in die Kulissen.

Die Rückseite des Altars war bleigrau, der Staub lag höher

als auf Heckmayrs Möbeln. Hoch wie ein Haus ragte die Leiter, sie schwankte, sie ächzte, der Altar ächzte mit, ein goldgesichtiger Engel sah herüber, der Staub wölkte, die Orgel psalmodierte, auf dem Gerüst erblickte Felix durch die Strahlen der Gnade die hinteren Reihen der Gemeinde. Er mußte noch höher hinauf in den wurmstichigen Barock. Es rieselte bröselnder Stuck in die Tiefe, der Dechant legte die Stola um die Hände des Paares, Felix drückte ab. Bedenket und wollet bedenken. Wenn diese Klippen nicht standhielten, wurden Pfarrer und Brautpaar erschlagen. Die Ministranten sahen ängstlich nach oben, die Köpfe der Engel hatten Löcher, eine Stimme hob sich vom Chor, Ave Maria molto vibrato, ein Solo Vittorias, die Engel bebten, die Strahlen gleißten, die Leiter schwankte. Der Altar krachte, es hallte durchs Kirchenschiff.

Mit Rumoren leerten sich die Bänke zur Gratulationskur. Als Felix wieder festen Boden unter sich hatte, schlug ihm ein Kirchenrat auf die Schulter: Bravo, junger Mann, Sie werden uns doch die Bitte nicht abschlagen, bei nächster Gelegenheit da oben ein bißchen sauberzumachen. Ich habe eben mit Herrn Pacher gesprochen, er sagt, Sie würden Wazurak diese Arbeit gern abnehmen.

Der Landesvater winkte Felix heran und drückte ihm einen Geldschein in die Hand. Die Braut begann zu kichern. Gratulieren Sie, sagte Pacher. Ein Rauchfangkehrer bringt Glück, sagte die eben verehelichte Windischreiter und wischte Felix mit weißem Spuckefinger übers Gesicht. Vittoria schickte Felix vom Altar weg in ihr Haus: Wasch dich gefälligst, du gibst Ärgernis. Geh durch die Sakristei, wenn du nicht ausgelacht werden willst. Dort fand Felix ein Chorhemd in Fetzen, das als Handtuch diente. Eine alte Frau nickte ihm zu. Sie war stumm, zumindest stocktaub. Aus dem Kasten sprang eine Katze. Als sich von der Kirche Schritte näherten, verließ Felix den Raum. Hinter dem ehemaligen Friedhof lag an den Berg gedrückt das Armenhaus. Die Pfarrei verbarg es den Kirchenbesuchern. Auch sie war baufällig.

Bei Vittoria mußte Felix lange läuten. Niemand zu Haus, niemand zu Haus, sagte ein Schulmädel im Vorbeigehen. Pia öffnete die Ladentür einen Spalt: Herein, Herr Fotograf, ich weiß, was sich gehört, ich nenne dich nur heimlich Liebling, wenn du brav bist. Kommen Sie weiter. Ihrer Braut, lassen Sie sich nicht genieren, haben wir Maß genommen, sie läßt bei uns arbeiten und wird gewiß so zufrieden sein wie Sie.

In der Werkstatt stand Hilga ungewohnt hilflos. Die Baronin ist so nett gewesen, sagte sie, aber ich glaube, jetzt habe ich genug probiert. Ich bleibe bei dem dort, sagte sie, Fräulein Mia, das paßt mir bestimmt am besten, jedenfalls besser als dieses.

— Wo denken Sie hin, sagte Pia, Sie sind an keine ordentliche Taille gewöhnt. Sie müssen nicht selber schnüren, Sie haben Hilfe. Was ist moderne Konfektion gegen ein Korsett Marke Pisani, wie Sie es jetzt tragen! Die Baronin wäre mehr als enttäuscht, wenn Sie billige Fertigware vorzögen.

Während Mia die Schnürung noch fester zog, stopfte Pia Hilgas Brustschalen aus.

— Nein, sagte Felix, laß dir den Unsinn nicht gefallen.

— Sei nicht neidisch, Liebling!

— Ich möchte das nicht, Fräulein Pia, sagte Hilga. Ihre Energie hatte gelitten. Die Grünkittel-Hexen trieben ihren Spaß, ohne daß es Hilga verhindern konnte. Eingezwängt in einen himbeerfarbenen Fischbeinpanzer äugte sie in die Spiegel. Pilsudski krächzte, Felix sagte: Zieh dir das sofort aus!

— Daß du dich nicht schämst, Liebling, sagte Pia.

— Ich möchte das wirklich nicht, sagte Hilga und starrte auf ihren monströsen Schaumgummibusen.

— Königlich, rief Vittoria ins Zurückrauschen der Vorhänge, ein Vollblutweib!

— Meinen Sie? piepste Hilga.

— Das Zeug ist unmöglich! sagte Felix.

— Laß dir nichts ausreden, habe Mut zur Figur! Sie besichtigte Hilga mit dem Maßband. Taille 60, rief sie. Wer hätte das für möglich gehalten!

– Ich kann mich kaum bewegen, Baronin.

– Das lernst du, mein Kind. Brust hundertundzehn.

– Die Hüften sollte man unterlegen, sagte Pia.

– Neunzig ist etwas wenig, du hast recht. Aber jetzt haben wir Wichtigeres zu tun. Helft dem Fräulein ins Kleid, hurtig, Kinder.

Bevor sie Widerspruch anmelden konnte, hatte Hilga ihr Jerseykleid an. Es ließ sich über der Brust nicht mehr schließen.

– Was macht das, lachte Vittoria und führte Hilga, die ihren Leib vorsichtig aus der Werkstatt trug. Felix folgte ihnen über die Treppe.

– Das ist nur Gewohnheit, sagte Vittoria. Ich bin überzeugt, daß Felix begeistert sein wird, wenn du ihn an deine Brust nimmst.

Hilga kicherte folgsam. Felix sagte: Blödsinn. Raimund sprang auf und rief: Ich bewundere und gratuliere!

Mit steifem Oberkörper ließ sich Hilga in einen Fauteuil fallen. Was mußt du gelitten haben, sagte sie zu Felix und versuchte vergeblich ihre Brust einzuziehen.

– Er ist sehr tapfer gewesen, sagte Raimund.

– Ich bin noch nicht ganz fertig mit dem Abschreiben, gestand Hilga, als Vittoria die Papiere verlangte. Hilga wurde hinausgeschickt. Felix erhob Vorwürfe, Pia servierte Getränke und Brötchen. Die Sandwiches waren übermäßig gepfeffert, aber Felix griff zu. Die mit den Verträgen zurückkehrende vollbusige Hilga gefiel ihm, wenn er ehrlich war. Gefiel ihm immer besser, je mehr er aß und trank. Er trank und aß, er redete wenig. Raimund rutschte hin und her, Vittoria kommentierte die Vertragspunkte, er fürchtete wahrscheinlich das plötzliche Auftauchen eines Artikels, der ihn der Kirche auslieferte, aber der kam nicht, soviel Felix hörte. Fräulein Hilga Pengg, hörte er, ist mit Herrn Wazurak übereingekommen, Herr Wazurak verpflichtet sich ordnungsgemäß, Fräulein Pengg überweist zum Ersten jedes Monats und im Ablebensfalle des Herrn Wazurak zu Händen der Stadtgemeinde letztmalig den dreifachen Monatsbetrag für ein bürgerliches Begräbnis, Herr Wazurak verzichtet auf das Wohnrecht im Haus ab einem Zeitpunkt von dreißig Tagen nach Vertragsabschluß, Fräulein Pengg, Herr Wazurak, der monatliche Betrag erhöht sich in dem Maß in dem der Brotpreis erhöht wird, wobei eine Erhöhung von weniger als 5 % unberücksichtigt bleibt, Fräulein Pengg stellt Herrn Wazurak frei, demselben an Einrichtungsgegenständen innerhalb einer Frist von 45 Tagen ab Vertragsunterzeichnung herauszugeben, was er wünscht, nichts jedoch von Einrichtungsgegenständen des Geschäftes, Geräten und Material, Fräulein Pengg steht es frei, Haus und Geschäft jederzeit zu veräußern, wenn der Erwerber die Leibrente für Herrn Wazurak zu gleicher Kondition als bindende Verpflichtung übernimmt –

– Aber ich habe doch Felix, ich meine, euch übergeben wollen, ich will nicht von irgendeinem, am Ende von Flödl abhängig sein. Dieser Paragraph ist neu.

– Eine Bestimmung für alle Fälle, Vittoria hat gemeint, es gehört sich so. Wenn uns, wenn mir etwas zustößt, darf Raimund nicht in der Luft hängen.

– Sehr richtig, sagte die Baronin, nahm die Papiere und bat zur Unterschrift. Raimund entfaltete zittrig seine Brille, seufzte und unterschrieb. Hilga senkte ihre Gummibrüste über den Tisch und unterschrieb. Vittoria beschloß, daß Hilga und Raimund per du zu sein hatten, füllte die Gläser und sagte: Auf das Wohl der neuen Besitzerin. Steh auf, Felix, du mußt dich gut mit ihr stellen, sie könnte jederzeit einen anderen zum Geschäftsführer bestellen.

– Aber nein!

– Aber ja, Kindchen, du besitzt. Er muß sich um deine Gunst bemühen. Das finde ich sehr richtig. Sie stießen an.

– Wirst du dich bemühen, fragte Hilga und versuchte schalkhaft zu lächeln. Ich werde, sagte Felix, was bleibt mir übrig, Frau Chefin.

– Verspotten darfst du sie nicht, Hilga steht unter meinem Schutz.

– Du kommst unter vier Pantoffel.

– Aber nein, Raimund, ich bin doch nicht so, nicht wahr Felix?

– Was heißt da Pantoffel? Du hast selbst in dieser Stunde zu wenig Ernst, Raimund. Und Felix kaut gelangweilt. Das hat anders zu werden, versteht ihr?

Sie verstanden es kaum. Auf der Straße setzte Blasmusik ein, blechernes Ständchen der Feuerwehr vor dem Hause des Bäckers. Alte, ganz alte Kameraden auf dem Liebespfad diesmal, auf dem Erbschleicherpfad hüben und drüben. Hilga erhob sich zu ganzem Brustumfang, Vittoria führte sie ans Fenster.

Es ist alles so anders gekommen, flüsterte Raimund, aber es ist gut, daß zwischen Vicky und deiner Hilga schon am ersten Tag Freundschaft herrscht.

Sie herrschte. Die beiden beschlossen, sich gemeinsam zum Feste zu rüsten und die Männer zu entlassen: Ja, meine Herren, so ist es und so hat es zu sein, holt uns ab und macht keine Dummheiten.

Pia und Mia wollten fotografiert werden. Als Gruppenbild. Sie nahmen Felix in die Mitte, setzten ihn vor den Käfig Pilsudskis und flankierten liebkosend ihr Opfer. Raimund erhob vergeblich Einspruch gegen die gerafften Kittel, Pia & Mia sprangen nach dem Blitz auseinander, sie suchten einen grünen Kittel für Felix, aber Felix hatte genug, er schüttelte sie ab, unsanft, sie waren wie Kletten, sie stachen mit Nadeln und schwangen Scheren, kreischend öffnete Pia den Käfig des kreischenden Vogels, Pilsudski kreischte Pilsudski und griff Felix an, Mia & Pia ermunterten das scheußliche Tier durch Gequietsche aus der Deckung hinter Kleiderpuppen.

– Komm doch, schrie Raimund.

– Gib dem Feigling einen Denkzettel, keifte Pia, Mia verließ ihre Position, sie balgte mit Felix, Pia kam zuhilfe, das Rauschen der räudigen Federn zu Häupten versuchten sie, Felix in das Bauer zu bringen. Groß genug war es dazu. Felix mußte sich kräftig wehren, gegen den Vogel und die Weiber.

Pilsudski hatte es auf seine Hände abgesehen, wenn sie frei waren, Felix ließ sich nicht stören und setzte Pia und gleich darauf Mia in den geschnörkelten Gitterstall.

– Das wirst du uns büßen, keifte Pia aus dem schwankenden Käfig. Da kam der von Raimund geholte Sukkurs. Vittoria erhob die Arme, Pilsudski flog sie an und ließ sich tätscheln. Der Schlag kann den Armen treffen! Sie befreite die verstummten Mädchen, setzte Pilsudski in sein Gehäuse und wies zur Tür. Pia & Mia knicksten artig.

Vor dem Geschäft spielte die Feuerwehr in der Dämmerung.

– Weder dein Haus noch mein Haus, sagte Raimund angesichts der Schornsteintürmchen im Nebel. Wer weiß, wofür es gut ist, daß es Hilga gehört.

– Wer kann das wissen, sagte Felix, und Flödl, der mit seiner Tochter aus dem Dunst auftauchte: Na, meine Herrschaften, warum so elegisch? Sie können meine Tochter etwas freundlicher grüßen, Herr Golub, Susi ist Faschingsprinzessin, wie Sie ganz genau wissen.

– Laß doch, Pappi, er weiß nicht einmal, was er eigentlich ist.

Sie schien hübsch, ein schwarzer Friseurkopf, schwarz glänzende Augen schwarz umrandet. Ich weiß, Durchlaucht, sagte Felix, soviel ich weiß jedenfalls Fotograf und Ihr baldiger Nachbar.

– Au fein, sagte die Schwarze, er ist nicht auf den Mund gefallen, als er auf den Altar gestiegen ist.

– Ich bin zwar, sagte Flödl, kein regelmäßiger Kirchenbesucher, aber auf dem Altar herumzuklettern, finde ich unpassend. Finden Sie nicht?

– Ihr Schwiegersohn hat mich darum gebeten.

– Gustl und ich sind noch nicht verheiratet. Bei uns müssen Sie noch höher steigen.

– Wenn Sie darum bitten.

– Machen Sie eigentlich auch Porträtstudien, ich meine von Damen mit wenig –

– Susi!

– Es ist nicht mein eigentliches Arbeitsgebiet, aber –

– Pfui, sage ich, das sage ich Gustl.

– Komm endlich, sagte der Vater. Deine Frisur leidet in dieser Waschküche. Heute trittst du bei der Konkurrenz auf, da mußt du besonders schön sein.

– Sie ist es doch, sagte Raimund.

Im Hause hatte sich nichts verändert, Beate war nicht wiedererstanden. Es hatte sich etwas verändert. Zwischen den zahllosen Fotos an den Wänden des Büros klaffte eine leere Stelle. Es war das Bild Felas, das fehlte. Felix musterte eine Reihe nach der anderen. Seit wann war Vittoria so taktvoll? Oder Raimund? Felix fragte nicht. Sie zogen sich um. Der Heiland über Beates Bett zeigte sein flammendes Herz.

– Dieser blödsinnige Ball, sagte Felix. Ihr könnt euch nach Herzenslust amüsieren, heute fotografiere ich, sagte Raimund. Sei nett zu Hilga, nett zu den Leuten, es ist so ungeheuer wichtig, daß ich aufgeregt bin wie ein Debütant, wenn ich daran denke. Um Hilga habe ich keine Sorgen, um dich auch nicht direkt, du bist geduldiger geworden, du läßt dich aber noch immer viel zu leicht provozieren, du fühlst dich provoziert, ich spüre es, auch wenn du es nicht bist. Du bist es nicht, ich schwöre es dir mit meiner Schwurhand, bisher ist alles bestens verlaufen, ein großartiger Start, schon ist unterschrieben und Raimund nicht an die Kirche ausgeliefert, er ist frei. Frei! Vittoria hat keine Handhabe mehr, mich zu zwingen. Ich erfasse es Schrittchen für Schrittchen. Sie können dich ebenfalls zu nichts mehr zwingen, du kannst auf Hilga zeigen, ihr kann kein Mensch etwas streitig machen. Warum besitzt du keinen Lodenanzug? Heute trägt jeder Mann von achtzehn bis hundert die Landestracht. Wenn Raimund das anziehen kann, könntest es wahrlich auch du. Du mußt dir das unbedingt anschaffen, wenn du nicht unangenehm auffallen willst. Für Hilgas Garderobe sorgt glücklicherweise Vittoria.

An seinem Rock befestigte Raimund einen Orden: Das Karl-Truppenkreuz bitteschön, Korporal Wazurak ist nicht nackt unter den Veteranen. Im Gleichschritt marsch, grauer Zivilist.

Eine Leuchtkugel bildete über der Stadt irisierenden Schein, in die Feuchtigkeit bliesen Trompeten zum Appell. Vittoria tadelte spätes Erscheinen, war aber selbst noch nicht fertig. Raimund hastete davon. Hilga trug eine Seidenbrokattracht, die ihrem Busen genügend Raum gab. Über einem lackierten Gesicht waren dicke Zöpfe aufgesteckt. O ja, ich fühle mich gut, sagte Hilga. Das junge Paar strebte dem Doppeladler zu, seit Hilgas Ankunft zum erstenmal einige Minuten allein. Von Scheinwerfern beleuchtet, strahlten Rathaus und Wirtshaus im Nimbus der Tradition. Unter den Arkaden traten Uniformierte an, alle Fenster des Doppeladlers waren beleuchtet. In magischer Aura schwebte das Wappentier über dem Eingang, schütteren Gefieders ein langhalsiges ärarisches Gespenst mit Zepter Schwert Kronen und Wappen, die Zungen östlich und westlich bleckend, Maß und Mitte des Hauses, Hausmeister und Maskottchen über dem Tor, krächzend nach den Kriegern. Bei Landesvater Windischreiter warteten Fässer Stelzen Wurst- und Reisigkränze, der Toten Tatenruhm, die Kellnerinnen und die Kassa.

Mit rosa Seidenkrawatten Gamsbarthüten Kröpfen Schnauzbärten und Medaillen zogen die Mannen von weither kommend ein. Erster Weltkrieg, Zweiter Weltkrieg, Signum laudis, silberne Tapferkeit, goldene Tapferkeit hie und da, Eiserne Kreuze viel und noch mehr Spangen und Schilder, Nahkämpfer Fallschirmspringer Panzerknacker Narvik Kreta Krim Tobruk Demjansk. Eismeer Wüste Isonzo Piave Don Wolga Dnjepr und Rhein, noch zackig, bucklig oder fett, alle hatten ihren Mann gestellt für Franz Joseph Karl Hitler, wie es befohlen war. Pflichterfüllter Krücken- und Prothesenträger, das Kinn erhoben, die Arschbacken zusammengekniffen, für die Heimat, den Jungen ein Beispiel, den Frauen ein Hinweis, wer man gewesen und noch immer und weiterhin ist, wofür man natürlich vor allem für sie. Für wen denn sonst, ha? Nirgends ein Deserteur auf dem Kameradschaftskränzchen, dem Heimkehrerball. Oder doch? Sakra, ja ist denn das möglich? Sie hatten Felix erspäht ertappt fixiert mit Gebirgsjägerblick. Pfui Teufel, sagte einer und spuckte aus, einer lehnte seine Schulter zur Seite und rempelte Felix, wollte es, fiel gegen den Vordermann und fluchte. Der Einzug in den Saal kam ins Stocken, nicht hineinlassen so was, Ordner! Wo sind die Ordner? Im Gedränge des Flurs bildete sich ein Kreis um die räudigen Schafe. Hilga lächelte und sagte: Gehen wir weiter, die Herrschaften werden gewiß so freundlich sein, Ehrengästen Platz zu machen.

– Ehrengäste? Einige wichen weiter zurück, andere lachten. Jawohl, Ehrengäste! sagte Hilga. Ich werde mich über Ihre Manieren beschweren. Sie da, holen Sie den Wirt oder Herrn Pacher, etwas schneller, wenn ich bitten darf.

Felix hätte es nicht für möglich gehalten: durch eine murmelnde Gasse gelangten sie unangefochten in den Saal unter Girlanden Reisig und Fahnen, von einem Mann mit Armbinde begleitet, eilte Pacher herbei: Unanständiger hätten Sie nicht kommen können. Dieses Pseudodirndl ist eine Provokation, Fräulein.

– Ein Geschenk von Baronin Pisani, sagte Felix. Pacher biß sich auf die Lippen und sagte: Sie haben ständig eine Ausrede parat. Zeig den Herrschaften ihren Platz, Sepp!

Der Tisch war der mittlere von dreien auf dem kleinen Podium an der hinteren Schmalseite des Saales. Darüber verdeckten Fahnen etliche Bilder. Rechts und links des Podiums führten Türen zu den Toiletten. Der Saal war groß und neu, Windischreiter hatte seinen Hof überdachen lassen.

Die Logen an den Längsseiten füllten sich, die langen Bänke um die Tische in der vorderen Hälfte des Saals waren besetzt, aber des Zusammenrückens war kein Ende. Mit beträchtlichem Gefechtslärm gingen die Kameraden auf Tuchfühlung, die Damen nahmen sich nicht aus, woher denn, Juchzer stiegen ins Gewölk, Kellnerinnen schwärmten aus, Bestecke klirrten zu Boden, der Zulauf hielt an.

Ihr Platz unmittelbar an der Tanzfläche gewährte Hilga und Felix eine gute Aussicht. Sie waren flankiert von Mitgliedern der Feuerwehr, die sich nicht um sie kümmerten. Felix hätte sich mit Hilga gerne über etwas anderes unterhalten, sie ließ keinen Blick von den Einziehenden. Nächstes Jahr, sagte sie, sitzen wir in einer Loge, darauf kannst du dich verlassen. Dieser Platz ist für den Anfang nicht schlecht, man sieht und wird gesehen, aber nobel ist er nicht.

Mit bestem Willen wußte Felix nicht, wer der und die und der waren. Er erkannte den Arzt, den Wirt, einen Lehrer, den Bahnhofsvorstand, Flödl, Pacher –

– Mach dich nicht lustig, den kenne ich bereits hinlänglich.

Susi. Warhejtl. Warhejtl trug einen Anzug im Schnitt der Erzherzog Johann-Zeit. Radegund Plabutsch kam in knöchellanger Originaltracht. Raimund hatte kaum Zeit zu winken. Er wurde von Tisch zu Tisch gerufen.

– Du wirst sie alle früh genug kennenlernen. Stoßen wir auf unser Beisammensein an.

Hilga wehrte Zärtlichkeiten ab. Sie fühlte sich in der Auslage, für die ihr Kittel reichlich kurz war. Die am Podium Vorbeigehenden sahen herauf und hinein. Es ist schön, daß du eifersüchtig bist, sagte Hilga. Wer weiß besser als du, daß es nicht leicht ist, der Baronin zu widersprechen. Ich werde es bald tun, du wirst sehen. Aus mir macht sie keine Witzfigur wie aus Raimund und dir. Ich lasse dich nicht in Stich, wenn einer stänkern sollte. Mir macht es Spaß, es wird ein netter Abend, was hast du?

Der spontane Beifall galt Lubits, L. L. straff und elegant, sympathischer als im Schaukasten, soldatischer als je der Abschnittskommandeur, arrivierter Feschak im Schmuck seiner Kreuze.

– Warum bist du nervös, sagte Hilga, der Lubits zu eitel schien. Sie winkte Vittoria zu, einer violetten Fantasietracht, die zurücknickte. Andere Logendamen registrierten es, Hilga lachte fotogen, Raimund war nahe. Was sagst du? Felix sagte nichts. Unter großflächigen Gemälden mit balzenden Auerhähnen, röhrenden Hirschen, steigenden sowie herabstoßenden Adlern begann das Fest mit Fanfaren. In eingetretener Stille schritt Lubits ans Rednerpult.

Alle Hintern hoben sich von ihren Sitzen. Schlagartig, als würde ein Urteil gefällt. Felix hatte rechtzeitig begriffen. Die Männer standen habt acht. Lubits gedachte der (nicht umsonst) gefallenen Kameraden. Sie gehörten auch und gerade bei festlichen fröhlichen Anlässen dazu. Die Kameradschaft, sagte er, er sagte Demokratie und machte eine wirkungsvolle Pause, ist richtig, wenn sie den unverrückbaren Werten die Treue hält. Lois stand unter dem Banner, das mit gestickten Schärpen und Bändern behangen einer Kirchenfahne glich. So sprach kein Obmann von Besiegten, kein schlechtes Gewissen, hier artikulierte eine gut ausgebildete Stimme Pflichterfüllung in Krieg und Frieden. Wir sollen uns niemals schämen, sagte sie, daß wir. Stolz darauf sein! Wir haben jeder unseren Mann gestellt. Das kann uns niemand nehmen. Es hat keine Alternative gegeben, Kameraden. Das Los der Deserteure ist zu allen Zeiten ein trauriges. Dagegen polemisieren wir nicht, das wissen wir.

Beifall. Beifall auf Hilga und Felix. Hilgas Ohren röteten sich. Felix versuchte den Blick des Obmanns festzuhalten. Lois war weit weg. Er redete zu den Reisigwürsten. Sie sollen getrost ihr Leben genießen, das ihnen so unglaublich kostbar ist. Sie sollen uns nur nicht sagen, daß sie –

Pfuirufe.

– daß sie die Gerechten sind, und wir Frontsoldaten Verbrecher. Das lassen wir uns nicht bieten. Weder von einer gewissen Presse noch von einzelnen Außenseitern. Wir verachten sie und geben unserer Verachtung Ausdruck, wenn wir provoziert werden. Wir, die wir unsere Pflicht getan haben, sind und bleiben Kameraden, die wissen, wofür und warum es gilt, wachsam zu sein, auf Posten zu stehen, jeder wo er steht. Und er bat unter endlosem Jubel den Kameraden Abgeordneten Bürgermeister Ökonomierat Windischreiter um Eröffnung. Der Landesvater eröffnete, und es drehten sich die

Dorfschwalben aus Österreich auf dem versiegelten Klebeparkett. Hilga betrachtete das Jungdamen-Jungherrenkomitee, die danach antretende Prominenz, senkte die Augen, strich den Rock, wenn sie glaubte, daß jemand hersah, aber keiner sah her, die Paare tanzten nicht in ihre Nähe, die Feuerwehrtische leerten sich, Hilga versuchte tapfer zu lächeln, Felix versuchte zu lächeln, tapfer oder nicht, er forderte sie zum Tanz auf, sie hatte Bedenken. Warum eigentlich nicht, sagte sie: Lubits fürchtet sich wahrscheinlich vor dir und baut vor. Sie warf ihren Kopf in den Nacken und schob das Kinn vor: Du mußt hart sein, wir dürfen uns nicht alles gefallen lassen. Sie wollte in die Nähe von Lubits vorstoßen, sie drängte zur Mittelloge, wo der Bürgermeister saß, Lubits sich gerade erhoben hatte, um die Heerscharen zu mustern. Eine steile Falte grub sich in Hilgas Stirn, ohne daß Felix so führte, drehte sie sich vor Lubits abrupt um. Felix rühmte ihre Entschiedenheit. Das war nicht klug, aber wohltuend. Hilga wollte auf dem Parkett bleiben, es kam eine Polka. Hilgas Rock drehte sich, flog hoch, Hilga tat nichts dagegen, sie drehte sich schneller, sie hüpfte, sie sprang. Die Dicke da, keuchte Hilga, ist Lubits' Frau, Mahlzeit! Sie hat ihm, sagt Raimund, sagte Felix, das Geld für die Fabrik verschafft. Uns ist das egal. Völlig, bestätigte Hilga. Raimund stand vor der Kapelle und rief: Nicht zu stürmisch. Vittoria drohte mit behandschuhtem Drohfinger, es drehten sich die klobigen Holzluster, es drehten sich Reisigwürste und Auerhähne, die Sitzenden, die Serviererinnen, der Boden wankte, ich kann, keuchte Hilga, nicht mehr, aber sie hielten durch bis zum Ende des Tanzes.

Hilga trank ihr Glas mit einem Zug aus, sie schwitzten und behaupteten sich wohlzufühlen. Felix war es recht, daß sie der allgemeinen Aufmerksamkeit entronnen waren, das Fest wurde lauter, spontane Gesangsgruppen mobilisierten sich, Hilga leistete den Küssen keinen Widerstand mehr, die Feuerwehrtische wurden wieder besetzt, Dunst legte sich vor Adler und Hühner. Es ist ein schöner Abend, sagte Hilga und gab dem EK I einen Korb, das sie zu einem Ländler engagieren wollte. Und wenn die Welt voll Teufel wär, spielte man für die Heimatvertriebenen, der Marsch wurde unterbrochen, Tusch, Konsul Brand und Gemahlin, schrie Pacher oder ein anderer Programmierer, Beifall. Geschunkel da, Lieder dort, jedes Jahr kehret er wieder, Heimkehrerball bis die letzten Rußlandkämpfer in Rollstühlen hereinrollen, die Kameradschaft löst sich nimmermehr auf. Wir kommen alle alle in den Himmel, da sitzt der was, schrie ein Betrunkener. Laß ihn, sagte die Feuerwehr. Sie war das allerschönste Kind, das man in Polen find. Zwölfmal Schweinskopf. Gezahlt wird sofort. Es gibt keine anständigen Juden. Wem gehört das Geselchte, meine Herren? Fern bei Sedan wohl auf der Höhe. Hilga ließ sich von Raimund zu einer Runde führen, Felix verlor sie nicht aus dem Auge.

– Verwundert hebt im Schilf der Pruth sein Haupt, sagte Dr. Winiak, ich küß die Hand, Charlotte ... So kehrt alles wieder, sagte er, warum nicht, was sein soll, muß sein. Hilga freute sich über den ungebetenen Gast. Der erste der Honoratioren, der zu ihnen kam. Er tanzte mit vorgeschobener Zungenspitze, die Mütze aus der Stirn geschoben. Teutonia – Czernowitz, seufzte er nachher, das waren Zeiten, er bestellte drei Schnäpse, klar, Charlottchen, Wiederkunft muß begossen sein, hehehehi. Haben Sie, er beugte sich vor, noch immer eine Vorliebe für Damenbekleidung? Sie werden doch ein Späßchen verstehen. Bogoljub Winiak hat für alles Verständnis, ich könnte Ihnen ein Papierchen ausstellen, daß Sie auch öffentlich dürfen, ich bin der zuständige Arzt, jedem Tierchen sein Pläsierchen, demokratisch wie wir jetzt sind.

– Lieber Herr Doktor, sagte Hilga, es ist ein ganz reizender Scherz, aber vielleicht gibt es ein anderes Thema.

– Ganz ernsthaft, Gnädigste, man kann auch darüber sprechen, ich mache nicht nur Witze.

– Laß ihn, sagte Felix, der Herr Doktor ist Vittorias Hausarzt.

– Es hat mich außerordentlich gefreut, Herr Doktor, sagte Hilga, Ihre Bekanntschaft gemacht zu haben.

— Kindchen, rief Vittoria, du kannst dich nicht so rar machen, man ist neugierig auf dich geworden, du bist ja ein Tanzstar. Komm ein bißchen zu mir, Felix wird sich mit Gottlieb nicht langweilen. Was sagt man zur Stimmung? Ein ferner Glanz von einst, Dokor, nicht wahr?

Felix unterhielt sich mit Winiak über das triste Schicksal der Bukowina, über die Russen, von denen Winiak annahm, daß sie demnächst Ägypten einkassieren würden. Hinter der Hand flüsterte er, daß dem russischen Soldaten keiner ankönne. Nicht ganz bei der Sache spähte Felix nach Hilga, er sah sie in der Loge von Lubits, er sah sie mit dem Landesvater tanzen, er sah Warhejtl mit Radegund, Hilga verschwand, das frischvermählte Paar tauchte auf, blinzelnd und blaß vor dem Aufbruch in die Flitterwochen.

— Steißlage, sagte Winiak, kaum zu beheben. Gravid im vierten Monat. Der alte Windischreiter tobt über diese Ehe, aber er zeigt es nicht, er ist Diplomat. Er hätte seinen Konny gerne für die Tochter Brands bewahrt. Der Besitzer von Paumgarten ist portugiesischer Honorarkonsul. Ihnen ist das gleichgültig? Ich verstehe. Wenn man in Rußland gewesen ist. Nichts für ungut, ich muß mich wieder unter meine Völker mischen, leb wohl, du stolzer Musensitz, Francisco-Josephina. Mein Leiblied. Von Scheffel, wenn Sie wissen. Schielen Sie nicht so angestrengt nach Ihrem Mädchen, es wird ihm nichts zustoßen. Hilga tanzte vorbei. Sie tanzte mit Lubits. Sie sah nicht her.

— Danken Sie wenigstens, Lubits hat Sie gegrüßt! Eine tolle Geschichte muß das gewesen sein. Dabei bin ich überzeugt, er ist Ihnen nicht mehr böse. Er hat mir neulich erzählt, daß er durch Sie einen Tick bekommen hat. Er muß Damen vor dem Konsum ohne jede Takelage sehen. Stellen Sie sich diese Zores vor. Wo er doch ein Faible für virgines intactae hat. Prosit defloratio, pereat virginitas. Seien Sie froh, daß Sie eine Ia Stute haben, wenn Sie etwas damit anfangen können. Oral, anal? Jedenfalls anstrengend, oder nicht? Ihre erste Frau?

— Sie sind reizend, hat Hilga gesagt.

– Für einen alten Landbader bin ich noch immer unberufen, nach einem Spritzchen mit ein paar Pillen. Wollen Sie? Zum Durchhalten einer langen Nacht? Keine Angst. Sie haben Angst, wie ich diagnostiziere. Warum eigentlich?

– Ich fürchte ein wenig, sagte Felix, die menschlichen Schwächen, meine eigenen vor allem.

Hilga tanzte mit Lubits. Schon wieder. Der Doktor bestellte Sekt. Winiak war nicht anzubringen. Aus der Damentoilette kamen Pia & Mia. Mia sprang in des Doktors Schoß, Pia setzte sich Felix auf die Knie: Da gibt es nichts, jetzt ist Damenwahl, Liebling.

Um sie in größere Distanz zu kriegen, tanzte er mit ihr. Liebling, ich muß dich trösten, sie hat dir das Häuschen abgeluchst, und jetzt tanzt sie mit dem Lois. Weißt du, was das für ein Schwein ist? Der spielt mit seinen Fingern Eisenbahn. Überall sucht er das Tunnell, weißt du? Da schau, wo er die Hände schon hat. Am Busen die eine und die andere kommt von hinten, du wirst reumütig zu uns zurückkehren. Du glaubst es nicht? Das macht nichts, wir warten. Der Käfig ist groß genug für dich, Pilsudski ist schon alt, du bekommst nichts als Nougat. Ich weiß alles. Mach dich nicht stark. Wenn du mich jetzt stehenläßt, wirst du, warte nur, warte doch, ich sag es der Chefin!

Der Doktor vertrug sich mit Mia ganz gut. Er ließ sich bei seiner Untersuchung durch Felix nicht stören. Pia nahm bei der Feuerwehr Platz.

Ein Gewitter von Frohsinn. Die ältesten Witze schlugen ein. Wer sich nicht unterhielt, war selbst daran schuld. Als Hilga zurückkam, fand es Felix unnötig, daß sie sich entschuldigte. Sie selbst wollte vor dem Doktor nicht reden. Sie gingen ins Freie. Hinter den Toiletten war ein Rest Hof, vielleicht ein kleiner Garten. Felix hing der erhitzten Hilga seinen Rock um. Also hör zu, sagte sie, stell dir vor, es ist wunderbar gelaufen. Lubits will nicht, daß dich irgend jemand anpöbelt. Aber das ist nicht alles. Er läßt dich bitten, ihn morgen um 10 Uhr 30 zu besuchen. Er freut sich auf ein Gespräch unter vier Augen. Eine offene Aussprache, Bereinigung aller Konflikte sozusagen, von Mann zu Mann. Er ist sehr verständig gewesen, das muß man zugeben. Ich glaube nicht, daß er irgend etwas fürchtet. Er hat von Fairness gesprochen. Daß ich jetzt Alleinbesitzerin bin, findet er vernünftig. Deine Haltung diesbezüglich dürfte ihm imponieren. Du gehst doch morgen hin?

– Ich bin ein Opportunist.

– Ich bin sehr glücklich, daß ich mich richtig verhalten habe. Ich glaube, ich habe ziemlichen Eindruck auf ihn gemacht. Du darfst nicht eifersüchtig sein. Wenn du mich nicht hättest –

Felix drängte sie in eine dunkle Veranda. Das Fest wurde ferner Lärm. Hinter zerbrochenen Scheiben gloste der Widerschein der Illumination. Es roch nach Kaninchen. Hilgas vergrößerte Brüste arbeiteten wie eine Maschine, die verläßlich auf Touren kommt. Bald, sagte sie, bald können wir heimgehen. Wir müssen uns nur verabschieden. Gehen wir lieber. Wenn uns hier einer findet –

Felix ließ erst los, als jemand kam. Eine unförmig dicke Person, die mit Fistelstimme jammerte: Ach, jetzt treiben es die Schweine auch schon hier. Wie soll das enden. Nicht nur, daß die Klosetts gemischt besetzt sind und nie frei werden, jetzt wird auch hier schon Unzucht getrieben. Das werdet ihr bereuen, sag ich euch. Werdet ihr stehenbleiben! Fiala macht kein Tralala. Fiala bekämpft die Unmoral, wo sie sich zeigt.

Das Licht wurde aufgedreht.

– Und wie es hier aussieht! Das kostet einen Hunderter und Abortdienst.

– Halten Sie endlichen den Mund, sagte Felix. Ihre Fantasie und Ihr Geschäftssinn in Ehren, aber –

– Sie leugnen? Ich werde Ihnen Mores lehren. Die verfettete weiße Gestalt war die Klofrau. Zu einem weißen Nylonmantel trug sie eine speckige Soldatenmütze. Hilga genierte sich. Sie murmelte wenig überzeugend: Unerhört. Gehen wir doch, bat ihr Arm.

Vor der Veranda standen glotzend urinierende Männer.

Kommen Sie, sagte die Dicke, das Fräulein wird mich für ein Tänzchen ablösen. Sie war stärker als Hilga, sie stieß sie in einen gekachelten Raum, in dem das Licht den Augen wehtat, und drängte Felix ab. Er konnte die Tür nur ganz langsam wieder öffnen. Als er es geschafft hatte, lag Hilga auf den glitschigen Schachbrettfliesen und bat Felix, nur ja kein Aufsehen zu machen. Die Wurstfinger der Dicken ballten sich zu Fäustchen und gaben plötzlich jeden Widerstand auf. Hilga zog sich schnell zurück.

– Nicht schlagen, jammerte die Klofrau, sie war keine Frau, unter böhmischer Nase sprießte ein nicht zu übersehender Führerschnurrbart. Ich möchte nur einmal, ein einziges Mal in den Saal, einmal, verstehen Sie mich, Sie herzloser Mensch, einmal, wenn ich will. Niemand versteht mich. Ich bin aus Leutschau, müssen Sie wissen, und habe nichts als Unglück. Fiala will das beste, nur ein einziges Mal will er noch tanzen. Tanzen wie früher, hopsassa tralala.

Vom Saal strömten Damen ein, die es eilig hatten. Darunter Pia: Da stehen sie und tratschen. Und wer? Wer kann das sein? Wer konspiriert? Lalala mit Tralala.

Durch Plätschern und Kichern floh Felix in den Saal, wo er Hilga mit einem Ordner traf, der für Ordnung zu sorgen versprach.

– Diese Fettsau wird aus Gnade und Barmherzigkeit bei Festen beschäftigt und führt sich zum Dank derart auf! Hilga schüttelte sich vor Ekel. Felix mahnte zum Aufbruch. Hilga hatte es nicht mehr eilig. Felix bemühte sich lange vergeblich um die Zahlkellnerin. Als sie kam, sagte sie schnippisch: Von Ihnen nehme ich nichts. Der Herr Konsul hat für Sie alles bezahlt. Gehen Sie hin und bedanken Sie sich schön.

Die Versuche, von den wichtigen Leuten Abschied zu nehmen, die Hilga nicht aufgeben wollte, weil es sich eben einfach gehörte, führten dazu, daß Hilga von den Herren aufs Parkett geführt wurde. Statt nein zu sagen, blieb sie auf dem Tanzboden. Einer übergab sie dem anderen. Sie wehrte sich nicht. Wartete sie, bis Lubits frei war? Felix schob sich durch das Gewühl an Hilga heran, wurde unabsichtlich gestoßen und absichtlich getreten, er gab es nicht auf. Er riß die sich wehrende Hilga aus dem Arm ihres Tänzers. Der Konsul, zischte sie, du bist völlig unmöglich! Sie weinte vor Wut, Felix zog sie durch den Trubel, sie hielt sich an Tischen, an allem, was Halt versprach, Felix erreichte die Garderobe, seiner Beute krampfhaft die Gelenke umklammernd. Wir gehen, sagte er. Hilga war betrunken gemacht worden.

– Ihr wollt doch nicht gehen? sagte Lubits. Das kommt nicht ernsthaft in Frage. Oder gefällt es euch nicht?

– Aber nein, sagte Felix und sah, wie Hilga lächelnd an ihrer Frisur manipulierte. Darf ich bitten, fragte Lubits.

Raimund schleppte Felix in Vittorias Loge, wo der Doktor etwas sang, von dem er behauptete, es sei ein ruthenisches Wiegenlied für im Rausch gezeugte Kinder. Der Konsulin verlangte, mit Herrn Golub etwas zu plaudern. Sie habe gehört, er wäre Kriegsverbrecher gewesen. Sie wollte die Enttäuschung, die ihr Felix bereitete, nicht zur Kenntnis nehmen. Umsonst, mein Lieber, kommt man nicht auf zehn Jahre in die SU. Das können Sie mir auch nach einer Flasche Whisky nicht erzählen. Die Konsulin übergab Felix der Obhut von Frau Marietheres Lubits, die goldbehangen Dialekt sprach. Sie wollte tanzen und klagte über ihren vielbeschäftigten Gatten und die Provinz. Daß Sie sich hier begraben lassen wollen, verstehe ich nicht. Sie hätten doch bessere Chancen. Hierauf versöhnte Vittoria Felix mit Hilga, er hatte seine Braut unter dem Hallo der Runde Frau Chefin zu nennen. Marietheres versuchte mit ihren Beinen die seinen zu erreichen. Sie sagte dabei gähnend: Es ist einfach nichts los.

– Nimm dich zusammen, tuschelte Hilga, schütte das Glas nicht so ungeschickt aus, daß es alle bemerken. Er hatte bisher nichts weggegossen. Er war zweifellos weniger betrunken als die anderen. Er bot sich freiwillig als Begleitung des Dechants an, der eine Weile geschlafen hatte und sich deshalb bei allen entschuldigte.

– Lieber Gott, sagte der Dechant, daheim weckt mich eine Maus, die über den Flur läuft. Meine Katze fürchtet die Mäuse, die Baronin will mir eine andere schenken, sie meint es so gut. Alle meinen es gut mit mir und ich fürchte mich wie meine Katze.

– Wovor?

Der Pfarrer legte die Hand auf die schmalen Lippen, drehte sich um und schüttelte den Kopf. Ich kann es Ihnen nicht sagen, ich kann es niemandem sagen. Wer sind Sie überhaupt?

– Ich bin der neue Fotograf. Entschuldigen Sie, daß ich heute auf den Altar geklettert bin.

– Haben Sie mehr Gottvertrauen als ich. Alle meinen es gut.

Er verschwand rasch in sein Haus. Felix kehrte in den Saal zurück.

– Kamerad, sagte ein Kamerad, wir bleiben die Alten. Susi Flödl fragte, ob er sich gut unterhalten habe. Felix lächelte. Sie meinte, ab morgen werde es viel lustiger werden. Bestimmt. Er fand Hilga mit Vittoria, Raimund, Lubits, den Konsuls, dem Doktor, dem Landesvater Windischreiter und unbekannten Weibern in der Bar. Er machte einen letzten Versuch, Hilga zum Heimgehen zu überreden. Sie sah elend aus und sagte: Wenn du schlapp machst, kannst du allein gehen.

– Wer bestimmt bei euch, fragte die Konsulin.

– Das ist eine unschickliche Frage, sagte Vittoria. Hilga besitzt das Haus und diesen viel zu mageren Jüngling. Magerkeit war ein Stichwort, die Müdigkeit zu vertreiben. Ordner hatten Fiala zu holen. Der Landesvater ließ dem sich verbeugenden Dicken eine Flasche Obstschnaps aushändigen.

– Wenn du die nicht austrinkst, hier vor unseren Augen, vermiete ich dir nie mehr meine Scheißhäuser.

– Auf das Wohl des jungen Paares, sagte Fiala.

– Bringt ihm sein Fressen, damit er nicht sagt, wir lassen ihn vom Fleisch fallen. Ein Kilo Kartoffelsalat für Fiala als Beilage.

Fiala bedankte sich artig und begann zu essen. Auch Hilga rang sich ein Lächeln ab, als Lubits sie fixierte.

– Schmeckt's, fragte der Landesvater.

– Ausgezeichnet, ein Huhn wie selten.

– Ein Huhn?

– Ein zarter Kapaun, das weißeste Fleisch!

– Der Salat?

– Ich greife zu.

– Du hast keinen Appetit, wie ich sehe.

– Sehen Sie nur, wie ich zugreife.

– Wirst du es schaffen?

Eine Kellnerin schlug den nächsten Batzen Salat auf den Teller. Fiala trank aus der Flasche.

– Warum, flüsterte Felix zu Vittoria, quält man ihn so.

– Quälen? Wir füttern unsere Feinde. Mastkuren sind gut gegen Bosheit. Dieser Kerl hat Windischreiter verleumdet. Er hat ihn wegen Verführung eines minderjährigen Mädchens anzeigen wollen.

– Schmeckt's, fragte der Landesvater.

– Ich habe noch nie einen so großartigen Kapaun gegessen. Und nie solchen Kartoffelsalat, Herr Bürgermeister.

– Und wenn er –?

– Wenn er kotzt, mein Fräulein? Frißt er es noch einmal. Das ist klar, Fiala? Du hast doch Hunger?

– Gewiß, Herr Lubits. Aber ich kotze nicht. So etwas Gutes. Das wäre doch eine Sünde.

– Eine Sünde ist, was du gemacht hast. Er hat eine Zwölfjährige schänden wollen. In ihrer Not hat sie sich auf dem Klosett erhängt. Stellen Sie sich das vor, Hilga, sagte Lubits. Bereust du, Fiala? Erzähle, was dir gebührt hätte.

Fiala würgte an seinen Bissen. Kerker, sagte er, schwerer Kerker.

– Und im Dritten Reich?

– Kerker und die Sterilisierung.

– Und was hast du bei uns?

– Die Freiheit und ein herrliches Essen.

Mitleid oder Grauen? Ich weiß nicht, was mich würgt. Wahrscheinlich mein Halsband. Die Welt ist heil, hat der Doktor doziert, die Menschen sind krank. Er hat Hilga gelabt nach der Labung des Dicken. Unheilbare Freßlust, eine Folge entarteten Gewissens. Machen Sie sich nichts daraus, das ist lustig. Essen beruhigt, essen Sie mehr und alles ist freundlich. Ein wenig Vomieren ändert an der Gesamtschau nicht das geringste. Die heile Welt, mundus intactus, darüber haben wir am Peipus philosophiert, Bundesgenosse Doktor. An den Verbündeten erkennt man seine Ideologie. Gutheil heilige Turnerwelt. Die Hostienhamsterer werden von der Kirche zum möglichst häufigen Konsum des Herrn ermuntert, hat Winiak unter Beifall erklärt. Er lästert nicht.

Man wird gemästet oder in die Grube gelegt, um nachdenklich zu werden. Nichts habe ich sehnlicher gewünscht, als einmal allein und in Frieden friedlich nachdenken zu können. Sehnlicher als mit Hilga zu schlafen, dem Dunkel gestanden. Eine Automatik hat sich in Gang gesetzt, die beiden beides unmöglich macht. Der Mechanismus eines Rituals, die Sicherheitsbarrieren einer heimlichen Exekutive, die von allen Seiten auf uns zukommen: auch Hilga ist gefangen. Wenn man es steigern könnte, gefangener als ich, denn sie ist nicht allein, sie kann nicht in Ruhe überlegen, sich nicht zurechtlegen wie ich. Die Finsternis ist gut, die Mauern sind kühl, es weht kein Wind, es redet kein Mund. Wann wenn nicht jetzt komme ich zu mir, wo wenn nicht hier zeigen sich die Zusammenhänge, die man nicht sehen, nicht aufnehmen kann. Die diskursive Fotografie ist noch nicht erfunden, aber ich wage die Prognose, sie würde keine Teufel zeigen, nicht den kleinsten Krampus, nur kuriose Muster von Interessensträngen, honorig in ihrer kompakten Majorität, Selbstschutzleitungen von

Kleingärtnern, ein Kabelsystem unermüdlicher Geheimdienste in bester Absicht; Schaltfehler können natürlich vorkommen, Kurzschlüsse, Stromstöße unterschiedlicher Stärke, glühende Drähte, die eben – es ist wie es ist – zu Bränden führen. Daß ich kein Techniker bin, ist mein Fehler, beim Schach beim Fußball beim Fasching. Warum also verurteilen, was man nicht begreift? Verdammen verketzern? Was andere verketzern, kann ich zuweilen sehen. Was ich verketzere, beruht auf meinem System, das ich nicht sehe. Eher sehe ich in dieser Finsternis den Zustand der Ziegel meiner Mauern, das Muster meines Kostüms, beides kann ich tasten mit meinen Fingern, auch wenn diese pelzig sind und Ameisen in ihnen kribbeln, metaphorisch. Ich will mein Urteil aussetzen, auch in Metaphern. Sei die Welt heil oder nicht, ich bin nicht berufen und nicht auserwählt, ich lehne es ab, mich verurteilt zu fühlen wie Fiala, zu urteilen wie Hilga Vittoria Lubits Windischreiter, ich wische den Schweiß von meinen klebrigen Händen in weiße Seide, ich weigere mich, eine mögliche Analogie zu sehen. Sie haben mir Fiala vorgeführt, nicht um mir ein Exempel zu zeigen. Sie zeigen ihn jedem, der kommt. Fiala läßt sich ohne Widerstand zeigen, er ist gerne der Fiala, den sie aus ihm gemacht haben. Hier schließt sich der Stromkreis, es zuckt: Krampf wie bei Raimund im Herzen, ein Erfolg der Bastler. Da baut einer aus Streichhölzern den Dom St. Stephan, auch das ein Lebenswerk, das man bewundern und zerstören kann wie sich selbst, der andere baut Foltergeräte nach alten Heilsplänen, ein Heimatmuseum als Ersatz für das großgermanische Reich, der dritte entwirft Mieder und Intrigen, der vierte unterwirft sich, unterwirft sich eben gerade nicht, indem er sich unterwirft, sich hinunterwirft und allen Ballast abwirft, den er mitnimmt. Ohne äußeren Druck steht er nicht länger an, die Welt wieder heil zu finden. Der Fall ist geklärt: Ich bin außerordentlich dankbar für die mir zuteil gewordene Behandlung, in dieser Hinsicht Fialas Double. Ich ziehe nur andere Schlüsse als der Kumpel aus Leutschau, weil man mir andere Delikte vorwirft. Ich ertappe mich beim Wunsch, jeden Schluß offen zu lassen. Vielleicht eigne ich mich genau wie er zur Mästung, aber sie würden mich lieber zur Mumie eintrocknen lassen. Sagt meine Furcht vor Verfettung, die zugleich die Hoffnung ist, als Monstrum im Lichte zu wandeln sei besser als die allmähliche Schrumpfung unter Tag im Schoß heilsamer Finsternis. Im Grabe unbesiegt, in der Grube Mitglied der großen Kameradschaft, hier kannst du nimmermehr desertieren.

Wie leicht sich das denkt, nicht wahr? Wie leicht ist die Konstruktion konsequenter Endlösungen, wie schwer das simple Mitwirken beim Stellen beweglicher Bilder. Wie schwer, als Betrachter kein Fehlurteil zu fällen! Ich bin nicht zum Richter berufen. Ich hasse das Urteilen, weil jedes ein Vorurteil gegen mich zu sein scheint.

Urteile nicht, auf daß ich nicht verurteilt werde. Wenn du die Welt nicht heil findest, ist sie es nicht. Wenn du sie heil findest, findest du dein Heil auf Erden und im Himmel und kannst auch Unheil verrichten, wenn du kannst. In der Welt des Heils (sonst ist sie nicht heil) richtet Unheil kein Unheil an, sonst wäre das Heil nicht unendlich heil. Gutheil den urteilslosen Beurteilern eines Urteils, das ihr Vorurteil ist, unser Ur-Teil, unser kostbarster Besitz. Wenn du dich selbst enteignest, bist du verurteilt von allen, die ihr Urteil besitzen.

Es werden Urteile gefällt und ich zittere im Unheil um das Heil wie Fiala um sein Huhn. Ich zittere vor den gestellten Bildern, zu denen ich verurteilt bin, um zu urteilen. Erstaunt plädiere ich für Freisprüche, in dem ich mich in den Szenen zappelnd erkenne im Augenblick des Kurzschlusses, in welchem Aktion und Reaktion zusammenfallen zu jener Verzweiflung, die für jede Handlung notwendig ist.

Vittorias Rücksicht enthebt mich der Furcht, jetzt etwas falsch zu machen. Ich vertraue auf ihr Urteil, das ich zu wenig gefürchtet habe, und weigere mich zugleich, es anzuerkennen, wie immer es sei.

RECHTSKRÄFTIG VERURTEILT geht in Ordnung, ich habe mit Deserteuren kein Mitleid, wenn sie sich erwischen lassen, lach nicht, Lois, du weißt, daß es auch andere gibt. Glaub mir, es kann deine Autorität nur erhöhen, wenn du den Pfarrer holst. Eine öffentliche Hinrichtung ohne geistlichen Beistand entbehrt der Legalität. Unsere Menschen sind nicht gottlos, auch die Justiz darf es nicht sein. Ich bin froh, daß du das einsiehst. Ich? Ich drücke mich nicht, ich kenne meine Pflicht. Nichts zu danken, in einer Stunde also –

– Vittoria!

– Was guckst du, Lottchen? Ich verstehe, daß dir die Unterbrechung durch das Telefonat leid tut, deswegen brauchst du aber nicht gleich traurig zu werden. Komm, die Zeit bleibt nicht stehen –

– Vittoria!

– Du kannst nicht mehr? Meiner Charlotte ist der Schreck in die Gliederchen gefahren, weil sie erinnert wird, daß auch am Ostermontag Krieg ist? Jawohl, es ist Krieg, und du wirst mich begleiten. Das darfst du nicht versäumen. Jetzt aber schnell, wie lange soll ich noch warten?

– Du hättest diesen Kravogl retten können und hast Lubits ermuntert, ihn umbringen zu lassen! Hast du kein Gefühl?

Vittorias Leib schwabberte, die gegrätschten Schenkel zuckten. Von einem Fuß fiel der Pantoffel: Ich und kein Gefühl! Dann brach das Gelächter ab und Vittoria schnarrte: Du setzt unsere Unterhaltung fort, sonst –

– Sonst?

Sie erhob sich, leise aufklatschende nackte Füße, ein fettes Weib mit rollenden Augen, Idol eines Achtzehnjährigen? So, sagte Vittoria, Kravogl hat noch eine Dreiviertelstunde zu leben und du lachst mir ins Gesicht. Fühlst du dich so sicher?

– Ich will doch nur, daß du etwas für Kravogl –

– Du lebst von meiner Laune, pflege diese Laune und laß die anderen getrost sterben. Spiel nicht die edle Seele, du Ferkel, kein Wort der Widerrede: Wenn ich es dir befehle, meldest du dich auf der Kommandantur, um gehängt zu werden wie dieser degenerierte Dorftrottel. Hast du mich verstanden? Liebst du mich?

Auf der Straße marschierten genagelte Stiefel.

– Ob du mich liebst, habe ich gefragt.

– Schrei nicht so. Pia! Vielleicht hört sie –

– So ist es schon besser. Liebst du mich?

Er streichelte ihre Schenkel und sagte, was sie hören wollte. Es war ihr nicht genug. Für immer, sollte er sagen. Und los, weiter!

Kommandorufe von der Straße. Lubits, Hofrichter, Bahnert. Im Zimmer kommandierte die nackte Generalin: Es ist mir –

– Es ist mir egal, was mit Kravogl geschieht.

– Ich will nur –

– Ich will –

Weiter kam er nicht. Es wurde dunkel. Vittoria drehte seinen Kopf zwischen ihren Schenkeln, als wollte sie ihn abquetschen.

– So, sagte sie dann mit ihrer Alltagsstimme, zieh dich an, es ist höchste Zeit.

Der General stand im Zwielicht vor der Ukraine. Felix spürte seine Halsmuskeln brennen, er dachte, was dachte er eigentlich? Pia mahnte zur Eile, sie sei schon fertig, auch die Gnädige. Ich komme schon, sagte Charlotte mit verrenktem Hals.

Die Brückengasse war ein gut besetzter Zuschauerraum. Aus allen Fenstern sahen begünstigte Neugierige auf die Brücke. Zwischen den Fassaden ein Streifen tiefblauer Himmel. Pias giftgrüner Mantel. Auf Mauervorsprüngen stolzierende Tauben. Über dem Geraune der Menge schlagende Amseln. Vittoria war nicht gewillt, acht oder zehn Reihen hinter den Soldaten der Absperrung stehenzubleiben. Zwischen Vittoria und Pia wurde Felix bis an die Kette feldgrauer Rücken geschoben. Zwischen den Stahlhelmen bot sich freie Sicht. Vittoria streichelte seine Hand. Er zog sie weg. Vittoria holte sie zurück. Das grelle Licht zeigte die Kratzer in der schrundigen Mauer der Kommandantur mit der gleichen Unbarmherzigkeit wie die Falten unter dem Puder Vittorias, die verschiedenen Stadien der Erwartung zwischen Bartstoppeln, Warzen und Nasenhaaren, das Flattern von Lidfalten, Gelb von Augäpfeln, Glitzern von Gablonzer Schmuck zappelnd an Ohrläppchen. Pia trat von einem Fuß auf den anderen, als müsse sie pissen. Der Grenadier vor ihnen bemeckerte einen Witz. Eine Möve strich über das Brückengestänge, ein letzter Klecks Winter. Die Baumkronen vor der Turnhalle leuchteten im Saft. Über Raimunds Schornsteintürmchen zitterte die Luft. Auf der Brücke trat Hitlerjugend an. Vittoria trat Felix unsanft und absichtlich auf den Fuß. In der Früh hatte sie ihn herübergelockt: Ostermontag ist ein gebotener Feiertag. Während der Frühmesse ist Kravogl zum Tod verurteilt worden. Die liebende Tante Vittoria fragte, ob der Nichte gut sei. Die nickte schiefköpfig, ihr Hals war steif, Felix konnte schlucken, atmen, umdrehen konnte er sich nicht. Abends, flüsterte Vittoria, bin ich wieder lieb. Pia spitzte die Ohren. Felix stand zwischen ihnen, frei und gefangen, freigefangenes Mitglied des Gottesvolks vor der Andacht. Vorgestern haben wir die Auferstehung gefeiert. O unser bequemer Jesus, wir haben dich zum Hampelmann zwischen Krippe und Kreuz gemacht, du tust, was wir wollen, du gibst uns Kravogl heraus, du läßt uns die Juden verheizen, deine jüdische Mutter erhebt keinen Einspruch, so gern sie sonst immer erscheint, wir bitten um Schutz für den Führer, auch dafür ist der Heliand von uns zuständig gemacht, wunderbarerweise geleitet er sein Volk in den Abgrund, Familienväter, Jungfernstecher, Obergefreite, Warhejtl, Radegund Plabutsch, die einen verkleideten Rekruten für das BdM-Werk Glaube und Schönheit anwerben will. Herr Jesus, warum läßt du mich vor Vittoria knien und ich werde es wieder tun, nicht nur aus Furcht und nicht mehr aus Liebe, warum läßt du die silbernen Vögel, da singen sie langsam heran über den Berg, es ist ihre Stunde, das Wetter ist prachtvoll, warum läßt du sie nicht abdrehen, wenigstens zwei oder drei, warum gibst du ihnen nicht die Erleuchtung, daß sie uns auseinanderscheuchen können? Was ist größere Sünde, der Haß oder die Liebe? Ich will sie nicht hassen und nicht lieben, vergib Vittoria, daß sie Kravogls Tod nicht verhindert, vergib mir meine schiefhalsige Feigheit, es wäre schön, wenn es dich gäbe, wenn du aus dem Grab des Kirchenjahrs stiegest in einen Bomber der Vergeltung, Herr Jesus, ich habe geglaubt, warum jetzt nicht, warum auf einmal –

Wer wird denn weinen, sagte Pia. Vittoria reichte ihr Taschentuch. Die Bomber zogen durch den Himmel, lächerlich wie die Flakwölkchen über den Wäldern. Langsam fuhr ein blaugrauer Opel-Blitz mit der Ladefläche voran an Wazuraks Häuschen vorbei auf die Brücke und hielt in ihrer Mitte. Die Unruhe unter den Zuschauern nahm zu, Felix sah Hälse länger werden, spürte seinen gereckt, er war verrenkt und verrenkte sich noch mehr. Wo war Kravogl? Nur Soldaten standen auf dem Lkw. Murren kam auf, aber Kravogl betrog niemanden um das Schauspiel. Er war da, ein Zwerg zwischen zwei baumlangen Landsern. Die anderen Soldaten sprangen ab, ungut aussehende Zivilisten, Ostarbeiter, was sonst, wurden sichtbar. Sie stellten zwei Malerleitern auf. Legten gemächlich auf die obersten Sprossen ein Brett. Möven kamen herbei, stoppten kurz vor dem Gerüst. Ein Polack tat, als wollte er sie füttern. Errang damit unerwartet Sympathie. Männchen Kravogl am Fuß der Leitern war gut sichtbar, die Ladefläche befand sich mannshoch über den Bohlen der Brücke. Delinquent trug Wehrmachtshemd ohne Kragen, Hosen ohne Träger. Blinzelte in die Sonne. Ein listig Bäuerlein, wenn dieser Bart nicht gewesen wäre. Grauer Vollbart im Apostelgesicht. Scheißfigur, schrie eine Frauenstimme. Verräter, antwortete ein dünner Chor. Die Mehrheit hielt sich schweigend. Neben dem Auto begann die HJ auf schwarzweiße Trommeln zu schlagen. Die Polen balancierten auf dem Brett zwischen den Leitern. Schlangen einen Strick um die Traverse, die quer über der Fahrbahn die zerbrochene Straßenlampe hielt. Knüpften die Schlinge. Ließen sie hutschen. Die Trommeln wummerten. Das Bäuerlein schüttelte, ratlos oder verwundert, den Kopf. Sah in die Runde, kein einziges Mal nach oben. Wartete Kravogl auf den Pfarrer? Soldaten halfen dem Dechant auf den Wagen, die Wächter gaben das Apostelchen frei, umständlich kniete es nieder. Der Dechant deutete, die Wächter lösten Kravogl die Fesseln. Vittoria mahnte die Umstehenden zur Ruhe und schlug ein Kreuz. Die Mehrheit folgte ihrem Beispiel. Auch Felix. Er schwitzte und fror in der Sonne. Die Trommeln waren verstummt, die Menschen so leise, daß man das Murmeln des Pfarrers wie in der Kirche zu hören glaubte. Es war das Wasser. Der Dechant vergab die Sünden schnell. Kravogl küßte ihm nach dem letzten groß geratenen Kreuz die Hände, der Tröster hatte Erfolg. Er streichelte den Kopf des Bärtigen, als wäre der ein Kind, dem man den Diebstahl von Äpfeln im Pfarrersgarten vergab. Pia zuckte zusammen, als der kommandierende Feldwebel pfiff. Mein Gott, Lotti, das ist aufregend. Der Dechant wurde vom Auto gehoben, Kravogl den Polen übergeben. In Socken stieg er vorsichtig die vordere Leiter hinauf wie auf einen Heuboden. Auf dem Brett erwartete ihn der dickere Pole, der andere kam nach. Er hatte eine Papptafel mit, hing sie Kravogl um den Hals. Parteibraun mit großen Tuschbuchstaben. Die Leitern wackelten und knarrten. Ein feiges Schwein, das seine Truppe verlassen hat. Die Polen nickten ihm zu. Legten die Schlinge um seinen Kopf. Achteten darauf, daß der Bart nicht eingeklemmt wurde. Der Feldwebel pfiff abermals. Die Polen verließen den Apostel, der die Hände hob. Die Polen setzten sich auf das Dach des Fahrerhauses. Kyrie elei – rief der Dechant in den dritten Pfiff. Der Opel-Blitz ruckte nach vorn, die Leitern fielen um, das Brett polterte über die Bordwand, der Lkw fuhr langsam davon.

Felix griff an seinen verdrehten Hals, an dem eine Perlenkette hing. Josef Kravogl schaukelte in der Schlinge, schlingernde Puppe in Socken, Wehrmachtshemd ohne Kragen, hängender Hose, Papptafel vor der Brust. Der Kopf fiel so weit nach hinten, daß der Bart waagrecht in den Himmel stach. Der Spielmannszug intonierte Volk ans Gewehr. Bäume in Saft umstanden die Turnhalle. Die Soldaten der Absperrung gaben den Weg frei.

– Kommt, Kinder, sagte Vittoria, auch du, Charlotte. Du kommst früh genug zu deinem Bräutigam. Willst du unbedingt durch das dickste Gedränge? Ich habe bis abends Arbeit für dich, du hast heute noch nicht das geringste getan.

Felix schwieg. Der Generalshut schwankte an seinen Fäden. Kognak, sagte Vittoria. Pia servierte. Auf das Wohl der armen Seele, dieser Deserteur hat sich brav gehalten. Pia staunte, wie schnell das gehe. Ein Rucker und aus. Angeblich gibt es da, gnädige Frau, bei Männern noch einmal, es kommt ihnen dabei, hab ich gelesen. Vittoria begann einen Exkurs über Alraunen. Felix ging weg. Fand sich auf der Treppe, die Haustür war versperrt, er ging in den Hof, zwängte sich in den Schluf zwischen zwei Feuermauern. Tappte weiter. Eine Ratte vor sich hertreibend erreichte er zwischen Spinnweben die Adolf-Hitler-Straße. Gleich darauf den Markt. Es war bald Mittag. Die Ratte war eine Maus gewesen.

Nach getaner Arbeit kehrten die Bomber zurück. Die auf dem Markt Herumstehenden freuten sich, daß es sichtlich weniger waren und die in schlampiger Formation flogen. Man horchte, ob die Motoren stotterten. Da haben wir ein paar Dutzend heruntergeholt. Der Tod Kravogls hatte das Vertrauen in die Führung gestärkt. Halbwüchsige, Veteranen, Weiber unter aprilblauem Himmel erörterten die Lage. Der Vormarsch der Russen ins Burgenland tappte in eine Falle. Ein gigantischer Kessel bahnte sich an. Von der Slowakei herunter und von Slawonien herauf die Zangen. Klar? Eisern. Dachten sie wirklich nicht, daß die Bomber nicht alle über ihre Köpfe zurückfliegen mußten?

Felix stand unter den Rathausarkaden und überlegte, wie er über die Brücke gehen konnte, ohne an Vittorias Haus vorbeizumüssen. Eine Strategie, klug wie die um ihn herum diskutierte.

Die Bomber zogen dahin. Felix las den gestrigen Wehrmachtsbericht auf der Tafel vor der Ortsgruppenleitung. Aus der Brückengasse kam ein Haufen Soldaten. Hatte das Mädchen, das seiner Gnädigen ausgerissen war, Furcht vor Strafe? Es hatte einen verrenkten Hals und darüber einen in Demut erstarrten Kopf. Bahnert, Unteroffizier geworden, führte die Soldaten. Sein erstes Bild als Korporal lag abholbereit. Wazurak hatte Herrn Heiner dabei von der Verlobten erzählt. Leckeres Ding, hatte Bahnert gesagt, Verlierer mit Haltung. Forsch führte er seinen Haufen zur Geländeausbildung in den Jungwald hinter der Stadt. Felix kontrollierte sein Aussehen in einer Fensterscheibe, putzte sich Spinnweben vom Ärmel, stöckelte los. Hatte Sehnsucht nach seiner Kammer. Baute sich ein Orakel: Wenn ich gut an Vittoria vorbeikomme, überlebe ich den Krieg, entkomme ich Vittoria und dieser Maskerade. Nicht einmal in den ersten Tagen hatte er sich in seiner Verpackung so unglücklich gefühlt. Der Kopf bewegte sich wieder auf knackenden Wirbeln.

– Das ist ein Skandal, schrie Radegund Plabutsch vor dem Geschäft ihres Vaters. Die Hakennasige beutelte ein Mädchen, das sich nicht wehrte. Eine Hasenpelzjacke ließ Haare. Das Mädel war das blonde Paradigma aus Günthers Rassenkunde. Felix blieb stehen und ärgerte sich, daß ihm nichts anderes einfiel als stehenzubleiben. Sein Hals schmerzte. Radegund ließ von der Jacke ab und wollte einen Kinnhaken landen: eine Polackin. Sie fing mit der flachen Hand die Schläge wie Bälle. Was hatte sie angestellt? Herankeuchende Weiber redeten von einem Kopftuch. Die Blonde hatte keines auf. Ihr Haar hing offen. Ein Ding, das so erbittert war, daß sie keine Folgen bedachte. Radegund trampelte auf einem Staubfetzen herum. Sie erhielt Hilfe. Die Blonde wurde an den Haaren gerissen, nach hinten gezogen, sie stemmte sich dagegen, verlor Büschel und Strähnen. Radegund holte aus zum entscheidenden Schlag. Felix erwischte ihren Arm und hielt ihn fest.

– Bist du verrückt?

Eine Wehrlose zu schlagen ist eine Gemeinheit. Was hat sie verbrochen?

Es antwortete ein Kanon weiblicher Stimmen. Das Kopftuch wie eine Deutsche gebunden hat sie das Kopftuch gebunden wie eine Deutsche.

– Im Nacken, keuchte die Plabutsch.

– Das ist verboten! Das Gesindel muß das Kopftuch unter dem Kinn –

– Die Bäuerinnen in der Steiermark, sagte Felix, die Stimmlage wurde besser, binden seit Jahrhunderten –

– Unerhört, sagte Radegund. Sie benutzte den freigegebenen Arm zu einer Ohrfeige für Felix. Streife, gellte sie, die Streife muß her! Andere hatten die Polin zu Fall gebracht. Radegund trat ihr auf die Finger. Streife! Felix wurde von Weibern an beiden Armen ergriffen. Die Menge wuchs an. Wenn jemand auf die Idee kam, an seinen Löckchen zu ziehen –

Aus dem Fenster über der akkuraten Kurrentschrift Frauenheil sah Pia und tippte an ihre Stirn. Einige Volksgenossinnen spuckten Felix an und bearbeiteten die Brüste der Polin mit ihrem Schuhwerk. Vater Plabutsch kam, Soldaten kamen. Warum, dachte Felix, habe ich. Stahlhelme wurden sichtbar. Seine Chancen schwanden rasch. Eine Bessere sagte: Eine Volksdeutsche, das kennt man. Gleichzeitig mit der Streife war Vittoria zur Stelle. Sie sagte: Volksjustiz. Plabutsch nickte. Radegund wiederholte das Wort. Der Chor fiel ein, die Streife nickte und zog grinsend ab. Felix wurde mit Fäusten, Handtaschen und Fußtritten in den Salon Frauenheil geleitet. Was mit der Polin geschah, konnte er nicht sehen. Er stolperte in den Laden und war mit Vittoria allein. Hinter Glas tobte die Menge.

Vittoria führte ihn in die Werkstatt und verschwand wortlos. Er war eingesperrt. Er zog den verdreckten Mantel aus, sein Kleid war zerrissen, ein Schuh verlorengegangen. Das Orakel hatte gesprochen. Vittoria hatte ihn wieder. Woraus bestand die Volksjustiz?

Vittoria kam und lachte schallend, als sie ihm die Perücke herunterriß. Er hielt still, als Vittoria in größter Eile in seine verfilzten Haare schnitt. Pilsudski krächzte aufgeregt unverständliche Sprüche. Vittoria verschloß die Perücke sorgfältig. Pia brachte eine Friseurschüssel Seifenschaum, Pinsel und Rasiermesser.

– Mach keinen Muckser, blöde Gans, sagte sie und ging nach Vittorias Anweisungen ans Werk. Sie mußte den kahlen Schädel noch einmal einseifen und nachrasieren. Erst zuletzt griff Vittoria ein, sie rieb den schiefgeschraubten Kopf mit einer Speckschwarte ab.

– Schrecklich, wie du ausschaust, du hast abstehende Ohren, diese Schande hast du nötig gehabt! Ich täte mich glatt umbringen: auszuschauen wie eine, die sich mit Kriegsgefangenen eingelassen hat –

– Kusch, Pia. Marsch, Charlotte, wir sind noch lang nicht fertig.

Im Laden wartete Radegund. Uniformiert mit uniformiertem Gefolge. Sie hielt eine kleine Ansprache von der Ehre der deutschen Frau, gegen welche die Weber verstoßen hatte. Das gesunde Volksempfinden habe gesprochen. Es gewähre ein letztes Mal Zeit zur Besinnung.

Mit einem Pappschild um den Hals wurde Felix auf einen Sessel in die ausgeräumte Auslage gesetzt und mit einem Wäschestrick fest darangebunden: Damit du schön sichtbar bleibst. Drei Tage von Morgen bis Abend.

Die Passanten jubelten, als sie ihn sahen. Schräg gegenüber in der Auslage des Bäckers saß die Polin. Ihre Glatze war blutig. Grinsende Köpfe, unermüdlich erhobene Fäuste: das verstümmelte Mädchen gegenüber begann zu schwanken. Kravogl. Kravogl half. Vittoria hatte geholfen. Sie hatte Felix gerettet.

Es klopfte, schlug und spuckte an die Scheiben. Bei ihm war die Empörung größer als bei der Polin. Hoffentlich geschah ihr nicht mehr als schon geschehen war. Wie mochte sie heißen? Ich bin eine freche Polensau, sagte das Pappschild. Er schaute sie unverwandt an, das Schwindelgefühl ließ nach. Durchhalten. Für das Mädchen, für diese blond gewesene Frau in der Bäckerauslage. Merkte sie nicht, daß er sie anstarrte? Endlich hob sie den Kopf und sah ihn. Ihre Augen rollten ängstlich hin und her. Ihre Lippen formten die Andeutung eines Kusses. Die Volksgenossen nahmen es nicht wahr. Glücklicherweise auch nicht, daß bei Charlotte Weber eine unweibliche Reaktion eintrat. Ihr war das zerrissene Kleid weit über die Knie gerutscht. Felix konnte die auf dem Rücken hinter die Sessellehne gefesselten Hände zu Fäusten ballen. Die Beine waren an den Stuhl gebunden. Die Bewegung zwischen den Schenkeln trieb ihm Hitze ins Gesicht. Er versuchte sich Vittoria vorzustellen, nackt und fett, den hängenden Kravogl. Er sah nur die Polin und sein Kleid, das sich über dem Schoß bewegte. Er sah sie nackt, sie lächelte in Vittorias Boudoir, er wählte für sie Wäsche aus, sie wollte nichts annehmen, hat keinen Zweck, in einer Stunde werde ich gehenkt, sagte sie mit der Stimme einer Filmtragödin. Ich gehe für dich, sagte er, sie wollte nicht, er warf sie aufs Bett –

– Die Scheibe bleibt ganz. Glas ist nicht zu bekommen, sagte Pia in der Ladentür. Weitergehen, andere wollen auch etwas sehen.

Jetzt heißt du Charlotte Weber, sagte er schwimmend in Glück und Heroismus, ich gehe für dich. Sie ließ ihn nicht los. Aus dem Kleiderkasten trat Vittoria mit einer Hundspeitsche, sie sagte lachend: Ihr Täubchen kommt in Käfige, wie Pilsudski einen hat. Die Käfige werden in einiger Distanz voneinander auf dem Marktplatz gehißt. Lottchen, du kennst doch das Bild von Jud Süß im Bauer. Raimund besitzt es. Wir sind human, ich könnte ja auch – sie wälzte sich nackt auf dem Teppich: ich könnte ja auch, ich muß mich mit Lubits besprechen, das Genick nicht brechen, sondern knicken knacken das

Rückgrat ganz sacht, zuerst bei Charlottchen, da ist der Prozeß schon im Gang –

Bahnert kehrte vom Geländedienst zurück. Auch der schleppend gewordene Schritt seiner Kolonne ließ die Scheiben erbeben. Unter ihren zu großen Stahlhelmen schielten die Burschen hinüber herüber. Dem Korporal fiel auch diesmal keine Ähnlichkeit auf. Die Empörten wurden allmählich weniger. Einige allerdings waren unentwegt. Ich habe meine nationale Ehre vergessen, buchstabierten Bäuerinnen und waren überzeugt, daß er es mit Ausländern getrieben hatte. Ein dreijähriges Mäderl, das in die Auslage winkte, wurde von der Mama weggerissen, fiel hin und schlug sich die Knie auf.

Die Polin verklärte sich in seinen Augen zu einer Jeanne d'Arc. Ob sie je erfahren würde, daß er ein Mann war? Sie mußte es erfahren. Durch ihn selbst. Sie würde nicht lachen und ihn nicht für den Feigling halten, der er war. Für sie hatte er zum erstenmal seit seiner Flucht etwas riskiert. Was? Eine Reflexbewegung. Felix nahm Abschied von den Bilderbüchern des Opfermuts. Die Miedermacherin hatte seine Heldentat zu einem Trick ausgenutzt, der ihn als Charlotte Weber sicherer leben ließ denn je. An der Weiblichkeit eines von der Volksjustiz geschorenen Mädchens zweifelte kein Mensch. Vittoria konnte alles arrangieren. Ob sie für die Polin etwas unternehmen würde? Für sie eine Kleinigkeit. Sie könnte eine zusätzliche Arbeitskraft verlangen, kein Mensch würde ihr das verwehren. Durfte man die Polin Vittoria ausliefern? Was, wenn Vittoria merkte, daß er das Mädchen liebte? Er liebte es, oje so sehr, und war gefesselt, daß ihm alle Glieder, alle, eingeschlafen waren, gefühllos, abgestorben bis auf den Hals. Die Seele flatterte bang in der Dämmerung. Jeanne d'Arc am Marterpfahl des Bürgerbäckermeisters Plabutsch war unerreichbar. Auf ihn warteten die Nacht und Vittoria, bei der er sich bedanken mußte. Er fürchtete ihre Fantasie.

Seine Augen brannten vor Anstrengung, die Geliebte noch zu erkennen. Hoffnung auf eine gemeinsame Nacht hinter Gittern. Felix sehnte sich, von Radegund zur Ostarbeiterin degradiert zu werden. Sie hatte in ihrer Rede so etwas angedeutet.

Vittoria öffnete die Rückwand seines Käfigs und stellte zwei Grablichter vor seine Füße. Statt des polnischen Traums sah er die kahle Charlotte in der Scheibe. So sehr er sich bemühte, Jeanne d'Arc war ihrer Karikatur gewichen. Ein Ohr höher, eines tiefer, als wüchse im Nacken ein Abszeß, schwankte der Eierkopf lustig lustig tralala. Männerfinger fummelten das Zeichen für Ficken. Was nah war, das sah er. Exkameraden erörterten die Möglichkeiten, ihn fertigzumachen. Bis dem Schlitten die Fotze ausfranst. Die holen wir uns heute Nacht alle acht –

Gebrüll scheuchte sie weg. Vittoria und Pia zerrten den Sessel ins Geschäft. Lubits. Er gab seiner Entrüstung über die ebenso geschmacklose wie unsinnige Aktion Ausdruck. Aufgeregt und ungeschickt löste Pia den Wäschestrick. Vittoria widersprach nicht.

– Ab sofort sind alle Äußerungen sogenannter Volksjustiz bei Strafe verboten. Diese BdM-Hyäne werde ich mir vornehmen. Sie hat mitzuschippen wie alle anderen. In drei Tagen muß die Stellung fertig sein, Baronin, sonst garantiere ich für nichts. Es steht miserabel. Sie haben Dispens. Fräulein Weber auch. In diesem Zustand kann man sie nicht –

Felix fragte, warum nicht.

Der Major schnitt eine Grimasse. Kann man ihr vielleicht eine Perücke organisieren, Baronin?

– Rührend, wie Sie sich kümmern, Major. Aber mit dem Kopfputz einer Auslagenpuppe wird unser Sorgenkind nicht attraktiver. Sie sollten im übrigen mehr auf die Stimmung Rücksicht nehmen. Die Leute sind ehrlich empört über Charlotte. Es ist ja auch –

– ein Blödsinn. Sicher, Baronin. Ich werde mir erlauben, dem Mädchen persönlich eine Strafpredigt zu halten. Ich komm in einer Viertelstunde wieder.

Felix lief aufs Klosett. Konnte er die zarte Neigung des Majors zur Hilfe für die Polin ausnutzen? Er war nicht Vittoria, der taktische Pläne im Handumdrehen einfielen. Er mußte Lubits becircen. Jedes Mittel war recht. Er machte Kniebeugen, um sich wieder in Kontrolle zu bekommen. Er wusch sich, drehte den Kopf, rollte das Osterei, es saß fest, es rollte auf Schultern und Hals, es sah, es dachte, es überlegte und wurde manipuliert wie vor der Eskapade. Das zerfetzte Kleid? Pia brachte Ersatz: Ich borg dir's aber nur! Vittoria brachte den verlorengegangenen Schuh und befahl Felix in die Szenerie des Vormittags: Dieser Narr kann warten. Ich finde es köstlich, ein glatzköpfiger Rekrut hat Erfolg bei seinem Kommandeur. Der Herr Major will mit ihm poussieren statt ihn aufzuhängen. Sei vorsichtig. Ich weiß nicht, ob ich dich noch einmal aus der Patsche holen kann, kleine Nonne vor der Versuchung –

– Wieso Versuchung?

– Das schielende Mädchen gefällt dir. Sonst hättest du nicht so unüberlegt –

– Sie schielt doch nicht!

– Sie schielt und ist geschlechtskrank. Ich weiß es von Dr. Winiak.

– Der behandelt sie? Wie heißt sie?

– Windischreiter hat ihn holen lassen, weil sich ein Kellner bei ihr angesteckt hat.

– Das ist nicht wahr!

– Eine Verleumdung der bösen Vittoria. Versuch mit dieser Fela Falottinska lesbische Übungen, bitte gefälligst. Mir ist es recht. Unter dem Galgen sehen wir uns wieder. Raimund, das Pärchen und ich verrückte Person, die sich in dich verliebt hat. Die Polackin ist ein Unglück –

Vittoria band Felix ein Tuch um die Glatze: Sag nichts und paß auf; der Major wartet auf seine Geliebte.

Weicher Schanker, Lues oder Syphilis, Tripper. Was gab es noch? Der nächtliche Film flimmerte. In Streifen regnete die Milchstraße. Des Majors Ledermantel war kühl. Sein angeblich steifer Arm bewegte sich deutlich. Felix lispelte die Frage nach der Polin. Sie heißt Fela, nicht wahr?

– Ich bin bei Windischreiters gerade dazugekommen, wie dieser freche Schragen behauptet hat, ein Mensch wie jeder andere zu sein. Na, nach den üblichen Ohrfeigen wird sie ins Fremdarbeiterlager an der Bahn eskortiert. Ich brauche jetzt jede Arbeitskraft. Es sieht böse aus, Fräulein Lotte!

Felix seufzte: Der Schuppen beim Holzplatz, nicht wahr?

– Wissen Sie überhaupt, daß Sie mir imponieren? Sollte ich nicht sagen. Was Sie gemacht haben, reicht für eine Einlieferung ins KZ. Aber ich verordne Ihnen bis auf weiteres nur strengen Hausarrest. Verstanden?

Felix nickte dankbar. Der Major faßte fester.

– Ein Jammer, daß ich jetzt nicht mehr Zeit habe. Vielleicht komme ich manchmal vorbei. Du hast doch nichts dagegen?

Felix schüttelte den Kopf. Der Hals meldete wieder Beschwerden.

– Daß du bei deinem Bräutigam wohnst, ist nicht in Ordnung. Ist er nicht ein bißchen alt?

Felix schüttelte den Kopf. Nicht zu heftig. Die Muskeln befahlen fromme Haltung.

– Pardon, ich will da nicht –

Sie erreichten die Brücke. Ein Posten rasselte Meldung. Die Taschenlampe des Majors kontrollierte die Knöpfe der Uniform, malte einen Bogen und holte Kravogl aus der Nacht. Die Hose war tiefer gerutscht, das Hemd zerrissen.

– Die Möven. So schöne Vögel und vergreifen sich an Aas. Nichts für dich, was? Bleib schön zuhaus und denk nicht an die Zukunft. Vielleicht halte ich hier den Iwan auf. Versuchen muß ich es.

Felix nickte das Osterei zurück an die Brust.

Raimund begrüßte den Major, übersah geflissentlich die Glatze seiner Braut. Lubits: Das ist doch die Höhe, das arme Fräulein –

Raimund dienerte, meinte, er wolle sich kein Urteil erlauben, bedankte sich aber ergebenst bei Herrn Major, er wisse bereits von der Baronin, er stehe zu Diensten.

Lubits untersuchte die Arme seines Schützlings: Blaue Flecken, wie von der Gestapo, Lotte.

— Andere machen Ärgeres mit, flötete Felix.

— Ein großartiger Standpunkt, nicht wahr, Herr? Ich kann mir Ihren Namen so schwer merken, bißchen kompliziert. Ich nehme Sie beim Wort, werde bei Ihnen so eine Art zweiten Gefechtsstand einrichten, wenn geschanzt wird.

Raimund röchelte Wazurak. Es sei ihm eine Ehre. Felix besann sich auf seine Pflichten als Hausfrau und brachte die Reste Likör.

— Lasse Ihnen morgen ein, zwei Fläschchen zustellen, Wazulak. Auf die Gesundheit von Fräulein Braut, servus Charlotte!

Mit tiefem Blick in die Augen und beziehungsreichem Handkuß ging Lubits ab. Die Pflicht ruft, Wakulak! Felix nahm das Kopftuch ab. Raimund holte sich Hoffmannstropfen. Das Fläschchen zitterte: Du bringst mich ins Grab. Ein Wahnsinniger ist normal gegen dich — der Gefechtsstand im Haus!

— Es dauert nicht mehr lange, dann schmeiße ich die verdammte Maskerade ins Feuer. Der Kopf ist schon frei. Und das schönste Weibsbild, das ich kenne, hat auch eine Glatze.

Raimund fuhr auf und sank zusammen: Natürlich, diese Polackin, du solltest —

Felix ging in die Speisekammer. Viel war nicht mehr da. Er nahm eine Rindfleischkonserve und ein halbes Brot. Fürs erste. Raimund zitterte. Wegen der Vorräte, vor allem wegen der Verrücktheit, jetzt zu diesem Weibsstück zu schleichen: Du bist mein Untergang!

Die Nacht war klar. Milchstraße in Ordnung. Die Posten bei der Turnhalle ließen die bäuerlich vermummte Charlotte passieren. Auf dem Bahnhof wurde ein Zug entladen. Licht aus blaugestrichenen Karbidlampen huschte hin und her. Felix ging auf dem Damm bis zur Höhe des Baumes, bei dem im Jänner Charlotte gestartet war. Ging weiter auf der Straße. Alles ruhig. Es roch nach offenen Gräbern. Im Frühling das übliche. Der Holzplatz bot kaum Deckung. Er war leer. Felix ging weiter. Um den Schuppen schlenderte ein Doppelposten. Von einem Wagen polterte Eisen. Unteroffiziere tobten. Etwas war entzwei. Der Doppelposten hielt an. Felix schlüpfte in die offene Schuppentür. Gestank von tausend Schweißfüßen schlug ihm entgegen. Geruch nach Brotsuppe. Stöhnen. Grunzende Männer.

Er wartete. Vielleicht lag Fela wach? Nach einer Weile sah er, daß zwischen dem ständig knisternden Stroh ein Steig war, der Männer und Frauen trennte. Bei den Weibern hockte sich Felix nieder. Ein Posten kam in die Tür und ging pfeifend weiter. Eine Gestalt erhob sich. Wo Fela, fragte Felix. Keine Antwort. Die Gestalt kehrte wieder. Fela wo?

Sie war es selbst. Er sagte: Lotte Weber. Sie sagte: Du sehr lieb. Sie strich über seine Glatze und zog ihn auf Stroh. Ich Fela Pomorska. Du sehr lieb, sagte Felix und streichelte sie. Nicht über die Glatze. Sie stöhnte. Er gab ihr die Tasche. Sie umarmte ihn stürmisch, begann zu weinen und zu essen.

– Ruhe im Puff, schrie ein Landser in die Tür und ließ seine Lampe kreisen. Felix stellte sich schlafend. Seine Hände fuhren über Felas Schenkel. Sie waren heiß. Fela schickte ihn weg. Zweimal. Fünfmal. Er hatte ihr noch nicht gesagt, daß er. Er nahm ihre Hand, um es ihr zu zeigen, führte sie aber an die Lippen und ging hinaus. In etlichen Metern Abstand sagte der Posten: Was diese Weiber zusammenscheißen, ist unheimlich.

Der Chlorkalk stank. Die Posten drehten ihre Runde. Ohne rechts oder links zu wissen wie, erreichte Felix den Holzplatz, die Straße, die Gleise, die Turnhalle. Drüben blieb alles ruhig.

Raimund hatte gewartet. Seine Augenhöhlen waren violett.

Als Felix erwachte, tuckerte altmodisches Fliegergeräusch. In Beates Barchentnachthemd lief er ins Studio und sah drei russische Flieger in Höhe des Kirchturms. Raimund lag neben dem Sofa in Deckung. Die Maschinen verstreuten einige Salven im milchigen Morgenlicht über die Dächer und drehten langsam ab. Gewehrfeuer knatterte wirkungslos in den Himmel und resignierte.

In dieser Stunde sollte Raimund beim Bahnhof sein, wo die Schanzerkolonnen Treffpunkt hatten. Ohne Frühstück stürzte er davon. Zweimal nacheinander läutete das Telefon. Vittoria befahl Charlotte zu sich. Felix wies auf seinen Hausarrest hin. Sie hatte ihn gerettet, gestern noch einmal. Noch konkreter als im Jänner. Er lehnte es ab, sie zu besuchen. Lubits fragte mit Kreide in der Stimme nach dem Befinden. Vittoria zeterte ins Telefon. Nein, sagte Felix in das schwarze Bakelit. Nein, sagte er ihr gegen Mittag ins Gesicht. Laß mich in Ruhe, bring Pia das Essen, es wird kalt. Die rotbraunen Menageschalen schepperten, als Vittoria sie abstellte. Ich habe, sagte sie, eben mit Lubits gesprochen, du übersiedelst zu mir. Hier passiert ein Unglück, bei mir hast du Chancen, und wenn ich dich in den Keller sperre. Wenn Lois erfährt, was du bist, kann weder der Himmel noch ich etwas tun. Die Zeit deines oberirdischen Wandelns muß unterbrochen werden. Der Lärm der Tiefflieger irritierte Vittoria, eine trotz Stiefeln unpassend bekleidete ältere Frau. Ich denke nicht daran, dein Grottenolm zu werden. Ich werde mit Lubits schon fertig.

– Und die Polackin mit dir. Du bist imstande, ihr nachzulaufen. Daraus wird nichts. Lubits wird ein dummes Gesicht machen, aber ich fürchte ihn nicht. Vorläufig kann er in meiner Anwesenheit mit dir konversieren. Wird er zu stürmisch, bin ich untröstlich über dein Verschwinden. Nicht einmal Pia wird wissen, daß du im Keller sitzt. Wenn du brav bist, besuche ich dich. Unsere schönsten Stunden stehen dir vielleicht noch bevor. Sie setzte sich aufs Bett der Beate, das Essen wurde kalt. Am Bahnhof brannte ein Waggon. Es stank und knisterte, fetter Qualm wucherte über der Turnhalle, Vittoria zog die Tränenschleusen auf. Das letzte Register, wie Felix glaubte. Er setzte sich zu ihr. Er hatte sie beleidigt. Er fuhr damit fort . . .

. . . er hatte sich, so dachte er, vor Fela gestellt, zu Fela bekannt, gesagt, er wollte jetzt nicht, blödsinnige Attacken der Alten abgewehrt, die schluchzte und um Verzeihung bat. Widerlich und rührend, widerlich er selbst. Nein, kein Wasser, sie wollte ihre Handtasche und Küsse. Er küßte sie in das Gesicht, während Vittoria in ihrer Tasche kramte. Nach Hoffmannstropfen stank es. Er? Er brauchte keine, oder brauchte sie doch, die Glasstäbchen der Lampe drehten sich, Vittoria beugte sich besorgt über ihn, weinte sie, lachte sie, was machte sie? Ich denke nicht daran, zu dir zu übersiedeln, ich muß zu Fela, ich muß mit ihr schlafen, ich muß wach bleiben, wach wachhellwach ... es wird finster im finsteren Keller, ich will nicht in den Keller, stöhnendes Nein stechendes Licht eine Nadel abwärts Fela ein Leib ich liebe dich im Licht im Keller im Stroh ich hasse die Alte das Fett den Leib den stinkenden Keller ...

... die Hände sind gut ... die tremolierenden Stimmen ... mir ist übel ... Rauch wölkt im Zimmer ... Geruch wie nach Mandeloperation ... etwas würgt im Hals: Ich will nicht. Du mußt nicht, lächelt die Generalin durch Wolken vor brennenden Altären.

Lubits beugt sich besorgt über mein Bett. Alles in Ordnung, sagt der Major, zehn Kilometer nordöstlich haben wir einen vorgeprellten Iwanpanzer erwischt, wir bekommen Verstärkung, hier kommt die Front zum Stehen, stehen Sie ruhig, Wazulak. Sanft drängt Vittoria den Kommandeur hinaus, mein armes Kind, du hast Fieber von all den Aufregungen, ich bleibe bei dir ... da wirst du wieder ruhig ... wir machen Pläne für die Zeit, wenn alles vorbei ist, wenn Ruuhuhe eingekehret ist, da bist du Frau Wazurak mit nachgewachsenen Haaren, wir werden Freundinnen bleiben nach deiner Hochzeit, du mußt deinen Gemahl nicht lieben, das steht nur in den Romanen, die du liest. Du kannst mich jederzeit besuchen, wenn du wieder gewisse Regungen hast. Vittoria versteht auch dies ... Ehre sei Gott in der Höhe und Befriedigung den Menschen auf Erden. Was für ein Wahnsinn, wieder in Hosen gehen zu wollen, einer kahlen Polackin nachzusteigen ... Jesus Maria, vulva polonia communis ... wozu das Verlangen nach einem Revolver, für die Todessehnsucht genügt Wagner, der tönt aus dem Rundfunkempfänger, wer wird auf die Barrikaden steigen wollen als Mädchen, das sind pubertäre Geschichterln primitiv erzählt um die Spannung zu erhöhen, was redest du von Pflicht, von Spaniennarren und Partisanen, der Bolschewismus ist die absolute Verkennung der Wirklichkeit, ein Modell für verklemmte Einfalt, Gott ist katholisch wie Franco, die Mysterien verlangen weibliche Passivität, wer in ihr lebt, handelt gerecht, der Rummel der Täter geht vorbei, es bleiben von Frauenhand gepflegte Gräber und explodierte Spielzeuge, Raimund behauptet, ich wollte mich an jedem Masculinum rächen, weil ich keines besitze, darum hätte ich den General gesattelt durch die Höllen der Ukraine getrieben, er ist sein eigenes Schlachtroß gewesen, an dir habe ich ein anderes Wohlgefallen, vergiß den polnischen Krieg, sticke ein neues Holländerbildchen, lebe Beates Leben zuende, sie hat Raimund geliebt und davon die Schwindsucht bekommen, sie hat mich niemals um Rat gefragt, sie ist zu schüchtern gewesen, sich einen Büstenhalter zu kaufen, da verstehen wir einander schon besser, es wird wieder ordentliche Waren geben, ach Gott, du hast noch immer nicht begriffen: Es gibt keinen hinreichenden Grund, für nichts gibt es den, das macht fröhlich, nicht traurig, man kann Freude an schicken Miedern haben, Korsette gehören zu den erfreulichsten Lügen, die je gelogen worden sind, lüge dir Wahrheit in deine Spiegel, sei konsequent, Charlotte, ich will es, ich habe dich erschaffen aus einem durchschnittlichen Notmaturanten, wehe dir, wenn du Charlotte ermordest, Wazurak wird sterben an deiner Untat, du wirst die Polin besitzen und verlieren, klappern mit den Zähnen vor Angst in der Kausalität, wie man sie Rekruten des Daseins eindrillt. Ich habe dich erfunden und halte fest an meiner Einbildungskraft. Um Psychologie und Zeit zu überwinden, lockere ich die Kontrolle, du tust mir leid, du hast den Weltkrieg noch nicht beendet und die Handlung platzt aus dem Kapitel, du bist krank, du glaubst, du hast den

Aether nicht vertragen, du bist erschöpft von den diversen Aufregungen, die dir bevorstehen, aber ich hole dich ein im gedachten geometrischen Ort, du bist schon gelandet: ich höre meine, ich rede mit deiner Stimme, Vittoria, und schaukle hin und her schaukle ich als Kind, was verboten ist, weil es wahrscheinlich sündhaft ist, aber man kann nachdenken dabei, überlegen und singen ganz leise fraise vor sich hin im Bett das knarrt erstarrt das Linoleum die Landschaft hat Augen die saugen den schwachsinnig Schwachen, ich bin es, ich werde wach und erwachsen, die Wolke verzieht sich, ich sehe Vittoria, eine verrückte Alte, die ihr Spielzeug zurückhaben will und mit Aether, sie gibt es zu, sie grinst geständig, ich muß nicht mit ihr gehen, sie verzichtet, sagt sie, sie geht mit Raimund aufs Standesamt, den Termin auszuhandeln, ein Hochzeiter bekommt Urlaub vom Schanzen, sie hat sich gestattet, die Braut zu beschenken, ja sicher ... es stimmt!

Charlotte zieht sich an den Ohren, zieht, ob sie träumt oder nicht und quietscht auf. Der heimkehrende Raimund rülpst gemütlich nach Pias Sauerkraut, er mischt sich eifrig ins Zimmer, findet es sehr richtig von Vittoria, sehr klug, für Charlotte ein Maximum von Realität zu erreichen, die Realität brandmarkt uns alle, ich habe drei Stunden geschaufelt, meine Hände sind voller Blasen, laß deine Ohren in Ruhe, der Schmuck ist echt und macht dich noch echter.

– Ja seid ihr beide verrückt? Sie grinsen, Vittoria nimmt die Nickelzange aus dem Etui. Damit habe ich dir Löcher in die Ohren gemacht. Allerliebst baumelt es, zieh kein Mäulchen, der Golddraht ist nicht scharf, die Perlen sind falsch, drei Reichsmark fünfzig ist mein erstes Geschenk anläßlich deiner Vermählung wert.

Da sitzt er im Bett, da springt er auf und ja ... und nein. Man schlägt keine Frau, sagt seine Tante, er kotzt auf den Bettvorleger, er würgt des Elends Gewölle. Man schlägt eine Frau nicht, die einen tröstet, man kotzt ihr in den Schoß. Raimund läuft mit Kübel und Fetzen, es schießen Kanonen, die Berge spielen Gewitter und Echo. Der Krieg, schaudert Raimund, der Fetzen klatscht auf die Bretter. Diese Operation, sagt Vittoria, ist die kleinstmögliche und säubert den Stoff zwischen ihren ausgebreiteten Schenkeln. Ein nächster Eingriff wäre schwerwiegender, es geht um dein Leben, auch um unseres. Da sind viele Mittel recht, viel Übel kann in den Keimdrüsen erstickt werden, damit es nicht zur Katastrophe kommt. Willst du aufmucken, gibt es Aether, Lubits und mich, Bräutchen Kahlkopf, das mich hinauswerfen will, erdolchen etc. aber als Mann vielleicht dann irgendwann später als Täter Reim auf Verräter Knecht ohne Geschlecht im Unrecht jedenfalls Schiefhals als – als ich, dachte er, als er, sage ich in der Grube, im Loch vor der zweiten, nein der dritten Geburt lallend schon bevor die Himmel sich wenden und die Erde die Erinnerung erlischt, man kann sie notdürftig nochmals erfinden als Hilfskonstruktion, die keiner Belastung standhält und zu wenig erklärt von der Schaukel, auf welcher Felix sein Gleichgewicht gefunden hat. Eine Berechnung, es ist Berechnung in kurzschlüssiger Logik, Vittoria nicht die Stiegen hinunterzuwerfen, sie reden zu lassen von Hochzeit und Brautkleid und Schleier und Vormarsch der Wehrmacht demnächst und Keller für alle Fälle, Schaukeln an den Ohren, Pendeluhr der Tage und Nächte in illo tempore.

Tagebuch. Stundenbuch ohne Mystik. Resurrektion durch Zufall und ohne Vittoria. Soviel scheint, schien jedenfalls bisher festzustehen. Es ist eben doch nur eine Hilfskonstruktion, ich ziehe mich hilflos zurück in meine hilflosere Lage heute und blättere im ungeschriebenen Diarium, das ungefähr so lautete, hätte es einer aufgeschrieben, der versteht und nicht versteht wie unser agierter Akteur im Karneval von damals bis heute:

3. April

Dritter Angriff am Nachmittag. Eine Maschine. Beschuß der Schanzenarbeiter östlich Bahnhof. Sechs Verwundete, davon ein Ukrainer, der (Wazuraks Bericht zufolge) unbehandelt verblutet. Allgemeine Erbitterung wegen Beschuß von Zivilisten. Längere Auseinandersetzung mit Raimund, der eine Viertelstunde in Sumpfwiese gelegen ist. Versöhnung nach Abhören der Londoner Nachrichten in deutscher Sprache. Felix gesteht das Ausmaß seiner Liebe zu Fela Pomorska, versucht es. Raimund erläutert einige Geschlechtskrankheiten. Neuerlich Streit. Raimund erzielt Erfolg mit Hinweis, daß außer Vittoria kaum ein weibliches Wesen an Felix im jetzigen Zustand Gefallen fände. Eine primitive Polin gewiß nicht. Erdbebenartiges Grollen. Fünf Panzer rollen über die Brücke. Ihnen folgen SS-Truppen zu Fuß Richtung Osten. Auch sie sind Lubits unterstellt, wie er bei seiner Spätvisite erklärt. Ein Sturmbannführer ist sein Stellvertreter. Lubits beschwört Felix, eine Perücke zu tragen. Wenn einmal der SS-Mensch mitkommt –

4. April

Zettel: Pia bringt einen am Morgen von Vittoria, er warnt dringlichst, das Haus zu verlassen, Radegund führe nach einem Rüffel durch den Major etwas im Schilde. Warhejtl sei ebenfalls wütend. Raimund nimmt nach langem Bitten einen Zettel für Fela mit. Eine Faustskizze mit dem sichersten Weg zum Atelier Wazurak. Wazurak behauptet, die Ostarbeiter seien unter scharfer Bewachung getrennt von der Bevölkerung eingesetzt. Felix (mit Perücke) entwickelt Filme. Soldatenbilder. Laut Standortbefehl haben ab heute alle Geschäfte mit Ausnahme dreier Lebensmittelläden (darunter Plabutsch) bis auf weiteres geschlossen zu bleiben. Felix kocht in Gedanken an Fela ein Mittagessen, das Raimund gerührt verschlingt. Der Zettel? Es ist noch keine Gelegenheit gewesen. Das Hotel zur Sonne wird SS-Quartier. Nachmittag, kurz nach einem Fliegeralarm, läuten zwei BdMsen. Sie läuten Sturm. Aha, sagen die Mädchen, da ist die! Wie viele Personen, wie viele Räume im Haus? Sie wollen alles sehen. Felix (glatzköpfig) zeigt. Auch die Zimmer von Heckmayr. Empörung bei den Mädchen. Im sechsten Kriegsjahr! Beschlagnahmen, Sauwirtschaft! Ein unbeschreiblicher Skandal. Die Säuglingskrippe von Mutter und Kind ist zusammengepfercht und hier! Das Haus hat Platz für zwanzig Mann. Der Zivilbevölkerung steht laut Standortbefehl ein Wohraum für zwei Personen zu. Im Studio lassen sie sich in die Fauteuils fallen. Felix muß Kniebeugen machen. 50. Noch einmal. Er kippt aus den Schuhen. Dieses Kleid ist eine Provokation, Hausarrest hin oder her. Sie stellen fest, daß er Hurenwäsche trägt. Er muß sich die Schminke abwaschen. Soll er jeder ein Paar Strümpfe anbieten? Er tut es. Sie nehmen an. Seidenstrümpfe. Sie besichtigen seinen Kasten. Sie haben Schweißfüße wie die Fremdarbeiter. Wir müssen weiter, mahnt die eine. Die andere sagt: Sonderaktion! Ein weiterer Luftangriff. Bomben auf den Bahnhof. Felix imponiert plötzlich durch Furchtlosigkeit. Die Mädchen müssen wohl oder übel auch tapfer sein. Hinter der Bahn geht etwas in die Luft. Zwei Fensterscheiben springen. Was? Wer? Der Abschnittskommandeur? Jesusmaria. Sie wollen die Strümpfe zurückgeben. Felix nimmt sie nicht an. Die Radegund, wir können nichts dafür. Sie hat es auf dich abgesehen. Heil Hitler, sag bitte nichts. Der Major wird dir ja helfen. Er kommt und hört. Ein Zettel ans Haustor: Beschlagnahmt durch Abschnittskommandeur. Ist schließlich mein Geheimgefechtsstand. Wird zudringlich, nachdem er über Radegund getobt hat. Charlotte wagt wenig Widerstand. Lois zieht seinen steifen Arm aus der Schlinge und lacht zur erstaunten Bemerkung der wieder Perückten. Raimund stört die Idylle. Lois flüstert: Morgen früh komme ich.

5. April

Am Morgen Gefechtslärm im Norden. Es ist kein Gewitter. Das ist der Krieg, sagt Raimund. Vittoria auf Besuch. Sie hat ihre Wohnung geräumt für sieben Herren von der SS. Haust mit Pia in der Werkstatt. Die Herren sind verständig und nobel, erweisen einer verwitweten Generalin allen Respekt. Wirbel vor der Sonne. Feldmarschmäßiger Aufbruch. Panzerrasseln. Lois mit Sturmbannführer. Durch die Fenster des Heckmayr-Schlafzimmers beobachtet und von Vittoria kommentiert. Sie vermutet Russendurchbruch. Um 12 muß der Volkssturm abrücken. Auch Raimund. Schanzen wird eingestellt. Vittoria genüßlich: Am Marktplatz sind im Morgengrauen drei Soldaten erschossen worden. Sie haben gestern im Reichsadler erklärt, daß der Krieg verloren ist. Vor der Schule hängt ein Deserteur. Für Zeremonien ist keine Zeit gewesen. Lubits gestattet im übrigen, daß du zu mir ziehst. Meine Herren wissen, daß er mit dir ein Verhältnis hat. Schau nicht unglücklich, stell dir vor, du müßtest jetzt Soldat sein. Ich kann mir das nicht ausmalen, Liebling. Felix kann es auch nicht, hat aber in dem Moment eine Erleuchtung, als Lubits heraufwinkt. Charlotte läßt sich von Vittoria in den Zustand des Unwohlseins versetzen. Dies erweist sich als Rettung von Charlottes Unschuld und Leben. Eine russische Panzerdivision ist in zwanzig Kilometer Breite durchgebrochen, erklärt Lois. Die SS-Kerle wollen mich zwingen, mit allen Kräften in die Flanke zu stoßen. Denke nicht daran. Hier ist mein Abschnitt. Was soll ich noch alles mit meinen zwölfhundert Mann machen? Eine zärtliche Charlotte wagt den Kavalier nach seinen Plänen zu fragen. Er ist gesprächig. Mit zitternden Fingern willigt sie in seinen nächstliegenden. Als Schülerin Vittorias knetet sie an der Reithose herum. Lois stöhnt ihren Namen, saugt sich am Hals fest. Ist plötzlich erschöpft, nimmt Pervitin, er will und will unbedingt. Später, sagt sein «süßestes Mädel» und bedauert, daß es «richtig» nicht geht. Was mit den Ostarbeitern geschieht? Beim leisesten Anzeichen einer Meuterei, sagt Lois. Auch die Frauen? Na was denn! Charlotte bittet um eine Pistole. Für alle Fälle. Lois ist erschüttert. Kommt nicht in Frage. Sie kommen nicht durch. Und wenn, nimm ich dich mit. Das schwöre ich dir. Schwört es. Es läutet. Er wird gesucht. Der Volkssturm ist angetreten. Raimund kommt früher zurück als der Major. Auf einer Bahre. Hat sich den Fuß gebrochen oder so verstaucht, daß er nicht gehen kann. Bedankt sich, ein matter Löwe, bei seinen Trägern. Er ist nicht im geringsten blessiert. Gefechtslärm auch aus östlicher Richtung. Abends Flüchtlinge. Zu Fuß, mit Fahrrädern und Pferdewagen. Wie in der Wochenschau. Knallerei hinter dem Bahnhof. Wieder Lois. Raimund simuliert nebenan. Ostarbeiter sind erschossen worden. Haben meutern wollen. Und die Frauen? Lubits weiß es nicht. Das ist Sache der SS. Ich stehe seit Tagen unter Drogen. Bin Flieger, keine Wühlmaus. Was soll man tun? Bewältigen, was auf einen zukommt. Bleibe über Nacht. Geht denn das? Klar, Mädchen. Am Telefon: Bin jederzeit erreichbar, Herr Hoppel. Aber nur für Dringendstes. Danke. Man übersiedelt aus Beates Kammer in Raimunds Büro. Das verfluchte Telefon. Alles bestens, Baronin. Charlotte ist ein Schatz. Was sage ich, ein Prachtkerl. Samt und Seide. Raimund liegt und leidet. Eine Ordonanz bringt Sekt. Dazu einiges zum Essen und zum Unterschreiben. Felix liest das Todesurteil für einen Eisenbahner. Hat eine Lok kaputtgemacht. Heimtückisch. Morgenfrühfällich. Aber jetzt Ruhe, Mensch, wenn ich bitten darf. Mach dich schön, Lottchen! Hast du? Leider, kein Abendkleid. Treib ich auf, bin nicht umsonst Kaufmann. Kann meine letzte Nacht sein. Jedenfalls unsere erste. Sender Alpenland ist in Betrieb. Immer Fela, auch beim Tanzen. Dazwischen neueste Lage im Telefon. Einbruch abgeriegelt! Wir können aufatmen, laß den Eisenbahner. Ich halte Disziplin. In drei Tagen habe ich vor der Stadt einen Riegel aufgebaut, allen Respekt, Süßes. Trink doch, ich bleib dir treu, Ehrenwort. Will seine Kladde verschenken. Größter Liebesbeweis. Tanzt, küßt, fummelt herum. Ein Lustspiel zum Kotzen. Lubits hat einen Wunsch, Lotte lange Ausflüchte. Unschuld reizt Lois leider am meisten. Für den Eisenbahner, abgemacht? Charlotte betrunken, aber nicht so wie der Ritterkreuzträger, dessen Orden ihr um den Hals baumelt, läßt sich etwas ins Maul stecken. Doch nicht mit den Zähnen, Kleines! Für den Eisenbahner, für Fela. Und Lois darf nicht unzufrieden sein, was mach ich? Er hat schon so komisch meine Muskeln apostrophiert, wenigstens den Busen will er sehen, endlich! Wenn ich zubeiße, geht er drauf. Wenn er entdeckt, was er längst entdeckt haben müßte, habe ich keine Sorgen mehr. Gibt es Schutzengel? Es gibt sie. Sie lehren das Blasen, wenn es sein muß. Der Herr Major windet sich im fünften oder sechsten Himmel. Mach mich fertig, ganz furchtbar fertig, kleines Biest, ich werde dir alles. Eine frühe Fliege summt durch den Raum, nimmt Maß für neue Perspektiven. Unter dem Schreibtisch wäre es kühl und still. Lottchenlottilottotterle ... lele ... le ... irgendwann ist es

6. April

geworden oder schon gewesen. Alpenland spielt das Deutschlandlied. Der Eisenbahner wird nach Graz geschickt, wie oft willst du das noch hören? Ich habe andere Sorgen. Lottchen nimmt ein Pervitin, es ist heiser. Es zittert. Wie Zarah Leander redest du manchmal. Wie ein Junge im Stimmwechsel. Ich könnte dich in eine Uniform stecken. Magst du? Charlotte schüttelt die Perücke. Lubits wird melancholisch. Beginnt sich zu bedauern. Erzählt aus der Kindheit. Charlotte sitzt dem Major auf den Knien, er hat Tränen in den Augen und zeichnet Stellungen auf Zigarettenschachteln. Die vorgeschobenen werden bei erstem stärkeren Druck aufgegeben. Nur keinen Brückenkopf. Der Bahnhof wird gesprengt. HKL im eigentlichen Sinn ist das andere Flußufer. Weit dahinter eine Auffanglinie. Wird ausgebaut. Schloß Paumgarten ist ein ausgezeichnetes Hauptquartier. Fast unangreifbar. Ruhige Zuflucht. Die Brücke? Gesprengt, Schatz, sobald meine Leute drüben sind. Altstadt läßt sich prima verteidigen. Meterdicke Steinmauern. Dich bring ich nach Paumgarten. Pack ein Köfferchen, halte dich bereit. Kann morgen sein, in einer Woche, wer weiß das? Ein Scheißkrieg. Ich bin Flugzeugführer, ich bin für Ritterlichkeit, nicht fürs Schlachten.

Am Morgen ist der Eisenbahner erschossen worden.

Glatt darauf vergessen. Mach kein Theater, das geht mir auf die Nerven. T 34 sind gemeldet. In der Nacht hat der SS-Fritze eigenmächtige Dispositionen gegeben, servus einstweilen.

Kein russisches Flugzeug. Der verkrüppelte Marillenbaum unter den Fichten beginnt zu blühen. Führerwetter, sagt Raimund. Er hört Wagner. Er bereitet sich auf Walhall vor. Er ist wütend auf Felix, der nicht weiß warum. Er telefoniert mit Vittoria, sie reden über den Dechant. Vittoria ist im Pfarrhaus. Es hat keinen Sinn, sagt Raimund. Wenig später kommt Plabutsch. Er dolcht Charlotte mit Blicken, redet mit Raimund unter vier Augen. Der sagt nicht, worüber. Fela Pomorska, flüstert Felix bei jedem Schuß, es schießt Artillerie, vielleicht Panzer. Dann ist der Name zu lang. MG, Ratschbumm. Raimund übersiedelt ins Erdgeschoß. Liegt auf weißer Gartenbank im Atelier. Dahinter braun auf Chamois die Parkkulisse. Zeit sich zu verdrücken. Verwundete werden über die Brücke getragen, humpeln auf eigenen Beinen, Flüchtlinge wollen hinüber, eine Streife kontrolliert jeden, Stacheldraht auf spanischen Reitern, militärische Tafeln mit Nibelungennamen, Vieh wird herangetrieben, brüllt, ist störrisch, reißt aus. Die Uferfront der Altstadt wird bestückt, MG in Dachluken, Sandsäcke in Küchenfenstern. Als die goldne Abendsonne sandte ihren letzten Schein, letzten Schein. Gesang und Scherben. SS, HJ, BdM, Nacht. Lubits mit einem Ledermantel. Für dich zur Tarnung. Schicke dir einen Fahrer, wenn es soweit ist. Sturmbannführer Hoppel gefallen. Drei Panzer im Arsch. Russe abgewehrt. Für heute. Volkssturm geht zurück. Vorgeschobene Stellung wird bei Annäherung stärkerer Kräfte zurückgenommen. Alles geregelt. Flußfront hält um jeden Preis. Jetzt muß ich drei Stunden schlafen, sei nicht bös: Wenn das Telefon läutet, weck mich.

Abhauen? In Richtung Osten ist der Weg frei. Dorthin sind die Fremdarbeiter gegangen. Soweit sie noch leben. Irgendwo in der Nacht ist Fela. Im Wald, in dem die drei Polen gesprengt worden sind. Und wenn er Fela nicht findet? Wenn die Russen das Mädchen, das keines ist, aufgreifen, verhören, ver –

Da liegt Lubits im Bett der Beate Charlotte. Ein erschöpfter Schnarcher. Da gibt es den Plan. Da liegt eine MPi. Lubits ahmt mit dieser Bewaffnung die SS-Offiziere nach. Auf der Bank im Atelier liegt Raimund. Er flüstert. Plabutsch hat sich für seine Tochter entschuldigt. Warhejtl will Raimund und Charlotte verhaften, wenn Lubits nicht aufpaßt. Warhejtl residiert im Rathaus, Plabutsch sieht schwarz. Raimund überlegt Flucht. Traut sich nicht. Er kann ja nicht gehen. Von Vittoria keine Nachricht. Wien ist eingeschlossen, sagt er, sagt Plabutsch. Sagt Charlotte, warten wir ab. Es schlurrt und scheppert über die Brücke. Da liegt Lubits im Bett. Da liegt seine MPi. Schwarz, gut geölt. Ein Magazin eingespannt. Voll. Da liegt Lois Lubits mit Ritterkreuz und Kladde. Zwischen den Schenkeln wird der Lederfleck der Hose sichtbar. Die Kartentasche liegt auf dem Nachttisch. Jesus hält lächelnd die Hostie. Zwei Panzer fahren zurück in die Stadt. Geschrei. Da schläft Lubits. Sein Hosenstall füllt sich allmählich. Das Ritterkreuz hängt zur Seite. Der Plan ist klar. Da schläft Lubits. Immer noch hört man ihn schnarchen, immer noch wischt Charlotte ihre feuchten Hände ab. Schwitzt sonst nie an den Händen. Wenn Lois aufwacht, muß ich mit. Wenn ich weggehe? Wenn ich die MPi nehme, kann ich vielleicht. Wenn ich nicht damit umgehen kann, kann ich oder kann ich es nicht. Vittoria hat jede Aktion strengstens verboten. Da schläft Lubits. Laß ihn schlafen. Was du vorhast, geht schief. Sei froh, wenn du nicht im letzten Augenblick entlarvt wirst. Wer wartet auf Felix Golub, Charlotte?

7. April

War es so, war es anders? Unendlich komisch war es gewiß. Eine ganz einfache Handlung. Ein Blick zu Jesus ins Zentrum der Hostie, ein Griff nach der Maschinenpistole. Der Morgen dämmerte rosig im Fenster, die Mündung des Schießeisens drückte Lois in den Hals. Tu die Hose herunter, schnell, bitteschön, wir haben es eilig. Du wirst erschossen, wenn du nicht tust, was ich dir sage. Das Haus ist umstellt. Kannst hinaussehen. Ist dir dein Leben lieb, komm mit hinunter. So ist es recht, da ist das Telefon.

War es so, war es anders? Der Major ohne Hose, Hände brav über dem Kopf, ging in das Büro und rief an. Dreimal drei Herren. Gefechtsstände, was weiß ich. Lois stottert den Text, den er mühsam begreift. Schlaftrunken auf der Schippe des Todesengels Charlotte (nachher sind Allegorien so passend wie peinlich): Armeebefehl jawohl, sofortige Räumung der Stellungen I und II. Stellung III. Weiß nicht warum. Es geht um meinen Kopf. Um Ihren auch. Befehl ist Befehl, wahrscheinlich droht Einkesselung. Keine Minute zu verlieren, Sprengungen nicht durchführen. Wenn ich es sage, ist es so. Sie kennen meine Stimme. In einer Stunde in Paumgarten, wenn nicht –

War es so oder war es so, daß er zuerst bemerkte und dann telefonierte, wer weiß es, Felix erinnert sich nicht. Hat es Lubits bemerkt, hat es Charlotte gesagt? Das Märchen Realität spinnt sich weiter wie von selbst, es läuft auf goldener Kugel Fortuna gegen jedes Gesetz der Vernunft. Lois sieht ein, ist zerknirscht. Kravogl, der Eisenbahner, wie viele noch? Lubits weiß es nicht, er fragt: Und du bist, Sie sind wirklich ein Mann? Das ist nicht wichtig, du Narr. Was soll ich sagen, wenn sie mich fragen? Was? Sag, daß dich eine Partisanenarmee überwältigt hat, du machst dir eine Ausrede zurecht, wenn du Zeit hast, du kannst auch leugnen, daß du den Befehl gegeben hast. Jetzt sorg für seine Durchführung, sonst bist du tot wie Kravogl. Meine Leute hängen dich an die Brücke, wenn du mir ein Härchen in der Perücke –

Die Hose fliegt durchs Fenster in den Fluß. Schieferblau und ledergelb. Die MG sind da und nicht mehr da. Etliche abgebaut, etliche verlassen. Soll Lois in die Grube, in den Himmel? Felix überlegt, ob er morden darf. Lubits hält den Krieg für Wahnsinn. Zum zwanzigstenmal. Das Ritterkreuz muß er behalten. Es ist nur Tarnung gewesen, sagt er, ich habe es nicht verliehen bekommen, mein Arm ist längst geheilt, ich bin kein Kriegsverlängerer, auch nicht Major, kein Leuteschinder, ein Flugzeugführer, glaub mir. Er jammert um seine Hose. Felix lacht wie Vittoria. Es ist Tag. Lubits muß noch einmal anrufen, die Baronin. Ja, ich bin es, ich bin hier, ist ja egal, ist alles abgezogen? Ja? Ich kann es auch nicht erklären, Armeebefehl, sicher das beste, ich bin von Haus aus dagegen gewesen, hier zu kämpfen. Leben Sie wohl, Baronin, ich kann nicht, ich muß. Es ist also alles geräumt. Küß die

Hand. Ja, noch etwas, Sie sollen veranlassen, weiße Fahnen zu hissen. Überall. Sofort, Baronin.

In Unterhosen und Socken über die Brücke. Lubits darf laut Felix nicht desertieren. Er ist wichtig für die Truppe. Felix hinter ihm her auf die Rampe, auf die Bohlen, über ihm Kravogl, vor ihm ein SS-Mann, an einem Sprengkasten hantierend, aufblickend, lachend. An diesem vorbeigestikulierend Lubits, ein irr gewordener Ritterkreuzträger, der bei der Fleischhauerei in Deckung geht. Der SS-Mann am Schaltkasten bückt sich, er entdeckt das Mädchen mit der MPi, er hebt seine Waffe –

Erstarrung der Zeit. Der Lähmung bieten sich wenig bessere Vokabeln. Einfrieren im Sonnenschein. Aufhören des Kreislaufs bei tuckerndem Herzschlag. An der Hüfte das ölige Eisen, fingert Felix am Abzug. Es klickt. Sonst nichts. Der Feldgraue hebt seine Waffe ... der rote Knopf, Mensch! schreit Schutzengel Bahnert im Jungwald. Es löst sich die Salve, es pfeift in das Brückengestänge, es gellert, es schlägt in Steine, Holz und Fleisch ... es arrangiert einen Toten, einen Schaltkasten, eine Baronin, einen keuchenden Felix, der von Vittoria eine Ohrfeige erhält. In den Fenstern entfalten sich Bettlaken. Lubits springt aus seinem Versteck, hetzt hakenschlagend gegen den Marktplatz.

Keuchende, japsende Lunge in der Grube, auf der Brücke: Freiheit, aufgeregt flattern die Hände, was werden sie als nächstes tun? Die Sonne beleuchtet Vittoria im Schlafrock, den Toten, der entschlossen ins grelle Licht schaut. Unwiderruflich tot ist Unterscharführer Dieter Kobielski, meine Hände holen sein Soldbuch aus der Jacke, unter den Orden steckt es, ist feucht nicht von Blut. Es ist Schweiß, Espenlaubmädchen mit der MPi, deine Hand ist blutig. Dicke weiße Würmer glänzen feucht in der Sonne. Wirf deine Waffe weg und laß dich trösten, du hast Kobielski die Hose zerfetzt, da quellen die Därme, Vittoria führt dich weg, du hast mir geschworen, sagt sie und legt den Arm um die Schultern, du hast hier nichts verloren –

Das ist die Möglichkeit eins, die schreckliche Freiheit zu verlieren: Charlotte verkriecht sich im Keller, jeden Augenblick kann die Wehrmacht zurückkehren, Hilfe weiß die Dame vom guten Rat, unter deren Kitteln die Geschichte endet, im Kloster Frauenheil ist Asyl, hingerichtet auf dem Markt wird Charlotte nur in effigie, wenn Lubits von dannen gekommen ist zu richten die Mörder. Charlotte lebt weiter im Dunkel, ein darmweißer Grottenolm. Tief ist der Keller, groß ist die Gnade Vittorias, wenn Fela vorbeigeführt wird zur Exekution, eine Handgranate zwischen die Beine gesteckt, die sie selbst abzieht, Fela die schreit mit sich überschlagender Stimme, daß die andere Art der Freiheit schnell verlustig zu gehen die Revolution ist. Da birst sie, Marmordenkmal der Anarchie, in die verstreuten Trümmer der Nike Kalipygos. Ein Irrer erwägt seine Chancen und wählt die Zirkusnummer der Vernunft: aufhören mit dem Zähneklappern, lebwohl Vittoria, deine Kreatur ist flügge, lebwohl, auch wenn ich dich begleite. Zum wortlosen Staunen Pias stirbt Charlotte ohne Seufzer im

Miedersalon. Pia begreift nichts. Zurückbleiben Ohrringe, da hast sie, die Wäsche ist naß wie die Jacke Kobielskis. Mit der Perücke kannst du im Fasching –

Das ist das Stichwort, das Messer ins Herz. Das Räuberzivil aus Stiefeln, Uniformstücken der Waffen-SS und einem Ski-Pullover von Pia, in dem der Glatzkopf antritt unter dem zähneklappernden Gelächter der Furcht hinter den Fenstern von Plabutsch und all seinen Untertanen. Diese Maskerade mit automatischen Waffen für den Frieden auf Erden ist nicht weniger komisch, scheint unendlich komischer gar. Über die Kittel hat niemand gelacht, nun lachen sie Tränen, die Charlottchen nimmermehr weint. Lachen sogar die selbsternannten Gutwilligen, die wunderlichen Bundesgenossen des Aufruhrs. Österreich taucht auf aus dem Konkurs mit alten Phrasen und neuen Gewährsleuten, einem Franzosen, einem Polacken, einem chronischen Wilddieb, der anno 34 die rote Fahne auf dem Kirchturm gehißt hat, es lächeln selbst der kurzsichtige Dechant und Raimund, auferstanden von Walhall, provisorisch, auf Abruf.

Wäre die Freiheit das Weggehen gewesen? Abhauen in die Wälder, Fela nicht zu suchen wie ein schnüffelnder Hund, dessen Halsband sich langsam enger schnürt, von selber, die Eigenbewegung macht das, es zieht niemand zu. Sie haben mich mit einem Hundehalsband geschmückt. Statt der Leine hängt ein Medaillon im verchromten Ring. Wessen Bild? Ich kann es nicht tasten, ich sehe nur mit den Augen und die sehen nichts als unzuverlässige Bilder, hektischer zappelnd, kurzatmig, weil ich kurzatmig werde nach dem arglosen Versuch, noch einmal wiederzukommen, ansässig zu werden im Zirkus, dessen Clown ich gewesen bin. Der den das Krokodil frißt, recht geschieht ihm, er ist nicht das brave Kasperle, das wieder ausgepuckt wird, das ist der Clown, der dem Prinzen die Prinzessin vorgespielt hat, als der tapfere Prinz seine Waffe nicht finden konnte.

Am liebsten abhauen. Das Bukett für Kobielski, Tannengrün-Föhrenzapfen-Erika, werde ich noch niederlegen, allein, heimlich in der Stunde der bürgerlichen Dämmerung, Büchsenlicht genannt. Kobielski hat ein schönes Grab, sein Name ist eingemeißelt in die Heldentabelle auf dem General Pisani-Platz. Der Name nach ihm lautet Kravogl Josef. Zehn Jahre älter als ich ist Kobielski gewesen, ich habe ihn bereits um zwei überlebt. Um meine zwei Jahre im Vollbesitz der Freiheit, den die demokratische Republik gewährt. Auch er wäre jetzt Demokrat, geboren in Beuthen, das geht nicht spurlos vorüber: Brüder zur Sonne zur Freiheit. Er hat den falschen Text gesungen, aber als Knäblein noch den anderen gehört. Denn das haben wir der Rosa Luxemburg geschworen, dem Karl Lipp-knecht in die Hahahahand versproochen. Ein alter Genosse sitzt am Peipus und erklärt mir spöttisch lächelnd meine Geschichte. Er findet sie nicht so sehr komisch, er belächelt die Genossen Antifakräfte und die sogenannten Kommissare nicht anders, wenn sie mit ihm reden. Schau her, sagt er, seine Maskenbrille verstärkt das impertinent verlegene Lächeln, das ist doch typisch, daß du mit deinem unklaren Bewußtsein einer Klerikofaschistin zum Opfer gefallen bist. Was hilft die beste Absicht, wenn der Freiheitsbegriff feuilletonistisch ist. Die weibliche Maskerade ist von den Herren Pavelič und Konsorten mit weniger Skrupeln praktiziert worden. Die Situation in Europa ist folgende –

Benno Raschke, KP-Mitglied seit 1925, in Haft von 33 bis 39, von 43 bis 45, befreit von der Arbeiter- und Bauernarmee, wird nach drei Monaten von derselben als Kriegsverbrecher verhaftet, ein Kandidat für 25 Jahre Zwangsarbeit wegen Mordes an sowjetischen Kriegsgefangenen in Mauthausen, wo er zwei Monate Kapo gewesen ist. Sein Rücken ist ein Schaukasten für diverse Arten von Peitschenverletzungen. Schau her, was soll ich mich aufregen: wer kann den Sowjets verargen, daß sie Kapo für Kapo halten. Sie handeln objektiv richtig. Was ich ihnen erzähle, kann ihnen auch ein faschistischer Sadist auseinandersetzen. Wahrscheinlich wirkungsvoller. Ein Genosse wird nicht Kapo. Er wird es nur, wenn er subjektiv überleben will. Damit riskiert er natürlich. Benno hat in Hamlet den König gespielt. Ich bin nach mir schuldigen Protesten die Ophelia, Hamlet ist Fahnenjunker der SS gewesen. Ich habe mit der Lagerärztin schlafen wollen. Vielleicht wäre es gegangen. Sie ist sentimental gewesen, eine dicke Seele, in den hellen Juninächten eine Fliederdolde zwischen den Brüsten. Gegen Bennos Tbc hat sie wenig gemacht. Schau her, die Generale kommen auf jeden Fall früher nachhause als ich. Er liegt im Sand am Peipus und hat ein Birkenkreuz wie die anderen, wenn es noch steht. Zuletzt hat er ausgesehen wie Bucharin, aber diesen Vergleich wenig geschätzt. Von Fela hat er nichts gehalten. Frauen schlafen mit jedem, der den Schwanz im richtigen Augenblick mit der richtigen Agitation präsentiert. Das hat nichts zu bedeuten. Der Koitus ist eine Domäne des Opportunismus. Ist Hilga eine Opportunistin? Wer empört sich über Opportunismus? Der Opportunist in der Grube, der sich für das darüber befindliche wacklige Häuschen und dessen Besitzerin zu allem hergibt, sich vielleicht sogar um die Mitgliedschaft beim Kameradschaftsverein bewürbe, wenn es Lubits Hilga nahelegte. Der mit sich machen läßt, was den guten Leutchen einfällt, passiv wie die Strohpuppe des Herrn Fasching persönlich, die in Kürze bestattet wird, hoffentlich ohne sein Beisein. Bestattet? Ich selbst bin bestattet in einer Gruft, darüber steht der Sarkophag. Kann ich ihn eigentlich heben? Noch nicht versucht, schau her, das ist wieder typisch. Überlege ganz kühl: nicht den Kopf anstoßen, den Kopfputz hast du auch noch? Klar, es kann sein, daß du mit allem Klimbim auferstehen mußt. Er ist mit Schusterleim angeklebt, berechnet für eine langwierige Säuberungsaktion. Das sind kluge Leute. Also bereit? Bereit. Mit den Armen, mit dem eingezogenen Buckel gestemmt und gedrückt und gestemmt – es ist sinnlos, es zerreißt nur das Gewand. Ist es zerrissen, hast du es schwerer nachher. Die Anstrengung erschöpft dich, du bist übermüdet, schlaf dich aus. Das ist objektiv wie subjektiv richtig. Bestattet, gutschön, der Witz ist nicht besonders lustig, die Luft wird mit der Zeit knapp werden, die Zeit ist ja da, laß dir nichts Mystisches einreden, Freund, die Zeit, die reißt die Wunden auf, die schlecht verheilt sind. Laß deine Ohren in Ruhe, das meine ich nicht, geh sparsamer um mit deiner Lunge, das Pumpwerk ist gut konstruiert, ruiniere es nicht mutwillig, streck dich aus und träume von deinem Ausbruch, damit koordinierst du dein Bewußtsein mit ihrer Absicht, Ophelia. Sie wollen nicht, daß du fliehst, widersprich nicht, Ophelia sag ich nur wegen deiner Wirrköpfigkeit. Sie sind natürlich selber Wirrköpfe, aber ihre Interessen und Vorurteile geleiten sie sicher. Sie wollen, daß du bleibst, die Möglichkeit einer Störung durch dich besteht nicht, wenn du brav bist. Es sind nur Worte gefallen, Gesten. Sie halten dich für gefährlicher als du bist. Ich möchte ja Kleinbürger werden, Fotograf, sonst nichts. Warum lassen sie mich nicht in Ruhe? Ich werde mit Lubits deutsch reden, der hat am ehesten Grund zu Ressentiments. Ich bin vollkommen harmlos, ich erkläre eidesstattlich die Wahrheit, wie ich die Lüge bezeugt habe mit eigenhändiger Unterschrift. Was haben Sie noch vor, wollen sie mich nicht doch verjagen? Schau her, sie brauchen dich, sie brauchen etwas, auf das sie mit Fingern zeigen können. Raimund ist integriert, Fiala genügt ihnen nicht. Sie brauchen Charlotte, das arme Würstchen, das angeblich behauptet hat, die Stadt verdanke ihre Rettung ihm und nicht Lois Lubits, der die Räumung befohlen hat. Charlotte kann alles erzählen, sie kann Wurstfabrikanten und Lehrerinnen des Mordes bezichtigen, sie bekommt bald endgültig Narrenfreiheit. Warum grinst du so, Benno? Die Möglichkeiten der Freiheit kehren wieder, die Grube ist Ausgangsposition für eine Entscheidung. Nur wer aus schlechtem Gewissen vergibt, vergibt wirklich. Eine andere Vergebung wird nicht angenommen. Wer ist so kleinbürgerlich, seiner Braut einen Fehltritt nicht zu verzeihen? Sie kämpft mit den Waffen der Frau, vielleicht fickt sie aus Berechnung, sie ist fürs kühle Kalkül, damit stimmt sie Lubits am ehesten günstig. Wenn der Bräutigam ein Clown ist, muß die Braut vernünftig sein, auch wenn es dem Clown die Brust hebt und senkt wie einen pfeifenden Blasbalg. Er hängt von Vittoria ab, jetzt mehr denn je. Sie hat es in der Hand, was weiter wird. Leider, Benno, es ist konkret so. Zunächst muß sie den provisorischen Sargdeckel heben, dann werde ich auf der Hut sein, es ist mir eine Lehre. Das erste Mal in diesem Loch ist es viel schwerer gewesen und viel einfacher, ich habe geträumt, Partisan zu werden. Geschmückt mit einem Hundehalsband im Grab meiner naiven Absichten zu liegen ist schwieriger als im Reflex einen SS-Mann umzulegen, der die Maschinenpistole aufhebt. Schon das Atmen in diesem Kobel, dieses Pumpwerk für Staub und Moder in der Brust, vergangene Vergänglichkeit, bereit für die Freiheit wer schreit, wer schreit nicht: Vittoria!

Ein Echo weit wie der Peipus. Lieber verrecken als schreien. Hier ist noch keiner verreckt, liebe Freiheit. Einen Gruß mit geballter Faust für Benno, der sich vierzehn Jahre seines Lebens hinter Gittern frei gefühlt hat. Schau her, es ist konkret so, daß ich in den Fasching gelockt worden und leider nicht wachsam genug gegen die Gefahren der Lächerlichkeit gewesen bin. Ein Fehler? Habe ich nicht aus bester gewinnsüchtiger Gesinnung kollaboriert? Wo steckt der Fehler?

ALS GRÖSSTE GEFAHR wenn es eine Gefahr für dich gibt, seitdem ich da bin, sagte Hilga, hätte ihr Vittoria nach der Messe gesagt, als einzige Unannehmlichkeit droht dir höchstens die eine oder andere Reaktion auf deine Hochnäsigkeit. Du bist hochnäsig. Ich habe es dir schon in der Nacht gesagt. Ich verstehe nicht, daß du das nicht verstehen willst. Du bist freundlich, sagst du, sag nichts, du bist es nicht. Sie glauben, du machst dich über sie lustig, du lachst ihnen ins Gesicht. Ich habe dich genau beobachtet. Es stimmt. Ich habe dir oft mehr Selbstbewußtsein und forsches Auftreten geraten, so habe ich das nicht gemeint. Du sagst ja zu allem und jedem und meinst nein. Jeder merkt es. Du provozierst die Leute. Sie wollen vergessen und vergeben. Auch du sollst vergeben und vergessen, sie kommen dir entgegen, sie sind nett, sehr nett, geradezu reizend –

– Vittoria hat dich schnell dressiert. Du spricht in ihrem Tonfall, du könntest seit Jahren ihr Ladenmädchen sein. Verrate mir lieber, was sie dir aufgetragen hat. Ich habe nach der Messe mein Pensum absolviert, ich bin eine Stunde bei Windischreiter gesessen, ich habe einen großen Mokka getrunken, mit der Kellnerin gesprochen, mit dem Stadt- & Landesvater persönlich, ich habe –

– Was heißt dressiert, was heißt Ladenmädchen, du bist ihr Stubenmädel gewesen, Vittoria hat mir ein Bild gezeigt, die perfekte Kammerzofe. Das habt ihr mir wohlweislich vorenthalten, du und Raimund. Aber ich habe mich mit deiner Rolle abgefunden, alle haben sich damit abgefunden. Du kannst froh sein, daß –

– mich Vittoria nicht kastriert hat. Das hat sie angeblich wollen.

– Bilde dir nicht ein, daß ich dir alles glaube. Ich habe

keine Lust, ständig an deine Vergangenheit zu denken. Wir sind eingeladen, das Heimatmuseum zu besuchen. Vittoria hat gesagt, wir müssen unbedingt hingehen. Die Fachlehrerin Plabutsch sucht eine Gelegenheit, mit uns allein zu reden, man darf sie nicht vor den Kopf stoßen, ich weiß –

– Einen Schmarren weißt du. Aber wir gehen hin. Wann ist das Museum geöffnet? Wo befindet es sich?

– Das Museum ist nicht allgemein zugänglich. Es wird erst im Sommer eröffnet. Es soll sehr sehenswert sein, Bauernmöbel, altes Brauchtum. Das interessiert mich. Du hast auch etwas dafür übrig, warum gibst du es nicht zu?

– Ich gebe zu, was du willst. Mach eine vernünftige Zeit aus. Von mir aus am Aschermittwoch, bevor du zurückfährst.

– Wir werden erwartet. Hilf mir in den Mantel, es ist unhöflich, jemanden warten zu lassen. Am Sonntag hat auch eine Lehrerin etwas anderes zu tun, als eine Sonderführung zu veranstalten. Es ist eine besondere Ehre für uns.

Hilga war eifriger als gestern, die Nacht hatte keine Spuren hinterlassen. Felix gähnte. Mit bleiernen Beinen folgte er Hilgas Stiefelschritt. Gleichschritt natürlich. Er glich sich laufend an, laufende Korrekturen am Randstein, an der Kante des Bürgersteigs, an der Seite des ausschreitenden Eroberermädchens. Wäre doch gelacht, lachte sie mit jedem Blick, wenn wir nicht die letzten Bedenken im Nu beseitigt hätten.

– Vittoria hat mir zu meinem Verhalten gratuliert. Man hätte es nicht besser machen können. Grüß doch, das ist der Stationsvorstand. Da kommt der Apotheker.

Felix grüßte. Hilga nickte ihren Dank. Ihre Hände drückten Regieanweisungen in den Arm, der sie zwischen Frauenheil und Bäckerei auf den Marktplatz führte. Quer drüber durch Matsch und aufflatternde Tauben. Die Rathausfassade war eine sehenswerte Fassade, fand Hilga auch bei Tag. Alles gefiel ihr. Sie gefiel ihm, sie setzte sich ein, man spürte es. Warum sollte sie nicht eifrig sein, er nicht eifrig sein? Im Wettbewerb der Anbiederung und des Biedersinns schmerzten ihre Vorwürfe, die Vittorias Vorwürfe waren. Es war nicht Zeit für objektive Betrachtung, es war Zeit, die letzten Hürden zu nehmen. Es hatte ihm leid zu tun, daß er anders gedacht, sich anders verhalten hatte, er hatte Hilga, die ihn in Atem hielt, die das Rathaus betrat, die Führung ergriff, sich auskannte, wo sie noch nie gewesen war, die Zukunft vor sich sah, hineinfand, hinauffand in den Ratssaal, wo die Trauungen stattfanden, wo Lubits geehrt worden war von Plabutsch und Warhejtl, die Bretter knackten, es roch historisch. Schon hier. Er wollte Hilga küssen, warum nicht, sie war ihm zu eifrig, zu eilig. Radegund Plabutsch sollte eine Weile warten. Wenigstens eine anständige Kußlänge lang. Hier werden wir heiraten, sagte er.

– Schön, sagte sie und wollte nicht geküßt werden. Zwicken kannst du mich woanders, nicht hier.

Er zwickte sie hier bei gehobenem Mantel in den Hintern, als wäre er Winiak. Sie fuhr herum: Was sind das für Manieren im Festsaal, wenn uns wer sieht!

– Der Hitler ist weg, sagte er. Da ist sein Gipskopf aus Bronze gestanden.

– Wir wollen ins Heimatmuseum, da zeigt der Pfeil um die Ecke. Da hast du einen Kuß, daß du Ruhe gibst. Da hättest du Raimund geheiratet und geküßt. Unter dem Führer.

Eine Wendeltreppe in düsteres Zwielicht. Wendeltrippelnd auf Stiefelspitzen Hilga vor Felix. Sie hatte gute Augen, sie stolperte nicht. Auch er sah gut, aber nicht hier. Er stolperte, blieb zurück, tastete sich höher, ärgerlich über sein Stolpern, Tasten und Zurückbleiben. Wo bleibst du? Die Worte kollerten aus dem Dunkel. Ich komme ja, sagte das Echo. Er sah überhaupt nichts mehr, er mußte sich seinen Händen anvertrauen, den Fingern als Fühlern, den Handflächen. Auf allen vieren kroch er die Spirale nach oben.

Oben stand Hilga, neben ihr Radegund Plabutsch, Umrisse vor einem Fenster. Gelächter. Er richtete sich auf, grüßte. Hilga sagte: Sehen Sie nur, wie er sich beschmutzt hat, Frau Fachlehrerin. Putz dich ab, bevor du –

Radegund reichte ihm nicht die Hand.

– Er sieht schlecht, Frau Fachlehrerin. Er ist nachtblind.

– Sie wollen also das Museum sehen. Ich warte seit einer geschlagenen Stunde.

– Entschuldigen Sie, das ist nicht möglich. Wir sind sofort aufgebrochen, als Hilga gesagt hat –

– Er trödelt manchmal, Frau Fachlehrerin. Er ist nicht gewohnt, so lange aufzubleiben und etwas zu trinken.

– Ich bitte dich, Hilga, hör auf.

Radegund Plabutsch trug ihre Haare an den Kopf geklatscht, die Nase hoch erhoben. Sie suchte aus einem Riesenbund altmodischer Schlüssel den kleinsten, einzigen modernen und sperrte eine blechbeschlagene Bodentür auf. Die Besichtigung erfolgt auf eigene Gefahr. Es ist nichts kommissioniert. Ich lehne jede Verantwortung ab.

Truhen bemalt, Truhen geschnitzt, Bauernschränke, Tische, Uhren. Himmlisch, sagte Hilga. Die Uhren perpendikelten durcheinander. Alle gingen, keine ging richtig. Hilga setzte eine Wiege in Schwung, öffnete eine Kastentür, zog an einer Lade, es rumpelte, ein Geheimfach sprang auf, eine Uhr schlug drei.

– Mußt du alles anlangen, Hilga? Radegund sperrte die Tür wieder ab: Lassen Sie Fräulein Pengg tun, was sie will. Achten Sie auf sich selbst. Ein Truhendeckel war Hilga zu schwer, Felix sollte ihr helfen. Er ist nicht versperrt, sagte Radegund. Felix bemühte sich. Die Truhe hatte kein Schloß mehr, das Holz war verquollen. Ein wertvolles Stück, sagte Radegund. Felix strengte sich an. Hilga bestand darauf, gerade diese Truhe innen zu sehen: Das kann doch nicht so schwer sein, Frau Fachlehrerin! Aber nein, sagte Radegund. Felix riß, drückte, polternd zerbrach der Truhendeckel in seine Bretter. Den Rahmen behielt Felix in der Hand.

– Mein Gott, wie peinlich, wie ungeschickt du bist. Dieses wertvolle Stück. Was machen wir nur?

– Sie können den Schaden ersetzen, sagte Radegund.

Felix entdeckte zwei Nägel, mit denen der Deckel befestigt gewesen war. Radegund, darauf aufmerksam gemacht, sagte:

Reden Sie sich nicht heraus. Ich habe den Deckel vorhin mühelos gehoben. Eine Brauttruhe von 1807, Fräulein Pengg.

Sie hob verrostete Schürhaken und Dreifüße ans Licht, legte sie auf den Tisch in der Mitte des Raumes, Pferdegeschirre, hölzerne Joche, kleine Madonnen. Hilga half beim Ausräumen.

– Es tut mir leid, sagte Felix. Frau Fachlehrerin, sagte er nach einer Pause, ich werde den Schaden ersetzen.

– Wenn Sie es können, sagte Radegund.

– Es ist nur der Deckel wieder zusammenzuleimen. Das könnte ich selber. Ganz einfach ist das.

Er drehte den Rahmen, Hilga wich aus, Radegund stellte sich in den Weg. Sie hob die Hände, obwohl ihr Kopf nicht in Gefahr war. Der wacklige Rahmen prallte gegen ein Tellerbord. Die Krainer Krüge wackelten, einer stürzte um, rollte vom Sims und zerbrach.

– Nein, sagte Hilga, ist es nicht entsetzlich mit ihm? Hast du dich vorher betrunken?

– Es ist zu blöd, sagte Felix und bückte sich zu den Scherben: Ich bitte um Entschuldigung, Frau Fachlehrerin, selbstverständlich werde ich –

Radegund sagte: Wir verrechnen später. Sie öffnete einen Kasten und kramte in muffigem Gerümpel. Hilga zischte Felix ihre Wut in die Ohren.

– Es ist besser, Sie führen meine Braut allein, ich habe heute anscheinend Pech. Ich will nicht schuld sein, wenn noch etwas beschädigt werden sollte. Ich werde hier warten.

– Und inzwischen noch mehr zerstören. Das kommt nicht in Frage.

– Kommt gar nicht in Frage, sagte Hilga. Wenn schon die Frau Fachlehrerin so gut ist, uns ihre Schätze zu zeigen –

– Mir ist die Lust vergangen. Lassen Sie mich bitte wieder hinaus. Schau dir alles nach Herzenslust an, Hilga, ich brauche frische Luft, ich warte unten auf dich.

– Du bist betrunken und beleidigt –

– Ich habe keinen Tropfen Alkohol –

– Die Lösung ist einfach. Er wird die Führung fortsetzen und nichts mehr zerstören. Sie hielt Hilga ein Doppelbrett vor die Nase: Stecken Sie Ihren Liebling da hinein und er kann nichts mehr beschädigen.

– Also wissen Sie, Radegund, jetzt habe ich genug, sagte Felix. Wir sind nicht im KZ.

– Was erlaubst du dir? Komm, komm, du nimmst das um, da wirst du wieder nüchtern, normal und lieb. Habe ich nicht recht, Frau Fachlehrerin?

– Es ist die beste Lösung.

Sollte er mit seiner Braut raufen? Es war kein Platz zwischen dem rotviolettblaugrünen Blümchengepinsel an Kasten und Kisten. Die Kanten der Tische, gekerbt geschnitzt speckig dreckig, überwucherten die schmalen Wege zwischen dem stickigen Gerümpel. Felix taumelte, das ausgebreitete Blechzeug schepperte bedrohlich. Auch Glas, Sanduhren mit der Eierzeit, Messinglämpchen für Näherinnen, Versehlaternen, Stallichter. Es wackelte und klirrte. Mehrere Uhren schlugen mehrere Stunden. Hilga öffnete das violinförmige Brett wie eine Zange, hob es über seinen Kopf und drückte die Griffe zusammen. Die Scharniere quietschten. Hände her, befahl die Plabutsch. Er griff sie. Das Gerät schloß sich um Hals und Gelenke.

– Die sogenannte Schandgeige, Fräulein Pengg. Sie dient dazu, zänkische Personen am Pranger zur Räson zu bringen.

Hilga kreischte Zustimmung. Warum war sie so laut? Felix schüttelte den Kopf. Die Halsaussparung war nicht knapp berechnet, die Löcher für die Gelenke groß genug. Mit der Linken vor der Rechten vor seinem Gesicht machte er eine lange Nase. Erwartungsgemäß, wie er dachte und sah, lachten die Damen. In seinem Schädel klirrte Glas, schepperte rostiges Blech, stießen Perpendikel an zu enge Gehäuse.

– Jetzt beginnt die Führung, sagte Radegund. Das ist der Vorraum gewesen. Die hier aufgestellten Objekte werden restauriert und hierauf arrangiert. Direktor Warhejtl ist unermüdlich im Aufspüren wertvollen Ahnengutes.

Zwischen zwei Kasten führte eine hölzerne Stiege nach oben auf ein Gerüst hoch über dem Gurtengewölbe des Rathaussaales. Ein Dachboden wie von einer Kirche. Zu beiden Seiten des Steges befanden sich auf Balken, die da mit Brettern bedeckt waren, dort freilagen, die Exponate. Kinderwagen, Pflüge, Eggen, Webstühle, Rechen, Krautschneider, Schulbänke, Tafeln, Wagenräder, Schlittenkufen, Kraut und Rüben folkloristischer Sammelwut im trüben Licht spinnenverhangener Dachluken. Warum war das Zeug auf dem Dachboden auf wackelnden Gestellen aufgebaut? Felix bemühte sich, besser zu sehen. Dazu mußte er die Hände zur Seite schieben, das Gestell folgte widerwillig. Radegund führte Hilga vertraulich am Arm und erklärte. Hilga war wißbegierig nach allem.

– Wollt ihr, sagte Felix, mir nicht auch etwas erklären, wenn ich euch schon ein Schaustück abgeben muß?

– Bilden Sie sich keine Schwachheiten ein, Sie haben schon interessanter ausgesehen. Aber bitte, Radegund verstärkte die Stimme, wir kommen nun zu Nummer 27. Weibliches Hausgerät im Wandel der Epochen. Sie sehen Spinnräder verschiedener Konstruktion. Das älteste stammt aus dem Jahr 1779. Es ist bis vor zwei Jahren in Verwendung gestanden. Auf den sehr seltenen Bildern unter dem Flachsrechen die Spindel als Symbol der Frau. Uraltes Brauchtum, fuhr Radegund fort, Felix sagte bei Nummer 29, er danke sehr schön, vielleicht habe Hilga jetzt eine Frage. Aber Hilga hatte keine, sie gab sich widerstandslos dem Geratsche vor den Trachten hin, dem bewahrenden Sinn des Volkes, dem natürlichen Empfinden für das ästhetisch Richtige und zweckmäßig Beste. Bei 31 bis 33 hielt man vor schönen Votivbildern, Kruzifixen, Grabkreuzen und primitiv geschnitzten Figuren, die Felix trotz der Fesselung interessierten. Er beugte sich vor, um besser zu sehen, Radegund holte kaum Luft, sie sprach – vom Glauben – noch lauter, aber nicht langsamer, sie erzählte die Legende von der portugiesischen Königstochter Kümmernis, da hing sie am Kreuz mit Kleid und Vollbart, geflüchtet vor dem zudringlichen Freier von Gott erhört und bebartet vom wütenden Vater ans Kreuz geschlagen.

– Wer, fragte Felix, welcher Patzer hat diesen frühgotischen Christus frisch überpinselt? Das ist das beste Stück des Museums, Radegund, wissen Sie das? Es ist durch den Anstrich ruiniert.

Abermals hob Radegund die Stimme, sie füllte den riesigen Raum zwischen dem Gewölbe unten und dem Dachstuhl oben, sie sagte: Barocke Kümmernis, barocke Freude am kleinen Detail auch bei den Englein daneben, die dem kleinen Johannes den Hirtenstab reichen. Barock, orgelte sie, die Wolken, die Landschaft, die Körperhaltung des heiligen Lorenz beim Martyrium, barock die Madonna auf dem türkischen Halbmond, sie zertritt den artfremden Eindringling, den Turban und die Schlange, sie fahren zur Hölle. Und hier ist in historischen Zeugnissen, Bildern und wertvollen Erinnerungsstükken das Schicksal der Stadt belegt, in der Sie sich befinden.

Predigend zog Radegund mit Hilga weiter. Die Stimme sank, wurde klein, Geplauder Geraschel Geflüster, das um eine Ecke verschwand. Felix war mit der Geschichte allein. Warhejtls Historismus dokumentierte sich in markigen Fresken von Männern und Frauen rechts und links erfundener Stadtbilder. Davor Römerfunde, Hellebarden Helme Tschakos Zunfttruhen Ladenschilder, ein blecherner Doppeladler, ein Turmhelm. Sanfter Trommelwirbel einer Exekution begleitete Felix, der erst begriff, daß es regnete, als vor ihm Tropfen auf den Steg fielen. Im Staub unter den Brettern lagen tote Tauben, Mumien und Skelette in grauem Mehl. Er hastete von 1848 in den Ersten Weltkrieg, General Pisani ritt ein in Cherson aus blaustichiger Ölfarbe und inspizierte daneben ein Heimwehrbataillon. Bürgermeister Plabutsch sah mit schweren Augenlidern herab, Lubits trug das Ritterkreuz im Saal unter den toten Tauben, der Krieg näherte sich der Stadt, ein Leiterwagen flüchtender Wolhyniendeutscher hielt seine Deichsel steil unter den Dachfirst. Russenblusen Waffen Windischreiter Wiederaufbau Feuerwehr Kameradschaftsverein Turner und Sänger, Vittoria bei einem Wohltätigkeitsfest unter Fahnen bei der Glockenweihe, die Halskrause knarrte, der Regen trommelte stärker, der Steg neigte sich, Felix stolperte, die Hände zogen von einer Seite zur anderen, er glitt am Geländer entlang gegen eine Tür, die sprang vom Anprall auf. Felix stand auf dem nächsten Dachboden. Eimer und lederne Feuerwehrschläuche hingen von Balken, zwischen Säcken und Kleiderpuppen lagen Strohgarben, Schilfbündel und Papierfetzen, undefinierbarer Abfall, Mausdreck und rotes Rattengift. Kein Mensch. Nur eine Stimme durch die Bretter. Da herein, wird's bald! Da herein, aber schnell!

– Was soll der Blödsinn, rief er in sein hallendes Echo. Wo geht es weiter? Eiter, sagte das Echo. Es raschelte im Stroh, knisterte im Schilf, im Hals schmerzten die Muskeln wie einst. Komm, komm, rief Hilga, ihr Kopf lag hinter Schilf auf dem Boden und rollte zornig die Augen. Felix lachte. Du kannst dir nicht soviel Zeit lassen, sagte ihr Mund. Sie stand auf einer sehr steilen Treppe. Diesen Abgang hätte Felix lang nicht gefunden.

– Mach mir den Kragen auf, sagte er, das Ding ist versperrt.

– Komm herunter, es geht schon, du mußt dich nur trauen. Hilga verschwand. Felix balancierte hinab, die Füße gehorchten, Kopf und Hände im Brett sackten tiefer, nach einem Rundblick aus Hunde-, aus Mäuseperspektive verließ Felix den Speicher. Langsam stieg er in den Saal IV des Heimatmuseums.

– Bravissimo, rief eine Stimme hinter dem erschöpften Kletterkünstler. Lujo Warhejtl, sagte die Stimme, herzlich willkommen. Der Direktor trug einen kuttenähnlichen Arbeitsmantel bis zu den Schuhen.

– Sie befinden sich in der naturgetreu rekonstruierten Gerichtskammer des Schlosses Paumgarten. Die Geräte sind zum Teil Geschenke von Konsul Brand und Gemahlin, teils materialgetreue Nachbildungen von Exponaten des Germanischen Museums zu Nürnberg. Das Gerät, das Sie musterhaft tragen, stammt aus einer Stiftung unserer Gönnerin, der auch Ihnen bekannten Baronin Pisani, deren verewigter Herr Gemahl eine sehenswerte Sammlung von Tortur-Instrumenten besessen hat, darunter seltene Exemplare sogenannter Spanischer Stiefel oder beispielsweise diese Daumenschräubchen, wenn Sie gestatten, Ihrem Fräulein Braut die Verfahrensweise anzudeuten. Zunächst die Ausgangsposition. Ich drehe nur ein bißchen. Aber vielleicht übernehmen besser Sie die Arbeit, Fräulein Hilga. Seien Sie barmherzig, manche gestehen schon nach der zweiten Drehung dieser Flügelschraube intime Details.

Hilga zögerte nicht, die Schraube zu betätigen. Ich möchte doch bitten, sagte Felix und hatte an der anderen Hand ein Gerät, in das Radegund alle fünf Finger drückte. Der Görzer Handschuh, sagte sie und schraubte die geölten Metallschienen aufeinander zu. Nehmen Sie doch Platz, sagte Warhejtl und schubste den Delinquenten nach hinten. Felix kam auf einer Kante zu sitzen, die noch ärger einschnitt, als Warhejtl den Wintermantel zur Seite zog und den spitzwinkeligen Bock so hoch schraubte, daß Felix mit den Beinen den Boden nicht mehr berühren konnte. Das Pferd erfüllt seinen Zweck erst richtig, wenn das Gewicht des Reiters erhöht wird. Dabei hilft man sich, dreht nicht so fest, Kinder, es ist ja nur Spaß, hilft man sich also mit achtzehn- bis achtundvierzigpfündigen Kugeln pro Bein. Bitte strampeln Sie nicht, ich müßte sonst schwerere nehmen. Bewahren Sie Haltung, mit achtzehn links und achtzehn rechts haben alte Frauen drei Tage ausgeharrt.

— Ich ich möchte sagen daß ich für jeden Spaß zu haa benbin aber ichfin dedaß Hilga daßdudich daa —

— Je ruhiger Sie bleiben, desto weniger spüren Sie, sagte Warhejtl, der die Birne zu erklären begann. Sollten Sie schreien, so verhindert dieses Gerät jeden Laut. Aber ich glaube, Ihre Braut erwartet ein kleines Geständnis.

— Hast du, fragte Hilga und drehte ein wenig, sie wußte nicht, was sie fragen sollte, soweit Felix sah, der sich mit einiger Kraftanstrengung schweigsam verhielt, hast du —

– bereut, daß du ins Museum gegangen bist, fragte Radegund. Er nickte. Sie drehte den Handschuh, daß Felix aufschrie. Hilga sagte: Tu ihm nicht weh.

Sie waren per du geworden.

– Tut es dir leid oder nicht?

– Laß den Quatsch, sagte Felix.

– Wenn du ja sagst, sind die Finger ein paar Tage blau.

– Mach, was du willst, alte Vetiiiiii –

Das Quietschen ließ sich nicht abstellen, es wurde nur leiser, als Felix schwieg. Er trug eine Maske, die seine Nase zusammenkniff, damit alle Luft durch das Mundstück ging. Hilga lachte, Radegund holte einen Spiegel, Warhejtl dozierte: Eine sogenannte Strafmaske. Handgeschmiedetes Eisen mit Leder bespannt. Ein restauriertes Original.

– Iiiii –

– Die langen Ohren versinnbildlichen die Dummheit der Tratschsucht.

– Iiiii –

– Bemühen Sie sich nicht, Sie können keinen anderen Laut hervorbringen. Damit hat man Verleumder und Ehrabschneider wirkungsvoll bestraft. Die Züge von weiblicher Dummheit, Esel und Schwein treffen ins Mark der Eitelkeit. Wie Sie sehen, zwingt die Maske durch die nahe beieinander liegenden Sehlöcher zum Schielen.

Das Quietschen schwoll an, die Schmerzen an den Fingern und zwischen den Beinen ließen sich ohne Seufzer nicht mehr ertragen. Hilga hielt das Ganze nach wie vor für einen Spaß. Sie ließ sich Strafmantel, Halseisen, Böcke, gespickte Hasen und Streckbänke erklären, Felix quietschte, als er zu reden versuchte, quietschte beim Schweigen, Schweiß rann ihm die Haut entlang, er schielte in die rußgeschwärzte Szene.

– Wären Sie bereit, einer Formalität des Heimatmuseums genüge zu tun?

– Iiiii –

– Ihr Fräulein Braut wird bestätigen, daß wir das beste wollen. Hilga nickte, soweit das Felix noch feststellen konnte.

– Sie haben sich bisher nicht schlecht gehalten, warum machen Sie plötzlich schlapp? Nehmt ihn vom Pferd und führt ihn in meine Werkstatt.

Der Ledersessel neben dem Schreibtisch brachte die Maske zu gellender Klage. So klang die Freude über einen normalen Sitz. Warhejtl schraubte am Mundstück, Felix konnte sich verständlich machen. Er sagte: Sie treiben üble Spiele. Radegund drehte zurück.

– Du bist eingeladen zur Mitarbeit im Heimatmuseum, sagte Hilga. Du bist versiert in Fotomontagen, du willst doch, nicht wahr?

– Wir haben ein lebendiges Museum, sagte Warhejtl.

– Radegund und der Herr Direktor haben sich große Mühe gegeben.

Die Damen lösten Daumenschraube, Görzer Handschuh und Geige, während Warhejtl an die Ketten um die aufgescheuerten Knöchel rasch noch je eine bereitliegende größere Kugel hing: Eine kleine Abwechslung bei der Erledigung unserer Formalitäten. Damit exerzieren macht Spaß! Lesen Sie das in Ruhe durch, ich zeige dem Fräulein Braut indessen noch einige Stücke meiner Sammlung.

Felix beschielte einen maschinengeschriebenen Text. Radegund lächelte ermunternd: Du willst ja deine Ruhe haben.

Ich erkläre an Eidesstatt, mein Leben folgenden Personen zu verdanken:

Frau Fachlehrerin Plabutsch
Herrn Lubits Lois, Major a. D.
Herrn Plabutsch Max, Bürgermeister a. D.
Herrn Schuldirektor Warhejtl Lujo.

In Zusammenwirkung mit Frau Baronin Pisani haben die Genannten im Jahr 1945 ungeachtet der damit verbundenen Gefahren und trotz Mißbilligung meiner Fahnenflucht mir aus humanitären Gründen jede Unterstützung angedeihen lassen und mich meinem Wunsch gemäß als weibliche Person behandelt. Alle Gerüchte bezüglich einer anderen Handlungsweise der Obgenannten, wann und wo sie verbreitet worden sind, entbehren ebenso jeder Grundlage wie Behauptungen von meiner angeblich bedeutenden Rolle bei der Verschonung der Stadt von Kampfhandlungen. Ich habe daran keinen Anteil und verpflichte mich, jeder Äußerung gegen irgendeine der angeführten Personen unverzüglich und ausdrücklich entgegenzutreten.

In unvergessener Dankbarkeit ...

– Nur nicht so wütend, das Papier kann nichts dafür.

– Hat der Herr Golub noch nicht unterschrieben? Ich wundere mich.

– Wenn du so quietscht, verstehst du nicht, was wir dir sagen. Ich glaube, er geniert sich, Hilga.

– Kommen Sie, Fräulein, wir gehen besser noch einmal zu unseren Bildern. Ungeduld wirkt leicht wie Erpressung.

– Willst du unterschreiben oder willst du nicht?

Felix schüttelte die Maske, Radegund hatte einen Spiegel auf den Schreibtisch gestellt: Bilde dir nicht ein, daß ich dich überreden will. Zuck nicht zurück, ich tu dir nichts. Ich will dir die Maske abnehmen.

Felix holte tief Luft. Warhejtls Bastelstube stand voll mit künftigen Exponaten. Eine Strohpuppe auf Rädern befand sich in Arbeit.

– Du mußt nicht unterschreiben. Wir pfeifen auf deine Dankbarkeit.

– Gepfiffen habe ich, Radegund, aber nicht freiwillig. Was habt ihr von dem Zettel?

– Was machst du, wenn eine Anklage wegen Diebstahl und Raub gegen dich erhoben wird? Woher nimmst du glaubwürdige Zeugen? Reg dich nicht auf, das ist nicht aufregend. Nur für Mord gibt es keine Verjährung.

– Mord?

– Mit der Maschinenpistole. Es haben etliche gesehen. Auch die Baronin. Die begeht keinen Meineid. Fünf Jahre sind dir sicher. Auf Notwehr kannst du dich nicht ausreden. Auf keinerlei Befehl.

– Mit deiner Sturheit setzt du noch einmal alles aufs Spiel, du bist nicht mehr allein, Felix! Warhejtl stützte Hilga, wie man einer Witwe Halt gewährt: Es ist nicht sicher, daß es zu dieser Anklage kommt. Aber es gibt irgendwo Angehörige, es gibt hier etliche, die Ihnen nicht gerade wohlgesinnt sind, Herr Golub.

Das Lehrerpaar erklärte Hilga die eidesstattliche Erklärung. Gib doch zu, flehte sie, daß du keine Rolle gespielt hast. Du hast mir oft gesagt, du bist froh gewesen, von Vittoria und der Frau Fachlehrerin so gut getarnt worden zu sein.

– Ihnen kann er nichts vormachen. Aber anderen? Wir haben nicht mehr viel Zeit, die Faschingskommission tagt in einer halben Stunde hier.

– Helft mir doch, warum bist du so stur, was sagst du was sagt er was meinst du Radegund Herr Direktor helfen Sie mir er will wirklich das beste ach ja wir glauben Ihnen wir helfen ja nicht wahr es ist das Naheliegendste Mord wie gesagt wir würden sagen in seinem in deinem in Ihrem in unserem Interesse nein würden wir sagen wenn wir überzeugt wären er verhält sich er integriert sich er verzichtet auf gefährliche Legenden nicht wahr aber natürlich Felix ich sage dir doch sie sagen geschützt vollkommen klar die Erklärung entspricht den Tatsachen was ist dabei Vernunft sei endlich einmal vernünftig Vernunft Mord Erklärung Ruhe Schuld –

Die Maske sah ihn an, das vierte Gesicht, das ihn ansah, das ruhigste, ein Haupt voll Mitleid enthauptet auf dem Schreibtisch. Felix erhob sich und brüllte: Ich möchte endlich – und lag auf den Brettern. Er hatte die Kugeln an den Beinen vergessen. Er rappelte sich auf, wurde ergriffen, besorgt und bemüht Hilga Radegund Warhejtl: Reg dich doch regen Sie sich doch nicht auf hast du dir haben Sie sich weh getan ich putze Sie ab Sie müssen du mußt das Gescheiteste. Mach dich nicht lächerlich. Ich mache mich lächerlich, ich weiß, ich habe mich lächerlich gemacht. Tut es dir leid? Tut es euch leid, pardon, euch braucht nichts leid tun, mir tut Kobielski leid, ich habe ihn aus Versehen erschossen, ich habe nur verhindern wollen, daß er mich erschießt oder in die Luft sprengt.

– Sie verhöhnen sich selber.

– Rede nicht herum, sagte Hilga.

– Ich möchte meine Ruhe haben.

– Unterschreib, du hast nichts zu befürchten.

– Es ist eine Formalität, sagte Warhejtl.

– Wie die Kugeln, sagte Felix.

– Gewiß. Bewegen Sie Ihre Beine, Sie sind frei.

Felix folgte unwillkürlich und wirklich, Warhejtl hatte Felix befreit, als dieser auf der Nase gelegen war. Gelächter und Schritte. Pacher-Pichler trat auf. Warhejtl erhob sich zu großer Begrüßung. Er wäre munter, antwortete der Prinz, was denn sonst. Seid Ihr vielleicht endlich fertig? Wie gefällt Ihnen das Museum?

– Man hat sich große Mühe gegeben.

– Sie sind gekränkt, daß von Ihnen nichts zu sehen ist. Das muß sich ändern, nicht wahr?

Hilga zeigte abermals Abneigung gegen den Sparkassenbeamten, er setzte ihr gönnerhaft schwungvoll die Maske auf: Damit Sie lustiger dreinschauen und unser Gespräch musikalisch untermalen, Mademoiselle. Sagen Sie nichts, Golub, lächeln Sie Ihrer Braut entgegen, applaudieren Sie den hohen Tönen, wenn Sie uns schon derartige Umstände machen. Ich sehe, daß Schlamperei einreißt, daß sich der Herr Fasching persönlich in desolatestem Zustand befindet, Lujo, was soll das? Heute abend muß er sich zeigen und hat weder Gesicht noch Geschlecht, traurig wie ein Fotograf steht er da, eine Strohpuppe auf Rädern.

Golub hat uns so lange aufgehalten, sagte Lujo, halten Sie doch bitte einmal den Mund, Fräulein, das Gequietsche geht einem durch Mark und Bein.

– Wir räumen gerne das Feld, sagte Felix und wollte Hilga befreien. Er wurde in den Stuhl zurückgedrückt. Sie reitet gerne das hohe Roß, sagte der Prinz. Augustin, du bringst alles durcheinander, sagte Radegund.

– Euer Brauchtum in Ehren, sagte Felix, aber nur mit Freiwilligen. Ungehindert stand er auf und befreite seine Braut.

– Die Unterschrift, hauchte Hilga, vergiß bitte nicht.

– Der Fasching ist keine gute Zeit für Erklärungen. Ich bitte um die Rechnung für den Schaden, den ich angerichtet habe. Ich werde ihn ersetzen und stehe als gelegentlicher Mitarbeiter in fotografischen Belangen dem Heimatmuseum zur Verfügung. Seid ihr damit einverstanden?

Radegund biß an ihrer Unterlippe, Lujo trat Schweiß auf die Stirn, der glatzköpfige Prinz begrüßte die eintretende Vittoria mit Kratzfuß: Ein Glück, daß Sie kommen, Baronin, hier läuft es nicht, wie es soll.

– Ach sieh mal, Hilga und Felix, nehmt mir den Koffer ab, ich bin etwas echauffiert, die Stiegen machen mir zu schaffen. Ich bringe das neue Kleid für die Faschingsbraut, das vorjährige ist nicht mehr zu verwenden.

– Schwere Seide, sagte Radegund, ist das nicht schade? Felix erkannte das Kleid, das Vittoria an Hilgas Leib hielt. Damit, flüsterte Hilga, macht man besser keine Scherze.

– Ich bin mit allem einverstanden, sagte Felix, nur daß Hilga die Faschingsbraut macht, kommt nicht in Frage.

– Die Faschingsbraut wird mit allgemeinem, freiem und gleichem Stimmrecht gewählt, ich bin allerdings gegen Hilga als Kandidatin. Die Baronin tätschelte sie, der Prinz kniff die Augen schmal, sein Adamsapfel hüpfte, als er diese Überraschung schluckte. Vittoria blickte von einem zum anderen und sagte: Ich habe mir gedacht, daß er nicht unterschreiben wird. Er hat etliche Schwüre gebrochen, nicht nur seinen Soldateneid. Sei ruhig, du müßtest lügen.

Felix lachte, Hilga fragte: Was soll er denn tun, Vittoria?

Vittoria warf Blicke: Gehorchen, möchte ich meinen.

– Glaubst du, fragte Felix.

Pacher-Pichler, Radegund und Warhejtl kicherten, Hilga versuchte Einspruch. Vittoria wurde sanft: Er geniert sich ein bißchen vor euch, aber er will wieder mein Lottchen sein.

– Möchtest du dich wenigstens im gröbsten an die Wahrheit halten?

– Im Mieder und mit Perlen an den Ohren. Sie griff nach

seinem Kopf, er wehrte sich, Radegund hatte ein Ohr schon gepackt, Pacher zog am anderen, Vittoria schürzte ihr Kleid: So will er mein Schoßhündchen spielen. Felix erwischte sie vor der Brust, stieß in die Pölster, stieß mit den Knien, versuchte die Meute abzuschütteln, drehte sich, hatte lange genug passiv an diesem Hexensabbat teilgenommen – da stand er wieder, da lag Vittoria; lag zusammengekrümmt auf dem Boden, ihre Frisur verschoben, auf der Stirn eine Platzwunde vom Fall auf eine der Kugeln, ein altes Weib, umkniet von Hilga und Radegund. Sie hoben sie auf, trugen sie auf das Ledersofa, das knarrte. Pacher knirschte mit den Nußknackerzähnen. Vittoria jammerte vor sich hin, Hilga befühlte den Puls, das Herz, die Wunde wuchs zu einer klaffenden Beule, der Prinz lief um Dr. Winiak. Unterschreib wenigstens jetzt, sagte Radegund, wenn du schon keinen Scherz verstehst. Jetzt ist es bitterer Ernst. Wenn sie stirbt –

Felix unterschrieb und hockte sich an das Sofa. Vittoria schien zu schrumpfen, er streichelte ihre Arme, die Wunde befand sich unter dem Haaransatz der Perücke, die Löckchen waren nach hinten gerutscht, jeder mußte sehen, daß es eine Perücke war. Niemand tat, als merke er etwas. Ein Krampf schüttelte den Körper, das Sofa zitterte mit Vittoria. War sie bewußtlos? Winiak kam, legte den Stadtpelz nicht ab, ließ die Griffe der Bahre so schnell fallen, daß Pacher darüber stolperte. Der kleine Doktor setzte die Goldbrille auf, begann die rituellen Bewegungen mit dem Öffnen seiner Hebammentasche und geriet rasch in immer raschere Bewegung, Wunde, Puls, Herz Wunde Herz. Hier kann ich nicht operieren, schnell, schnell! Hilga und Radegund hoben das Bündel Vittoria auf die Bahre. Felix wollte, durfte nicht tragen, der Prinz hinkte, also trugen Hilga und Warhejtl. Pacher als Vorhut, Winiak als Nachhut, verschwand die eilige Gruppe. Radegund sagte zu Felix: Du bleibst, ich will noch etwas wissen. Wenn sie stirbt –

Felix setzte sich auf das Sofa. Er schloß die Augen, versuchte zu überlegen, was noch geschehen könnte. Er hatte eine Truhe zerbrochen, einen Krug, Vittoria verletzt, er? Wenn sie tatsächlich stirbt –

– Bist du auch Hilgas Schoßhund, fragte Radegund.

– Weißt du nichts Gescheiteres?

– Ich schon. Was wirst du jetzt machen?

– Wohl entschuldigen, obwohl Vittoria –

– die Wahrheit gesagt hat, meinst du.

– Sie ist so wahr wie die Wahrheit auf dem Zettel.

– Das ist wahr, Fipsi. Kannst du bellen? Ich möchte dich bellen hören. Belle! Radegund nahm ein Lineal und zischte es durch die staubige Luft. Ich will, daß du Angst hast wie damals.

– Ich hab keine, Radegund.

– Du sollst bellen! Sie schlug zu und traf seine verschwollenen Finger. Er tappte nach dem Lineal wie nach entwischenden Fliegen. Radegund zielte auf seinen Kopf. Felix wich aus. Er durfte nicht auch noch Radegund verletzen. Er duckte sich, sie trat mit ihren Stiefeln, er fiel zum zweitenmal in einer Stunde hin, sie stieg auf seine Finger: Gibst du dich geschlagen?

– Ich habe nicht gekämpft.

– Ich will, daß du mein Schoßhund wirst, hörst du? Sie setzte sich rittlings auf seine Brust. Ich bin nicht so alt wie Vittoria.

– Du hast Warhejtl.

– Lujo ist Lujo und du bist ein Schoßhund, du machst, was ich will.

Ihr Gesicht glühte unter der Gretchenfrisur, nur die Nasenspitze war bleich um die schmalen schwarzen Löcher. In langen rosa Hosen rutschte Radegunds Hintern vor. Du mußt, sagte sie, ich helfe dir, hörst du, niemand braucht es zu wissen, du brauchst dich nicht fürchten, auch wenn Vittoria stirbt, sag, daß du es machst, du mußt es machen, ich will. Warte einen Augenblick, ich sperre ab.

Im Hoppeln zur Tür entledigte sie sich des Seidenbarchents. Felix hatte sich erhoben: Sei doch vernünftig, du bist eine angesehene Person, ich bin nicht das, was du von mir hältst. Tut mir leid.

— Du kommst nicht davon, ich setz dich aufs Pferd, bis du winselst.

— Blamier dich nicht, Radegund, sei vernünftig, wie es eine Fachlehrerin sein soll. Ich habe nichts gehört, nichts gesehen, wir haben über das Heimatmuseum gesprochen.

Sie schleuderte sich entschlossen aufs Sofa und spreizte die Beine. Felix redete ihr zu, setzte sich neben sie, ihre Hose in der Hand.

— Ich setze mich für dich ein, dir wird nichts geschehen, auch wenn sie stirbt, gib mir den Zettel, ich beweise es dir, ich bring alles in Ordnung, sie wollen dich nur einschüchtern —

— Verrate mir keine Geheimnisse, Radegund. Wenn du willst, kannst du etwas für mich tun, du brauchst nur die Wahrheit sagen. Ich will Ruhe haben, ich bin zehn Jahre in Rußland gewesen, ich will heiraten. Ich habe Vittoria nicht absichtlich verletzt!

Sie hob ihre Stiefelfüße und rutschte auf den Rücken. Ich will wissen, wie Vittoria die Männer beherrscht hat, ich muß es wissen! Es ist eine Gemeinheit, wenn du jetzt gehst.

— Ich bleibe, wenn du vernünftig wirst.

— Du bist ein berechnender Jude, jetzt zeigt es sich, du willst mich ausnutzen, ein bolschewikischer Jude, ein Erpresser, du hast auch Vittoria nur ausgenutzt, Parasit!

— Wer hat Gegenleistungen verlangt?

— Der Jud, du Jud!

Er appellierte an die Vernunft, soweit er dazu fähig war, er streichelte Radegund, die nach geraumer Zeit seufzend ihr vom Boden schmutzig gewordenes Höschen Größe III wieder anzog und bedauerte, den Zettel, leider, es tut mir schrecklich leid, Felix, ich sag nie mehr Schoßhund, aber wirklich, ich kann ihn nicht zerreißen.

— Ich hab es nicht verlangt.

— Es macht nichts, es wird dir nichts passieren hab keine Angst, es tut mir leid was ich dir damals angetan habe, Vittoria wird nicht sterben, ich glaube nicht. Weißt du, daß sie eine Glatze hat, das ist wahnsinnig komisch, sie hat keine Haare die hat womöglich auch unten keine sag mir hat sie unten welche im Vertrauen ich sag es nicht weiter –

– Ich weiß nicht, sagte Felix und verabschiedete sich, begann zu gehen, sie wollte ihn nicht weglassen, sie hatte viel auf dem Herzen, sie war unglücklich, aber nicht so, wie er vielleicht meinen könnte, das Sexuelle, sagte sie, das verabscheue sie, nein auch nicht, es sei ihr egal, ihre Seele, meinte sie, das sei es, die sei sehnsüchtig groß und stark, er solle sich ihr ruhig anvertrauen, sie könne Geheimnisse bewahren, ganz tief, er habe doch Geheimnisse, die möchte sie wissen. Das mit Vittoria – was mit Vittoria? Na sein Verhältnis und das mit Wazurak – was mit Wazurak? Das wisse doch jeder. Also sei es kein Geheimnis, wenn auch nicht wahr, nicht wahr? Warum ging er nicht, warum hörte er sich an, daß Gretl, das Nachrutscherl, die Braut von gestern, mit dem jungen Windischreiter sicher todunglücklich werde, so brutal der alte, so schwächlich der junge, schon in der Schule, sie erinnere sich noch, sie habe ihn bei der Selbstbefleckung erwischt, er sei in sie verliebt gewesen, die meisten verliebten sich in sie mit zwölf oder dreizehn, sie habe absolute Autorität, sie folgten blindlings, vor allem beim Turnen, das sie noch immer am liebsten unterrichte, sie leite auch die Frauenriege des Turnvereins, für Hilga könne es nur gut sein, wenn sie eintrete, Pacher sei Dietwart aber zu eitel, na ja und am Reck ein Mehlsack.

– Ich muß wirklich gehen.

– Du hast mir nichts gar nichts erzählt von dir und Vittoria und dem Alten das mußt du sobald es geht ich bitte dich! Sie rollte die Kugeln gegen die Tür und wollte geküßt werden. Er küßte die Hand und mußte sich begleiten lassen, damit er nichts anstelle. Sie nahm seinen Arm und die Schandgeige, klapperte damit neben ihm her über die Gerüste zurück in die Kammer und schickte ihn die Wendeltreppe hinunter in den Saal, der geschmückt wurde. Für abends. Zur

Übergabe der Stadt an die Narren. Felix grüßte den Bürgermeister, den Prinzen, den Gendarm, den Schuldirektor, der sagte: Sie tratschen da oben herum und der Baronin geht es schlecht. Sehr schlecht. Das Gewölbe hallte von Hammerschlägen, ein zweiter Gendarm tauchte auf, der Bürgermeister winkte ihn heran. Felix erreichte ohne Zwischenfall den Ausgang unter den Arkaden. Dort kam ihm Radegund entgegen, hob abweisend den Kopf, als er sie anlächelte. Er trat auf den Marktplatz, es schneite.

Vor Vittorias Haus drehte er sich um, Radegund stand vor dem Schaukasten der ehemaligen Ortsgruppenleitung, der noch immer ein Schaukasten war. Felix hatte andere Sorgen als zu überlegen, welche Treppe Radegund gegangen war. Vor dem Schaukasten stand eine Menschengruppe, als Felix das Haus betrat. Pia & Mia grüßten ihn nicht, als er grüßte. Als er fragte, ob er zu Vittoria dürfe, er sagte Baronin, sagte Mia zu Pia: Der ist aber unverschämt. Pia sagte: Du kannst hier nicht warten. Wenn du warten willst, warte in der Werkstatt. Dort erhob Pilsudski Einspruch. Felix versuchte Pia auszufragen. Der Doktor, sagte sie, bleibt da. Er hat operiert. Wenn die Baronin stirbt, bist du ihr Universalerbe, sie kann ihr Testament nicht mehr ändern, wenn sie stirbt. Schau nicht so blöd, ich weiß es. Ihre Bedingungen wirst du sicher erfüllen und wir –

– Welche Bedingungen?

– Das ist dir das Wichtigste, was, aber sie ist noch nicht gestorben, deine Braut ist bei ihr, unsereins zählt überhaupt nichts mehr.

– Ist Vittoria bei Bewußtsein, ich muß zu ihr, es ist doch ein unglücklicher Zufall.

– Ein Zufall? meckerte Winiak, lieber Herr, ein Zufall ist höchstens Ihr Wiederauftauchen. Was wäre passiert, wenn man Sie nicht gehindert, wenn man den Schlag nicht aufgehalten hätte? Sie sind ein gefährlicher Bursche, ich hätte nicht gedacht, daß Sie derart rabiat werden können.

– Wie geht es der Baronin?

– Ich habe getan, was zu tun gewesen ist. Die Wunde ist versorgt, keine Affäre, aber der Schock, der Schock, Liebling, der macht mir Kummer. Sie ist aus der Bewußtlosigkeit erwacht, sie hat sich lange genug dagegen gewehrt. Du mußt jetzt verschwinden. Wenn sie erfährt, daß du im Hause bist, garantiere ich für nichts. Deine Freundin, übrigens sehr nett, erstaunlich, sehr geschickt, Rotkreuzkurs, das sieht man, läßt dir sagen, daß sie dableibt zur Pflege. Die Pia und die Mia sind zuwenig verläßlich. Also geh und bete zu irgend etwas, das dir heilig ist, wenn dir etwas heilig ist, bete, daß keine Komplikationen eintreten.

– Ich möchte mich bei Vittoria entschuldigen, Doktor. Der Doktor meckerte. Erst wenn sie wieder auf Touren ist, wenn sie noch einmal auf Touren kommt.

Es schneite an Häuserkulissen vorbei, weiße Strähnen verwirrten sich beim Fallen, es schien Abend zu werden und sollte kaum Mittag sein, Lichter flackerten hinter wehenden Schleiern, der Weg zur Brücke war weit und mühsam, mühsam schleppte Felix einen fremden Körper, einen leeren Schädel mauerentlang. Versuche zu überlegen, buchstabierte er in den Schneefall. Bleib stehen, rief eine Stimme von oben. Er wollte weitergehen und blieb stehen. Er befand sich vor dem Tor der Wurstfarbik, es tat sich auf, Lubits kam aus dem Dunkel, atemlos vor Eile. Vor einer Stunde, sagte er, haben wir gestern verabredet, du läßt mich warten, vergißt mich. Wenn ich nicht zufällig aus dem Fenster schaue, gehst du vorbei. Du entschuldigst dich nicht einmal, du hättest mit deiner Braut kommen sollen, es wäre wichtig gewesen, jedenfalls angenehmer für dich als im Rathaus. Ich weiß. Ich sehe, sie haben dich fertiggemacht. Komm herein, ich habe nicht viel Zeit. Du mußt mich in die Halle begleiten, die Hähnchenanlage ist wieder in Betrieb, ich muß mir das anschauen.

Felix tappte durch Dunst an halbierten Rindern und geschlitzten Schweinen entlang in dichteren Dampf auf schaukelnde Leiber zu, langhalsige Zwerge am Fließband zwischen dem Zustand als bunter Hahn und gefällig gefalteter nackter

Leiche. Weißbekittelte Mädchen begrüßten mit Aufblick den Chef, ihre Hände rupften gleichmütig die dampfenden Körper, die aus der Trommel fielen, und richteten sie aus, bevor sie zackig rechtsum machten und im Nebenraum verschwanden. Diese Sache hat Zukunft, sagte Lubits, ich bin der erste, der hier so etwas hat. Die Anlage stand zwei Tage still, du kannst dir nicht vorstellen, was das heißt. Es muß Sabotage sein. Auch ich habe Feinde. Er senkte die Stimme. Felix konnte nichts mehr verstehen. Die Trommel rotierte, das Fließband klapperte. Du schläfst, sagte Lubits. Die Mädchen blickten erschrocken auf. Ich meine keine von euch. Dich meine ich. Macht ordentlich: Wer brav ist, kriegt eine Ballkarte für morgen und kann sich ein eigenes Hähnchen suchen! Sie kicherten bereitwillig. Eine von ihnen macht Mist, sagte Lubits Felix ins Ohr, wenn ich nur wüßte welche und wer sie beauftragt. Na ja, gehen wir weiter, das heißt, geh allein, ich bleibe hier, ich habe eine bestimmte Vermutung. Nimm Vittoria nicht ernst, sie ist alt und schwierig, die Stadt lacht über sie mehr als über Wazurak. Daß du sie niedergetreten hast, freut mich entre nous. Falls du weitere Schwierigkeiten mit ihr kriegen solltest, wende dich an mich. Ich weiß deine Dienste von damals zu schätzen. Was verlangst du überhaupt? Keine Bange, was kann ich für dich tun? Wieviel Geld soll ich dir geben? Genier dich nicht, du kannst bei Gelegenheit etwas für mich tun.

– Bemühe dich nicht, ich tu dir nichts.

Stumm stieß Lubits seinen Besucher in einen Hof. Felix brauchte eine Weile, eine andere Tür zu finden. Durch einen Büroraum kam er in ein Magazin mit Konserven, von der Decke hingen Würste in vielen Längen. Er wollte den Ausgang allein finden. Er kam zurück auf den Hof. Es schneite.

Ein Mädchen trat aus einer seitwärts rollenden Blechtür: Sie finden wahrscheinlich nicht hinaus, hat der Chef gesagt, kommen Sie! Felix kam in eine Garage. Das Mädchen sagte: Sind Sie der neue Aufpasser?

– Nein, sagte Felix, der bin ich sicher nicht. Schade, sagte das Mädchen. Wirklich schade. Ihr Vorgänger ist wegen Sittenlosigkeit abgesetzt worden. Jetzt schmachtet uns Fiala in den Garderoben und vor dem Klosett an, wo er gnadenhalber Ordnung machen darf. Wir verwöhnen ihn mit gestohlenen Wurstscheiben, wir müssen ihn auf dreihundert Pfund kriegen, dann kann er niemandem mehr gefährlich werden.

Die Garagenausfahrt rumpelte zu. Felix mußte einen weiten Umweg machen, der ihn auf den Hauptplatz führte, wo unter Arkaden so viele Menschen standen, als hinge dort wieder ein Wehrmachtsbericht.

Es schneite in den Fluß. Raimund sagte: Du hast mich desavouiert. Ich habe deine Verdienste gerühmt, mich überall um deine Anerkennung bemüht, ungeachtet des Gelächters, ich hätte sie durchgesetzt, und du!

– Ich habe mich gewehrt, leider.

– Ich muß zu Vittoria, ich werde sehen, was ich noch retten kann.

Felix hatte einen Verzweifelten oder Tobenden erwartet, er sprach mit einem Melancholiker, der feststellte, daß nun auch Felix wisse, Vittoria habe eine Glatze, und nach einer Pause sagte: Sie hat sie auch damals schon gehabt. Das Eifersuchtsattentat einer Friseuse in Ischl, die den General täglich rasiert hat.

– Mir ist elend, Raimund, ich möchte am liebsten verschwinden.

– Verschwinden, meckerte Wazurak wie Winiak, dazu habe ich dich gerufen? Jetzt gibt es kein Desertieren, du hast Vittoria verletzt und beleidigt wie nie jemand außer dieser Friseuse, die –

– Was –

– die eigentlich –

Felix glotzte auf den sich vor seinen Augen in eine glucksende Vettel verwandelnden Elegiker, der einen Brief als Fächer ergriff und sagte: Ein Mann gewesen ist, ein Mime in der Inflationszeit, der unter Karl Eugen gedient hat, sein Bursche, wenn du willst, Zufall oder Bestimmung, dieses

Wiedersehen in Ischl, Fiumanerin du feine, und du begreifst wieder einmal nichts. Ich bin die Friseuse, ich habe länger Mieder getragen als du, hier hängt das Bild meiner Schwester, habe ich dir weisgemacht, armes Würstchen, ich bin es gewesen, ein ganzes Jahr und noch viel mehr, ich habe Vittoria nicht an den alten Trottel verlieren wollen, ich habe mich ihr zu erkennen gegeben in einer Szene, die niemand nachspielen kann. Du bist nicht reif genug, die wahren Hintergründe zu begreifen, ein Nachfolger ohne Fingerspitzengefühl, als Friseuse nicht zu verwenden, bestenfalls Dienstmädchen, welch ein Gelächter, wenn ich einmal der Residenz erzähle, wie man Fotograf wird. Aber wir haben keine Zeit, ich muß zu ihr. Sie wartet. Vergib mir meinen Anfall, ich gehe hin und bringe mich als Sühneopfer dar. Ich werde Ersatzmesner, die Spitze lockt, die Zehen Mariens weisen einwärts. Dir wird nach diesem Fasching nichts mehr geschehen, du hast in deiner bübischen Brutalität das Verfahren abgekürzt. Das ist schmerzhaft, aber zielführend. Die Leute werden dir früher zujubeln als mir, du gehörst schon zu ihnen. Ich empfehle dir nur, den Rest dieses Tages in der Dunkelkammer zu arbeiten, auch die Nacht, in der ich den Außendienst übernehme, so deine Damen zustimmen. Sei froh, daß deine Erklärung zur Faschingszeit aushängt. In Kürze furzt du ungeniert auf dem Massenabort wie beim Kommiß, dessen Wonnen du nur in sowjetischer Pervertierung genossen hast. Lebwohl und arbeite. Apropos, mir fällt ein, was ich in dieser Turbulenz noch nicht erzählt habe. Vor drei Jahren sind wir als Pärchen in der Turnhalle gewesen, unerkannt bis gegen Morgen. Vittoria als älterer Kavalier, ich dessen makarteske Gattin. Es ist köstlich gewesen, geliebtes Töchterlein.

Sagte es und zog ab. Felix im Kontor, im Atelier, im Laden, in der Küche, in der Kammer, in der Hilgas Utensilien herumlagen, als wären sie immer dagewesen, permanente Fremdkörper, feindlich und komisch: ein drohender Schlafrockärmel, ein Schmutzstreifen am Saum, ausgekämmte Haare am Kragen, Weibergeruch, Verwahrlosung. Die Ischler Friseuse guckte kokett, Vittoria spielte die Sterbende, Radegund entblößte ihren Bauch, Hähnchen machten rechtsum, Passanten lasen die eidesstattliche Erklärung, Felix hatte die Schandgeige um, sie würgte nicht, er stand da und konnte sich bewegen. Wohin er wollte, konnte er gehen. Er konnte sich sagen, das war der Fasching, er konnte denken, das war der Katzenjammer, der ihn wehrlos gemacht hatte, die Gesellschaft, konnte er sagen, eine Verschwörung, die Rache, die Vorbeugung des schlechten Gewissens, aber das stimmte so genau, daß es nicht stimmen konnte. Die Halskrause würgte, er lief zum Telefon, verlangte klopfenden Herzens nach Hilga. Mia sagte: Mia, ich kann sie nicht herausrufen. Sie werden schon hören, lassen Sie uns in Ruhe. Felix stopfte die Reste einiger Mahlzeiten in seinen rumorenden Magen, erschrak, als das Telefon schrillte, verschluckte sich an einem Stück kalten Knödel, lief ins Büro, Papier glitt zu Boden, er hob ab. Es war eine Frau, die er mit Hilga begrüßte. Die Frau sagte, er solle sich schämen, Mann und Sohn dieser Stimme seien gefallen. Er solle sich mit seiner Schande verkriechen und nie mehr blicken lassen.

Das Telefon schrillte wieder. Es meldete sich niemand. Es war die Türglocke. Felix spähte vorsichtig durch den Vorhang. Eine armselige Figur gestikulierte im Schneefall. Felix öffnete. Tichy, welcher Tichy? Ach der Tichy. Ein Manderl mit einer Schnapsfahne schlug ihm vertraut auf die Schulter.

– Ein Glück, daß du da bist, ich muß mit dir reden, was glaubst du, was da gespielt wird mit uns, die wollen dich zur Sau machen glaub mir, glaub ihnen kein Wort, mir haben sie eine Rente versprochen keine Spur davon, eingesperrt haben sie mich wegen Totschlag, ja da horchst du, Totschlag, miteinander haben wir gekämpft ich habe das nie vergessen, denen haben wir es gezeigt ich hab es ihnen schon 34 gezeigt, die Fahne von der Kirchturmspitze haben sie drei Tage nicht heruntergebracht weil sie sich nicht getraut haben, was ist der Lohn, jetzt habe ich nicht einmal eine Rente weil ich Vorstrafen hab, Klassenjustiz, lauter Bagatellen wegen Wilddiebstahl Jagdfrevel, und wer geht in den Wald und bringt sackweise die Roßkastanien in die Krippen? Der Tichy aber kein Förster kein Jagdherr diese Verbrecher Lubits und Brand und Windischreiter wie sie alle heißen, die stecken unter einer einzigen Decke auch mit dem Flödl, das wollt ich dir nur sagen, die wollen dich mit lauter Drehs zu einem der Ihrigen machen, wehr dich sag ich, bleib ein Kämpfer gegen die Saukerle, auf mich kannst rechnen ich bin hier der einzige echte Sozialist, ob sie mich ausgeschlossen haben oder nicht die feinen Genossen Flödl und Kranewitter, die den Warhejtl aufnähmen in die Partei wenn er ginge, es hat einen Sinn Widerstand zu leisten laß dich nicht blödmachen mir haben sie nichts nachweisen können mit dem Totschlag, ich hab nicht gewußt, daß der Wagner Hansi einen Papierschädel hat, er hat angefangen zu stänkern und ich hab ihn gewarnt und da habe ich ihn, das ganze Wirtshaus hat gehetzt der Tichy der kann ja nimmer, da habe ich ihm eine geschmiert. Da ist er gestorben. Mit dem Papierschädel auf eine Tischkante gefallen. Ein Kopf wie eine Eierschale so dünn.

Das verwahrloste Manderl äugte auf die Tür ins Büro. Es wollte weitergeführt werden. Traute es sich nicht, mehr zu sagen? Das Telefon meldete sich wieder. Felix ließ es läuten. Tichy traute sich, er jammerte, er habe Hunger und natürlich auch einen Mordsdurst, er bitte recht schön, er möchte gerne, die alte Freundschaft, er wisse auch viel, was sonst niemand sehe, habe Augen wie ein Luchs, das heißt wie ein Wilderer halt. Gegen ein kleines Entgelt liefere er gern Informationen, was die Leute so reden in den Wirtshäusern und am Bahnhof, da könne er sich nützlich machen.

Felix sagte nein, das brauche er nicht, das wolle er nicht. Selber, selber durchsetzen. Und jetzt habe er keine Zeit, dringende Ausarbeitungen. Die Hochzeit von gestern. Und leider nichts Gescheites zu essen im Haus. Selber nichts zu Mittag gegessen. Sie könnten sich ein andermal unterhalten. Bei besserer Gelegenheit.

Tichys Gesicht, ein Luftballon, der schrumpfte. Ob ein Zehner genug war? Felix gab noch einen. Tichy bedankte sich freundlich. Zu freundlich, und hinkte zur Tür. Drehte sich um. Erwartete noch etwas. Felix schlug ihm auf die Schulter. Tichy nickte traurig und verließ den Laden.

In der Dunkelkammer heiratete Marga Plabutsch Konny Windischreiter hundertmal. En face, profil, allein, vor dem heiligen Lorenz, dem Dechant, den Zeugen, den Elternpaaren, der Verwandtschaft, dem Volk in den Bänken, den Engeln und allen Heiligen der Kirche. Rotlicht lag über der feuchten Szenerie, die gestern stattgefunden haben sollte. Felix hatte sie gesehen mit Augen und Linsen, er hatte der Braut, den Müttern und Vittoria die Hände geküßt, er hatte gute Aufnahmen gemacht. Die Filme von Raimund zeigten bis in die Gesichtszüge andere Personen. Welche waren Karikaturen, welche Menschen? Felix hatte sich sehr bemüht, und da blickte Marga wie eine Schwachsinnige, dort wölbte sich das Kleid über ihrem Bauch, hier verdrehte Windischreiter als falscher Zeuge die Augen, blitzte die Bäckerin mit allen Goldzähnen neben Radegunds Geierschnabel, der den rechten Rand bildhoch beherrschte. Draußen schrillte das Telefon, Felix kam zu spät. Es war Nacht und Hilga noch drüben. Vielleicht mußte sie bis morgen bleiben. Felix verschüttete Wasser, er patzte, fühlte sich beobachtet und zugleich von allen vergessen.

Raimund kam als Erlöser. Er hatte erreicht, daß Vittoria den Übeltäter zu empfangen geruhte. Das Fieber steige, sie sei ungeduldig, tief verletzt, die Verletzung an sich vielleicht nicht so arg, aber Felix werde sehen, wie arg es stehe.

Er sah den Nonnenkopf in den Kissen, das Pflaster auf der Wunde weiß wie der Schädel, das kreisrunde Pflaster nicht größer als der Dukaten, der Vittoria vorgestern vor der Brust gebaumelt war. Es klebte in der Mitte der Stirn der Aufgebahrten, die eine weiße Hand hob. Felix folgte dem Wink und sah Hilga im weißen Kittel, die Frisur unter weißer Haube versteckt, weißen Mull vor dem Mund aus dem

Spiegel ans Krankenbett treten. Die Kranke sagte: Laß dich gleich von ihm ablösen und zeige dich, bevor du gehst.

Hilga führte Felix in den Salon und flüsterte: Sei froh, daß es nicht noch ärger gekommen ist. Kaum daß sich Hilga küssen ließ, sie war in panischer Eile. Nein, er war nicht böse, daß sie zur Übergabe der Stadt an die Narren gehen wollte, gehen sollte, mit Mia und Pia, du mußt ja wissen, was du tust und daß du aufpassen mußt. Und du? Er werde schon alles richtig – aber das ziehe er nicht an, er denke nicht daran.

– Das schaut dir ähnlich, alles andere läßt du dir gefallen. Das tragen Ärzte bei jeder Operation. Dr. Winiak hat es zur Verfügung gestellt. Nein, es wird nicht operiert, die Hose mußt du ausziehen, die ist schmutzig vom Museum, wie du aussiehst, wenn man nicht aufpaßt. Ich beschwöre dich, vernünftig zu sein, künftig vernünftig. Nachtdienst das Wenigste. Stündlich Temperatur messen. Kollapsgefahr. Das Fieber darf nicht steigen. Keinesfalls Aufregung. Du mußt. Die Tabelle. Eintragen. In einer Stunde eine Tablette. In drei Stunden drei. Er nickte. Wir haben ihr mühsam eingeredet, daß du darfst. Ja keinen Fehler. Winiaks Nummer. Er kommt vorbei. Er hat Schlüssel. Ich wäre lieber hier bei dir, aber ich muß und du mußt.

Mit klatschenden Gummipantoffeln Gummihandschuhen Gummischürze Nachtschwester Nachtbruder Neutrum Mull vor dem Mund, in fadem Geruch in das veränderte Schlafzimmer hinüber, unsicher, gummiweiß und leinenweiß, Tabellen, Nachtschüssel, ein rollender Glastisch weiß.

– Weißt du, es ist mir schrecklich, daß du –

Eine Geste wies auf den Küchenhocker neben dem Bett. Er versuchte weiterzureden, er hatte den besten Willen, schließlich hatte er, wenn auch sie vorher: Es tut mir leid, daß du –

Geste einer knochigen Hand, Augen starr und böse. Eine Uhr tickte, die Gummischürze quietschte. Die Hand hob sich mit gestrecktem Drohfinger, tiefe Falten traten in die Stirn. Schmerzhaftes Seufzen, das schmerzte auch ihn, er seufzte in den Mull. Die Uhr tickte. Chippendale-Möbel. Er erinnerte sich. Das Bett. Er fror, wartete, beobachtete, wurde beobachtet. Eine zweite Nacht ohne Schlaf stand bevor.

Kindisches Gelächter kullerte ins Zimmer. Pia & Mia knicksten, als machten sie sich selber nach. Ihre Kleidchen drohten zu platzen. Hinter ihnen Hilga, sie konnte sich nur hüftwackelnd bewegen. Felix sprang auf. Schön, Kinder, schön, sagte Vittoria und breitete die Arme. Macht euch keine Sorgen um mich, ich habe das schlechte Gewissen als Hilfe.

Pst machte Hilga, kohlschwarz umrandete Starraugen ermahnten Felix. So, fragte er. So ist es richtig, sagte Mia. So muß es sein, sagte Pia. Und Hilga: Ich wollte, ich brauchte mir keine Sorgen um deine Aufmerksamkeit machen.

Pia & Mia zogen Hilga mit sich.

– Es ist schön, daß Hilga so gewissenhaft ist. Du wolltest dich bei mir entschuldigen. Ich will nichts hören, ich will etwas sehen und sehe, daß du mich am liebsten umbringen möchtest. Das ist dir am Vormittag nicht ganz gelungen. Mein Herz ist empfindlich geworden, es bedarf äußerster Schonung. Du kannst mich mit einer Bosheit ermorden. Wenn du mein Herz so behütest wie das Geheimnis meiner Glatze –

Felix entdeckte in einem Glas Vittorias Gebiß. Sie bemerkte, daß er hinsah und nickte. Sie hielt ihm den Arm entgegen, er sollte den Pulsschlag zählen, er fand ihn nicht. Er suchte und erschrak. Aha, sagte sie, du glaubst, wir schwindeln dir etwas vor.

Er schaute auf den dürren Arm, auf die Adern, auf die Tabelle, fand das Zucken, er zählte, verzählte sich, begann von neuem und kam auf 60 in der Minute, beim zweitenmal auf 42. Du kannst nicht einmal das, sagte Vittoria, entzog ihm den Arm und schloß die Augen. Es war Zeit, die Temperatur zu messen. Er gab Vittoria das Thermometer. Sie gab es zurück. Er bemühte sich, den grünen Faden unter 36 zu bringen, der Strich zerriß.

– Wenn du vernünftiger wärst, ginge es mir besser.

Eigensinnig hielt sich ein drei Zehntel langes Stückchen über 38. Auch Schütteln hatte keinen Erfolg. Felix hauchte und rieb, um das Säulchen wieder zusammenzukriegen. Das Pulver, mahnte Vittoria. Sie wollte es mit frischem Wasser nehmen. Der Fußboden knackte. In der Küche häufte sich Geschirr. Vittoria hatte das Thermometer an sich genommen und in die linke Achsel gesteckt. Zehn Minuten dauerten endlos. 38,8 stellte Vittoria fest. Du tust mir nicht gut.

Sie schien zu frieren, sie ließ sich seufzend wärmer zudecken. Auch Felix fror, obwohl auf dem Ofen das Wasser kochte und sich die Spiegel beschlugen. Es klang, als stände jemand vor der Tür.

– Du solltest dein Gewissen erforschen, wenn du noch eines hast.

– Ich kann dir nicht antworten wie ich möchte.

– Dein Pflegedienst ist wertlos, du verrichtest ihn notgedrungen, weil du hoffst, dadurch nicht in noch größere Schwierigkeiten zu kommen. Du bist in Gefahr, noch einmal alles falsch zu machen, weil du die Zeichen übersiehst, die dir gegeben werden, geh in dich, bereue, bekenne, noch bin ich am Leben, noch lebt Raimund.

– Er ist ein Wrack, du hast ihn zum Narren gemacht und willst mich als Nachfolger genauso –

Sie schloß die Augen.

– Entschuldige, daß ich es dir jetzt sage, ich wollte damit warten. Du mußt dein Pulver nehmen.

– Rede weiter, sagte sie in leierndem Ton, die Augen blieben geschlossen. Das halte ich aus, ich weiß, was du sagen willst, ich werde es dir vorsagen. Du glaubst, daß wir den Fasching dazu benutzen, dir Schwierigkeiten zu machen. Du tarnst deine Schwäche mit meiner Stärke, die du dir einbildest. Du denkst, ich will dir schaden aus Rachsucht, aus Eitelkeit. Du fühlst dich entwürdigt, Menschenwürde! Welch Unfug!

– Reg dich nicht auf, aber die Menschenwürde –

– Eine Debatte, die ich nicht schätze, Baronin. Ich löse diese Pflegeperson sofort ab und wenn ich selbst die Nachtwache übernehmen muß.

— Ach Doktor, lassen Sie nur, wie geht es im Rathaus? Alles in Ordnung? Alles lustig?

— Durchaus Stimmung, wenngleich man unendlich bedauert, Baronin, daß Sie nicht dabei sind, und sich Sorgen macht. Jeder, mit dem ich gesprochen habe, hat mir die aufrichtigsten Wünsche mit auf den Weg gegeben. O ich gratuliere, der Puls ist kräftiger, sehen wir nach dem Temperaturchen. Schlafen Sie nicht, wozu sitzt du hier! Das Thermometer! Ach du liebe Zeit, das mußt du nach Gebrauch wieder gebrauchsfertig machen. Sitzt herum und glotzt! Statisten brauche ich nicht, wir brauchen helfende, heilende Hände. Das geht nicht so weiter, schämen Sie sich, so etwas duze ich nicht, Sie haben keine Ahnung!

— Seien Sie nachsichtig, ich bin nicht so unzufrieden, es vertreibt mir die Zeit.

Eine Schellenmütze auf dem Haupte, beugte sich der Doktor mit dem Stethoskop über die entblößte Brust der Patientin, seine Wurstfinger drohten, nicht übermütig zu werden. Er rüstete eine Spritze, Felix hielt die Ampulle.

— Sie sind schlechter in Form als unsere Kranke. Sind Sie blutarm? Sie sind blaß wie Ihre Schürze. Sie müssen die Nacht durchhalten, ist das klar?

Felix nickte, Winiak schickte ihn hinaus, er scherzte tuschelnd mit Vittoria, verabschiedete sich schallend von ihr, faßte Felix im Vorzimmer an beiden Gummihänden.

— Sie müssen das ernst nehmen, ich habe der Baronin etwas vorgegaukelt. So rosig sieht es nicht aus, ich bin ziemlich machtlos. Stützungen und Sedativa lassen sich schwer kombinieren. Die Patientin ist hochgradig geschockt, sie hat ihre Contenance verloren. Durch Sie! Durch Sie kann sie dieselbe eventuell wieder erlangen, wenn Sie wissen, was ich meine. Ich meine, Sie verhalten sich ziemlich töricht. Sie haben die alte Dame derart gekränkt, was sage ich, erschüttert, daß ihr Leben an einem Haar hängt. Was seufzen Sie da in Ihre Vermummung, gefällt Ihnen wohl nicht, Sie finden das übertrieben. Das ist es. Die Baronin freut sich über einen gewissen

Aufwand, also habe ich Ihre Braut ausstaffiert. Reden Sie nicht, ich weiß, was Sie sagen wollen. So und jetzt her mit dem Ärmchen, ich gebe Ihnen schnell ein Spritzchen gegen die Müdigkeit, soviel ich weiß, haben Sie die letzte Nacht nicht geschlafen, und morgen wird es übermorgen – nur nicht zimperlich, gehab dich nicht, als würde ich dir Benzin ins Blutbähnchen füllen. Ein kleines Forcement der Munterkeit, das du dringend benötigst. Zusammenfassend: keinerlei Widerspruch gegen die Patientin, keinen Moment vergessen, daß sie jeder Streit höchlichst gefährdet. Ich habe kein annähernd so wirksames Arkanum wie dich, wenn du ihr Freude machst, du weißt, was ich meine –

– Ich verstehe nicht, was Sie meinen. Ich würde mich wahrscheinlich auch weigern, das zu verstehen.

– Nein, was du da denkst, pfui Teufel, das wäre ja, nein, das ist – um Gottes willen, Baronin, Sie haben –

Weiß in weiß stand Vittoria in der Tür.

– strenge Bettruhe, keuchte der Doktor. Ich flehe Sie an, nichts zu riskieren, lassen Sie diesen unmöglichen Menschen, jagen Sie ihn davon, er ist Ihr Ruin, ich habe ihn unterschätzt, verteidigen Sie ihn nicht länger!

– Aber Doktor, warum echauffieren Sie sich und plaudern aus einigen Schulen, gewöhnen Sie sich an unseren Clown, er steht unter meinem Schutz. Verwirren Sie ihn nicht noch mehr –

– Geh bitte ins Bett, sagte Felix, sonst bekommt der Doktor einen Kollaps.

– Spotten Sie nicht über Winiak, Sie, ich schicke Ihnen die Kommission an den Hals, dann kommen Sie nicht mit einer Unterschrift davon, Sie, Sie –

Er prustete, er keuchte, er fiel in einen Sessel, die Schellenmütze rutschte ihm ins Gesicht. Na warten Sie, stöhnte er. Aber Doktor, sagte die Baronin, extemporieren Sie nicht so erschreckend echt, nehmen Sie sich an mir ein Beispiel, ich bin so gut wie gesund, bestellen Sie das dem Rathaus, bring mir einen Schlafrock, Felix, ich geleite den Herrn Doktor hinunter. Felix suchte im Bad, fand nichts als einen Bademantel, nahm ihn und sah Vittoria nicht mehr, nicht den Doktor. Der Hut des Generals wippte, Vittoria lag im Bett, Winiak keifte: Da haben Sie es. Zusammengebrochen ist sie, ich garantiere für nichts mehr, sie schickt mich weg, sie will mich nicht mehr sehen, Sie tragen die alleinige Verantwortung für die Patientin, ich gehe –

Er lief weg ohne Gruß, Felix kam ihm klatschklatsch mit Gummipantoffeln kaum nach, erreichte ihn auf der Stiege, hielt ihn fest: Sagen Sie endlich, was da wirklich geschieht. Ist sie krank oder nicht?

– Ich beschwöre Sie, sagte der Arzt, stellte seine Hebammentasche auf eine Stufe, schielte nach oben, ob Vittoria nicht noch einmal erschien. Glauben Sie mir, ich habe Ihnen die Wahrheit gesagt, höchstens ein wenig gebauscht, die Baronin ist krank, sie hat Fieber, ihr Herz, der Schock, sie steht unter Diktat, nur Sie können beruhigen, tun Sie, was sie will, dieses alte Ekel macht uns noch alle verrückt, wenn es nicht gebändigt wird. Die Wahrheit ist, daß wir die Baronin loswerden wollen, nicht Sie armes Würstchen. Vicky ist eine Gefahr. Sie könnten sich größte Verdienste erwerben, wenn Sie dem Drachen hier diese Pillen, diesen Satan auf längere Zeit lahmlegen, ich bestätige gerne, daß plötzlich das Herzerl ausgesetzt hat.

– So leicht laß ich mich nicht mehr verrückt machen.

– Ihre Braut läßt Ihnen sagen, sagte der Doktor, fast hätte ich es vergessen, sie unterhalte sich gut. Der Doktor stieg drei Stufen höher und sagte Felix ans Ohr unter der Mütze: mit Lubits!

Dann lief er hurtig hinunter, Felix klatschte hinauf zu Vittoria. Dieselbe, nein eine andere Vittoria mit Haar und Korsett saß in den Spiegeln und schminkte sich. Felix riß sich Mull und Haube herunter, lachte, lachend sagte Vittoria: Nur nicht so stürmisch! Wenn du ablegst, mußt du ins Bett, du darfst es, keine Frage. Schau nicht so ängstlich, ich bin noch immer aus Fleisch und Blut.

Felix setzte sich auf die Bettkante und lachte, zwang sich lachend zu sagen: Ich gebe mich geschlagen, alte Komödiantin.

– Ins Bett, Kleines, du zitterst. Du bist wieder so hilflos, wie ich dich liebe.

– Hilflos?

– Hilfloser denn je. Du solltest es zugeben. Ins Bett oder unter die Haube, Nachtschwester.

– Weder noch, Madame. Ich schlage vor, wir unterhalten uns ganz normal.

– Wie stellst du dir das vor: Eine spärlich bekleidete Dame und ein verwirrtes Männchen mitten in der Nacht, welches Thema bitte?

– Warum, Vittoria, warum dieses Theater, das ihr mir vorspielt?

– Wir? Du geruhst eine Vorstellung zu geben. Bisher ziemlich geschmacklos. Warum? Vittoria schritt durchs Zimmer, sie vertraute auf ihre Wirkung, als wäre nicht Zeit vergangen. Felix bemühte sich, nicht zu lachen. Beide gingen in den Spiegeln hin und her, er weiß, sie rosa und fahl.

– Lubits hat mir Geld geben wollen, sagte er. Radegund hat versucht, mich zu ihrem Schoßhund zu machen, wie sie es ausdrückt.

Vittoria tat, als hörte sie nicht.

– Ist Raimund wirklich Friseuse gewesen?

Vittoria wiegte ihre morschen Hüften zwischen Psyche und Tür, vor jedem Spiegel zupfte sie die Perückenlöckchen über das Stirnpflaster. Wenn du dich ins Bett legst, gebe ich dir Auskunft, sagte sie endlich.

– Dann rede, sagte Felix und streckte sich aus. Seine Müdigkeit nahm zu. Vittoria setzte sich zu ihm, legte sich neben ihn, er rückte ab, das Bett war breit.

– Du wirst dir diese Gelegenheit zurückwünschen.

– Das ist nicht die Antwort auf meine Frage, Vittoria, ich will dich nicht beleidigen, aber –

– Du bist nicht gescheiter geworden. Du bringst die Situation auf den beleidigendsten Nenner, den es gibt. Nicht nur hier, überall tust du das. Sie stützte sich auf den Ellbogen. Wende dich nicht ab, ich weiß, daß ich häßlich geworden bin.

– Für dein Alter siehst du blendend aus, ehrlich, Vittoria!

Sie lachte. Du mißbrauchst deine Narrenfreiheit.

– Ich will keine Narrenfreiheit haben, hörst du, ich will die richtige Freiheit, es gibt sie doch, oder glaubst du nicht? Ich weiß, ich bin ein Kindskopf, du glaubst nur an die Freiheiten, die du dir herausnimmst.

– Du verwechselst mich mir dir, mein Kind, das könnte dir so passen: Miederhändlerin! Aber warum eigentlich nicht, du stehst in meinem Testament.

– Auch meine Tante hat mich enterbt.

– Habgieriger Kerl, nimm dich noch zwei Tage zusammen und es ergeht Gnade vor Recht, wenn du dich einigermaßen benommen hast. Ich will mich nicht ständig in Sorgen quälen, du schlägst mich nieder und läßt mich nicht einmal nach Mitternacht schlafen, du bringst mich an den Rand des Grabes und willst mit mir plaudern, als wäre nichts geschehen. Noch ärger, du machst dich lustig über mich, du verhöhnst mich, du denkst, du kannst mit uns allen deine Experimente machen, deine herzlosen Scherze –

Ihre Stimme entfernte sich, Felix entfernte sich von ihr, er schloß die Augen, Vittorias Stimme wurde leiser und höher, ein hohes Summen, der Zug fuhr in einen Tunnel, das Licht in den Augen verlor sich, über einer keifenden Lehrerinnenstimme schlug das Dunkel zusammen, der Zug oder der Fahrtwind, etwas fistelte dünn, ein zankendes, ein ohnmächtiges Schlummerlied in die Nacht, die es wegnahm –

– und wieder herwarf, scharf und schrill, eine Injektionsnadel in die Kopfhaut, ein klirrendes Glänzen, Hilga im schwarzen Schlitzekleid, kichernd am Bett, die schwere Bettdecke hebend: So ist das also mit dem Nachtdienst.

– Ach Hilgalein, du wirst es nicht glauben, er hat flehentlich um Aufklärung gebeten.

– Vittoria, sagte Felix in das grelle Licht, das ihm die Augen ausbrannte, was soll der Unsinn?

– Vittoria? kicherte Hilga, Vittoria macht keinen Unsinn, Vittoria ist wieder gesund, vielleicht habe ich Unsinn gemacht, während du im Bett liegst und nicht daran denkst, dir um mich Sorgen zu machen.

– Was ist denn los, fragte Felix. Gelächter antwortete ihm, in allen Tonlagen Gelächter, Vittorias Schlafzimmer bog sich vor Lachen, es verstummte nicht, als sich Felix die Decke über die Ohren zog, die Decke wurde weggezogen, da standen Mia und Pia, am Fußende Hilga und Vittoria im Abendkleid, von allen Seiten näherten sich Figuren mit Narrenmützen, Warhejtl, Radegund, Lubits, Windischreiter, Flödl, der Doktor, auch Raimund, die Konsuls, nie hatte Felix derart fröhliche Gesichter gesehen. Winiak setzte sich auf seinen Schoß, setzte ihm die Mütze auf, band ihm die Mullbinde um, Mia & Pia zogen ihm die Pantoffel an.

– Auf frischer Tat ertappt, jubelte der Doktor. Durch die Tür wallten Prinz und Prinzessin in vollem Ornat, Pia & Mia schleppten Felix vor das hohe Paar, die Menge verstummte, da der Prinz Schweigen gebot: Es gefällt uns, noch einmal Gnade vor Recht ergehen zu lassen angesichts der erwarteten tätigen Reue. Raimund, halte diesen Augenblick fest für unsere Chronik. Der pflichtvergessenen Nachtschwester wird verziehen. Widersagst du nun endgültig der Fahnenflucht in jeglicher Form?

– Ich widersage, sagte Felix ins Blitzlicht.

– Dann bist du vorläufig und ohne Nachsicht der Taxen aufgenommen in das Volk der Narren. Erweise dich dessen alle Zeit würdig.

Es wurde gesungen gelacht getrunken geschäkert geschunkelt gemunkelt verdunkelt gerotzt gekotzt geprotzt, Felix hielt die Augen offen, er sah keine Gefahr, es war alles klar, Hilga und Vittoria und Radegund und Raimund und die wirklichen Männer tätschelten und tatschelten ihn wie die anderen, nicht mehr und nicht weniger, er tätschelte selber, es war halt Fasching, er war dessen froh, Pia zeigte ihren Popo, der wurde bemalt und Pia für ihre Leiden bezahlt, gegen Morgen kamen die Sorgen, die bleichen Leichen mußten von der Nachtschwester irgendwo zwischen Klo, apropos sagte Winiak, wir wollen dich sitzen sehen beim Pipi hihi, wurden zwischen Klo und der Ukraine, ihr Schweine, was ist uns alles in die Binsen gegangen, bestattet, reimte der Dichter und oberste Richter Augustin, nur wenig war hin, Vittoria lebte und webte, Hilga hielt sich, Lubits stand schwankend vor dem seligen General und meldete, er halte die schwierigste Stellung bis zuletzt, aber jetzt brach er solo zusammen, verdammen wir niemanden und nichts, sagte Warhejtl, mein liebes Kind, Justitia ist blind, nimm dich in acht, Radegund lacht, gute Nacht bei Tag, sei brav und schlaf, damit du so Gott will freundlich und still – glaub ihm kein Wort, Radegund zog ihn fort, Felix hatte sich behauptet, Hilga sank vor dem General in seine Arme: Ist er nicht lieb, fragte sie Vittoria. Die Generalin nickte: In der Turnhalle wird er noch lieber, wollen wir hoffen.

Nicke nacke sangen die Kinder im Nebel, gicke gacke. Arsch, sagte Raimund freundlich, die wollen uns Pfeffer in die Augen streuen, aber wir lassen uns nicht provozieren.

Ich bin blind mit geschlossenen und offenen Augen blind bei Tageslicht und Lampenschein. Ich weiß nicht wassoholes bedeuten, daß ich so ruhich bin. Ruhig, jawoll, ganz ruhig. Es ist ein Experiment. Ex-pe-ri-ment. Von Vittoria, von mir selbst? Eines der Faschingskommission? Alle drei Annahmen treffen zu, wenn ich es als Experiment auffasse, mich mit dem bildlosen Schwarz der Gegenwart zu begnügen. Bildlos? Schwarz? Spiralen flimmern, Sonnenränder violett und giftgrün, aus rotem Punkt lodern Universa der Abstraktion, Sternsysteme ohne Begründung, orange und knallgelb wird es hinter grauen Rastergittern, die Gitter lösen sich auf, wenn ich sie berühre, ich bin nicht blind, ich schwebe, ich fliege, mir fehlt nur die Kraft zu sagen, was ich sehe. Blind, nicht blind, ich weiß nicht. Mir fehlt die Kraft, die Dinge zu benennen, die Lage zu erkennen. Grau und schwarz, beste aller Welten in der Grube, ein Sarg, warum? Ich habe nie gewußt, warum die Ereignisse sich ereignen, an denen ich beteiligt bin, beteiligt werde. Erklärungen? Erklärungen psychologisch soziologisch chronologisch, gutwillig böswillig, ängstliche, mutige, was ihr wollt, was ich versuche. Sie reichen nicht aus, sie reichen nicht hin, Taube Golub in der Schlangengrube, flatternd auf den Leim gegangen, angeleimter Kopfputz, angeleimt auch das Kostüm? Abreißen, aus der Haut fahren, sich selbst skalpieren – in Gelächter. Da ist es wieder. Die Spiralnebel wiehern. Wehe den Tauben, Fluch den Schlangen, die sich nicht häuten können, angeleimt an ihre Rolle. Welche, verflucht, welche ist es? Seht her, ich bin es und weiß nicht, wer ich bin. Ich lerne nichts aus Vergangenheit und Zukunft, ich wehre mich gegen die Lehren der Bildchen, weil es so einfach wäre. Zu einfach, dies und jenes und alles zu begreifen mit diesem und jenem Vokabular, Denkzettel kommt darin vor,

Denkzettel bis Revanche, jegliche DIN-Zahl. Die schönste Maske ist auf den Leim gegangen – wie komisch: eine weiße Taube mit Hundehalsband. Sie könnte auch ohne Halsband nicht fliehen, sie will nicht, will bleiben, ist trotzig. Es lebe der Trotz und die Kraft, Benno vom Peipus. Das Pumpwerk hebtsenkt senkthebt das angeleimte Gefieder. Mühsam, mühsamer vergeht Zeit. Sei sparsam mit dir, lebe auf Sparflamme, Sauerstoff ist rationiert. Ich spare, ich reduziere, bin immer ruhiger, es ist ein Experiment, das die Fliege unternimmt, die auf den Leim gegangen ist. Fliege und Fliegenfänger: Klein-Felix mit Ausblick auf den besonnten Felsen des Schloßbergs, flimmernder Juli, summender Sommer, unter den Fenstern stehen die Mistkübel, Wespen tanzen, Fliegen fliegen klein und groß. Warum gibt es Fliegen? Sie rufen Ekel hervor, formuliert sich ernsthaft ein Lehrsatz des Lehrerin-Neffen. Sie sprenkeln die Lampenschirme, setzen sich auf stehengebliebenes Essen, legen ihre Eier auf das Fleisch in der Speisekammer, wirbeln sinnlos ohne Überlegung durchs Zimmer, sind schädlich, sind infiziert mit Aas, infizieren weiter, man muß sie vernichten, mit der Lederklappe, aber geschickt, nicht an der Wand, schau dir an, wie du die Malerei hergerichtet hast, Blutflecken! Nicht an der Wand, von den Möbeln kann man die Flecken abputzen, wie oft soll ich dir noch – die Tante und Vittoria werden zu Schwestern, zu einem pädagogischen Monstrum in zwei Maskeraden als Tanten des Opfers, Mitglieder des Schulvereins Südmark, man verdankt ihnen alles und kann nicht dankbar sein, der Ekel ist größer als der vor den Fliegen, der Fliegen wird man Herr, die Fliegen summen böse, aber man versteht sie nicht. Der Felsen flimmert, die Fliegen tanzen, die dreiunddreißigste fällt, getroffen im Fluge, über dem Wohnzimmertisch, über dem Muster der Häkeldecke, stürzt ab auf den Bahnhof beim Diwan. Spielt man mit elf noch mit der Eisenbahn? Die Fliege liegt auf dem Perron, sie ist zu groß, sie stört die Illusion des Spiels. Die Beine nach oben, die Beine krabbeln, die Biene summt, eine umgestürzte Lok, aber das ist keine Maschine, das lebt und leidet und macht einem ein Gefühl im Magen. Ich überlege. Ich nehme die Fliege in die hohlen Hände, es kribbelt über den Rücken. Ich setze mein Opfer auf den Fliegenfänger, dort, wo es schon trockener ist. Will ich, daß sie länger leidet und lebt, lebt oder leidet, ich schaue ihr zu, sie hat eine Chance, ich habe Zeit; ich bin in den Ferien in der Stadt, die Tante ist im Café Nordstern und liest. Illustrierte kann sie sich auch nach dem Anschluß nicht leisten, sie muß mich erhalten. Die anderen sind auf dem Land, ich in der Wohnung. Lieber in der Wohnung als im Internat. Napola heißt es jetzt, ich habe Bilder gesehen. Dort müssen sie auf einem schmalen Brett über eine Schlucht gehen. Die Eliteschulen heißen wie die Schokoladewaffeln, die ich mir zweimal in der Woche kaufen darf. Ein drittes Mal tue ich es heimlich, mit heimlich aus dem Portemonnaie der Tante genommenes Geld. Ich gehöre nicht zur Elite, auch wenn ich kein Dieb wäre, ich will mich nicht dressieren lassen, ich hasse die Kommandoschreie, den Stechschritt finde ich blöd, der die Tante begeistert. Sie schaut sich jede Parade an, sie macht mir den Stechschritt vor, den ich endlich lernen soll, ich sehe ihre rosa Hosen, Pelzhosen bis zu den Knien, ich will nicht stechen, auch nicht mit Schritten. Man darf nicht vom Sofa auf den Teppich springen, man darf nichts, was Lärm machen könnte, nur marschieren, das soll man, muß man, mit klatschenden Kamelhaarpantoffeln wie die Tante, unter denen der Fußboden scheppert. Die Eisenbahn dreht ihre Runden, der Zug ist mit Juden besetzt, die Juden müssen auswandern, sie dürfen nichts mitnehmen, sie müssen ihren Besitz verschleudern, sie fahren seufzend über die Grenze, der Zug fährt in den Tunnel, die Geschwindigkeit steigt, sie haben Angst, sagt die Tante, recht geschieht ihnen, der Märklin-Zug rattert in die Dämmerung unter dem Diwan. Wenn ich Höchstgeschwindigkeit einstelle, entgleist er dort unten, es liegt an mir, ob die Juden verunglücken oder nicht, eine jüdische Mädchenklasse zittert vor Angst, die Mädchen klammern sich an die Sitze, es liegt an mir, sie zu bestrafen, zu Krüppeln zu machen, in den Tod zu schicken, der

Hebel des Transformators vibriert zwischen meinen Fingern, ich denke mich in den Waggon und wieder zurück, die Mädchen jammern, keiner Fliege, sagen sie, haben sie etwas zuleide getan, der Zug kommt heil aus dem Zwielicht, mit Höchstgeschwindigkeit bezwingt er die Steigung des Teppichhügels und geht immer schneller in die große Kurve – alle drei Waggons springen aus den Schienen, stürzen um, die Lokomotive brummt wie eine auf den Leim gegangene Fliege, sie rast auf der Stelle. Ich schalte ab, die Fliege ist tot, in ihren Coupés die Mädchen tot, ich laufe aus der Wohnung, treffe den dicken Dieter Katholnig, er stellt mir ein Bein, ich gebe ihm einen Schwinger, daß er gegen die Wand fällt. Ich habe ihn gefürchtet, so weit ich zurückdenken kann, ich steige über den Zaun und klettere zwischen Büschen ein Stück den Schloßberg hinauf, so weit, daß ich gerade über die Dächer schaue, ich strecke mich aus in der Sonne, Kreise drehen sich vor meinen Augen, ich habe einen Zug entgleisen lassen, der Triumph über Katholnig schmilzt hin ein Klecks ranziger Butter, es ist keine Kunst, gegen die Juden zu sein, ich hasse sie nur, weil sie auswandern können, ich möchte mit ihnen fahren, der Tante entkommen, die über die Sauwirtschaft schimpfen wird, über mein Ausreißen, über den Stechschritt, den ich noch immer nicht kann, die Tante in rosa Stechschritthosen, die arme Tante, die verhaftet, verhört und schließlich freigelassen werden wird, weil sie glaubhaft zusammenzubrechen imstande ist ob der Schande, einen Deserteur herangezogen zu haben trotz Stechschritt und Disziplin. Das ist das Erbgut des Vaters, eines Schlawiners, hat sie gesagt, sagt sie dem Heimkehrer, meine Schwester hat es bitter bereut und sich das Leben genommen, jetzt kann ich es dir sagen, sagt die Exparteigenossin Tante mit asthmatisch gewordener Stimme, es ist nicht nur die Tuberkulose gewesen. Wir, sagt sie, sind deutsch, auch wenn wir Golub heißen, das sagt nichts. Dir ist recht geschehen: zehn Jahre Rußland für drei Monate Feigheit in Kitteln, das Undeutsche an dir ist meine Schande, wehe du erzählst jemandem, daß du desertiert bist, ich habe es bis heute verheimlicht. Ich werde mich bemühen, sage ich. Bis ich den Steireranzug von der Heimkehrerfürsorgestelle bekomme, bin ich ein Held im wattierten Plennygewand, dem sich alle Hände entgegenstrecken, Kamerad, der freigehalten wird in den Gasthäusern, den die Frauen seltsam betrachten, den Hilga einer sanften Kriegerwitwe im Expresso wegschnappt, während die Tante daheim ihre Einsamkeit beklagt, es stimmt, ich reiße schon in den ersten Tagen aus, ich habe Hilga und einen großen Nachholbedarf an Romantik, die Tante hat das Bridge im Nordstern und das Kulturwerk e. V. mit Vorträgen über die verschütteten aber nicht versiegten Quellen der Nation. Sie lehrt nicht mehr Stechschritt, sie versucht es mit Lektionen der Würde. Schau her, Tante. Es hilft nichts. Sie redet von Treue und Pflicht und hat mein Gewand verkauft, es würde dir ja doch nicht mehr passen, sie hat die Eisenbahn verschenkt noch an die NSV, sie hat kein schlechtes Gewissen, was habe ich mitgemacht wegen dir, du hättest vieles gutzumachen an mir, sagt die Tante, sie will, daß ich ihr helfe im Haushalt, sie ist eine leidende alte Frau, wir werden einander nicht mehr bekehren, sie gibt es nicht auf, es kommt der Sonntag, da Hilfstruppen auftauchen, ihre Freundin Gretl mit Tochter Almut, die Tante hat alle Register gezogen, damit ich daheimbleibe, ein Glück, daß ich ihr Hilga noch nicht gestanden habe, ein Glück? Die Nornen raunen, die Damen rühmen den Helden in Arien bei Kaffee und Kuchen, Almut seufzt in ihre Meissenertasse, ich seufze in meine, was haben wir gelitten, die Tante schildert die Qualen der Gefangenen besser als jede Illustrierte, ich höre, daß ich wegen Fluchtversuchs in ein Todeslager verschickt worden bin, nicht nur das: vom jüdischen Kommissar in Frauenkleider gesteckt, der Tante Augen funkeln Blitze durch ihre Brillen, habe ich mit durchbohrten Ohrläppchen, in Almuts Augen sammeln sich Tränen zum Ausbruch, diese Unmenschen, sagt Gretlchen und inspiziert meine Ohren, die es bezeugen, so hat er, sagt die Tante, bei den Orgien der Bonzen perversen Juden und Tataren servieren müssen. Geschminkt, stöhnt Gretl, man stelle sich vor, in ein Mieder geschnürt, sagt die Tante, vom Abschaum der Menschheit. Almut beweint diese unfaßbare Erniedrigung. Ich schweige ins Schweigen, das abgelöst wird von jählings ausbrechendem Frohsinn, aber er ist wiedergekommen, er hat sich nicht unterkriegen lassen, da sitzt er, schüchtern zwar und noch nicht ganz da, aber du hast nicht umsonst gewartet, du hast nicht umsonst als einzige nie ganz die Hoffnung aufgegeben, da ist er, Almut, dein Traum ist in Erfüllung gegangen.

Kein Traum, sagt Almut stockend noch, aber gelöster schon wie die aufgegangene Haarflechte vor ihrer Stirn setzt sie fort: Ich habe eisern daran geglaubt, daß er sein Versprechen so hält wie ich das meine.

Nun ist die Verwirrung bei mir, werde nicht rot, flötet die Tante, gesteht, Kinder, nur Mut, es wäre mein schönster Tag. Aber Tante, sage ich, das muß ein Irrtum sein, es gibt da einige Irrtümer. Ihre Brillen blitzen, Almut sagt: Es ist kein Irrtum, Felix, wir haben einander am 18. Oktober 1944 versprochen, aufeinander zu warten, am Tag bevor du eingerückt bist. Du hast mich geküßt. Ich weiß es, als wäre es gestern gewesen. Ich habe vom Strauch oben am Schloßberg, wo es geschehen ist, an jedem Jahrestag einen Zweig – hör auf, Almut, ich habe dich geküßt, das stimmt, vielleicht habe ich auch irgendeinen Unsinn gesagt oder dir nachgesagt, aber du kannst doch nicht deswegen – ich habe es getan, sagt sie aufrecht hinter Kuchen und Tassen, die beiden alten Weiber rudern näher an sie, stellen sich schützend hinter das Mahnmal der Treue. Es tut mir schrecklich leid, Almut, sage ich. Entsetzlich, empörend, unfaßbar, unerhört, du mußt, du wirst, es ist deine verdammte Pflicht und Schuldigkeit, die Alten kreischen durcheinander, es ist dein Vorteil, kein besseres reineres edleres Mädchen, die Ausstattung, sie hat eine gute Stelle, sie hat solange gewartet – es unterbricht die leiser werdenden Stimmen nicht meine Stimme, sondern Almuts Alt, der sagt: Entschuldige, ich habe mich also getäuscht. Sie erhebt sich, wird wieder in den Sessel gedrückt. Ich sage ja, du hast dich getäuscht in mir, ich bin anders, ganz anders, als du glaubst. Felix, kreischt die Tante. Schon recht, Tante, Almut soll wenigstens in Zukunft klarsehen, ich bin nicht in Rußland in Kitteln gegangen, sondern im Krieg, ich bin desertiert, meine Damen. Nehmt an, aus Feigheit, nehmt an, was ihr wollt. Ihr habt Almut nicht gesagt, daß sie aufwachen soll, wo lebt ihr, in welcher Zeit? Auch meine Stimme überschlägt sich, Almut geht auf mich zu, sie gibt mir einen Kuß auf die Stirn, sie läßt sich nicht aufhalten, sie geht, die Mutter ihr nach, die Tante. Aber nein, sie tut sich nichts an, sie hat sich nichts angetan, sie hat es ertragen, ich sehe sie auf mich zukommen und sich langsam wegdrehen, da steht sie von Fliegen umkreist, eine bessere Hilga, der ich am nächsten Tage die wahrhaftige Geschichte meiner Fahnenflucht erzählt habe, beinahe wäre es unser letzter Abend gewesen, ich habe einiges abschwächen müssen, um sie zu behalten. Almut hat ihr Schweigen gewahrt, sie hat sogar ihrer Mutter erfolgreich Schweigen auferlegt, nur mit der Tante tuschelt Gretelein wohl noch immer über diesen erbärmlichen Urning, ich habe den beiden Details erzählt, die Nornen haben mich befragt wie Kommissare ihrer Vorstellung, wenigstens das bist du uns schuldig um Almuts Willen, ich habe diese Schuld ein Weilchen auf mich genommen, entartet, entgleist wie der Zug, ich bin ausgezogen, als sie mich noch einmal Almut präsentieren wollten, Almut oder sich selbst Charlotte im Gewand der Tante. Es tut mir leid, mich nicht präsentiert zu haben, ich hätte Hilga dazu einladen sollen, seht her, ich bin es, ich halte euch nicht zum Narren, ich bin euer Narr, wenn ihr nicht über euch lachen könnt, lacht über mich, ich gestehe, daß ich kindischerweise kaum etwas tiefer bedaure als den mutwillig herbeigeführten Unfall des Zuges in der Kurve. Der geträumte Tod geträumter Mädchen hat, um mit Almut zu sprechen, mein Leben verändert, der Zug kommt nicht mehr aus der Dämmerung unter dem Sofa, die Schienen sind demontiert, es staubt, es schneit tote Fliegen, mich ekelt nicht mehr, ich warte, was kommen wird, ich betrachte geduldig, was gewesen ist, ich kann jetzt nicht fliehen, ich warte, stärker als die Panik, die sie mir unter den Kittel geschoben haben, ihre Angst ist nicht meine, ich weiß, daß ich nicht blind bin, das Experiment geht weiter.

FÜR DIE BEWAHRUNG von Ruhe und Ordnung gesorgt, die Rote Armee ist dafür nicht gut genug geeignet? Lassen Sie mich weiterreden, Sie werden Zeit haben, auf alles zu antworten. Sie haben polnische Staatsbürger vor der Rückkehr in ihre Heimat gewarnt, Sie haben antisowjetisch agitiert, Sie haben mit Hilfe faschistischer Elemente Unruhe in die Bevölkerung getragen, Sie haben Lebensmittelvorräte beschlagnahmt und dem Schwarzhandel zugeführt. Diese Lebensmittel sind Eigentum der Besatzungsmacht gewesen, jaja. Reden Sie nicht, Sie werden Zeit haben, Zeit genug. Sie haben Raubzüge durchgeführt in der Stadt und deren Umgebung. Diese Raubzüge, auch Vergewaltigungen einheimischer Frauen haben sich ereignet, haben das Ansehen unserer Armee geschädigt, schädigen sollen, Sie haben –

Langsam plätschert die leise gleichmäßige Rede des Oberleutnants in die getäfelte Stube. Jagdstiche barock, hinter dem Oberleutnant ein pflügender Bauer. Riesig und deutsch. Überbleibsel der Gauschulungsburg. Jewgenij Isakowitsch redet melancholisch vor sich hin, sein Blick wandert von Hirsch zu Eber, Jagdreiter, Treiber, Bär und wieder zurück. Eine gemütliche, eine sympathische Stimme, sie gehört dem Klavierspieler, Platgrin, er ist es, kein Zweifel ist möglich. Ihn erinnern? Das Gespräch ist so angeregt gewesen, daß Vittoria –

Platgrin ist aufgesprungen, hat den imaginären Klavierdeckel zugeschmissen, schaut nicht mehr auf Eber, Hirsch und Reiter – fixiert den Beschuldigten und schreit mit der Offiziersstimme eines Hetzfilms: Wer sind Ihre Auftraggeber? Das werden Sie jetzt sagen!

Die Landschaft vor dem Fenster fünfzig mal fünfzig, ein Lesebuchbild. Hügel an Hügel, Waldrücken, mit den Tageszeiten, mit den Tagen wechselndes Grün, die Lärchen dunkeln nach, gleichen sich den Fichten an, ohne deren Tönung zu erreichen, Wipfelprozession absteigend zum Tal und drüben wieder aufsteigend, dazwischen die Stadt, die man nicht sieht, sie liegt im toten Winkel. Nur ihr Rauch manchmal, friedlich.

War er, wie war Felix? Erste Frage: Zitterte er? Schloß Paumgarten, er wußte es, bevor er hingebracht wurde, war ein sowjetisches Gefängnis. Die Soldaten trugen, nicht alle, aber etliche, grüne Kappen. Ein Gefängnis nicht für Kriegsgefangene. Ein Offizierskasino. Gefängnis offiziell nicht existent. In Paumgarten wird gefoltert, hatte Vittoria gesagt. Raimund war einmal mit Paumgarten bedroht worden. Kinder spielten Paumgarten im Stadtpark. Jahn hatte schwere Tränensäcke. Beantwortung der Frage: Felix hatte keine Angst, er wunderte sich darüber. Die Wut des ersten Tages war gewichen. Sollte er mit dem Kopf gegen die Wand seiner Kammer laufen? Sollte er jammern und seine Unschuld beteuern? Er hatte Platgrin Erklärungen abgegeben. Bemüht um offizielles Vokabular im Umgang mit der Besatzungsmacht. Felix hatte nach Fela gefragt. Platgrin hatte die Jagdstiche betrachtet. Surkow, der als Ranghöherer nur sporadisch verhörte, besaß weniger Geduld. Zwei Mann hatten Felix nach einer Brüllarie des Kapitäns weggeholt. Sonst war er bisher nicht geschlagen worden. Er hatte nicht nur Rubiner, er hatte auch Krasnow gelesen. Vom Zarenadler zur roten Fahne. Die Tante hatte die Schwarte von einer ihrer vielen Freundinnen geborgt. NKWD oder GPU? Die GPU gab es, gab es nicht, egal wie sie hieß. Er weigerte sich, ernst zu nehmen, was da geschah. Wollte sich weigern, weigerte sich, skandierte: ein Mißverständnis, ein idiotischer Zufall, der sich aufklären mußte. Vielleicht dauerte es noch eine Woche, zwei Wochen. Drei waren es schon. Der Krieg war jedenfalls zuende, das hatte er erlebt. Überlebt. Es war jedenfalls eine Anzeige gemacht worden, man hatte ihn vernadert, angeschwärzt, denunziert: abgestandene, muffige Wörter, nicht ernst zu nehmende unbekannte Intrigen, lächerliche Beschuldigungen, nicht einmal Lubits als Herr über Leben und Tod hätte ihn daraufhin. Platgrin kannte ihn, Surkow kannte ihn, sie hatten ihn oft gesehen. Wenn einer nicht hierhergehörte, war es dieser Gefangene dieses inoffiziellen Gefängnisses. Der ehemalige Bürgermeister lief frei herum, Soldaten kehrten rudelweise heim, Nazis saßen in ihren Häusern, machten Geschäfte. Und er saß da. Gewiß, ab und zu hatten die Russen jemanden geholt. Das System war nicht zu durchschauen. Gab es überhaupt ein System, ein Konzept, an das sie sich hielten? Sie amtierten als Hilfspaschas der Vorsehung, an die sie nicht glaubten. Fünf Schritte war die Kammer lang, zwei breit, Inventar hatte sie keines, wenn man von Stroh und einem Kübel absah. Ein Loch in der Tür und das Fenster.

Spätestens seit der Barockzeit vergittert. Wahrscheinlich schon länger. Eisen in der Form einer Lanze, oben und unten im Stein befestigt. Rütteln brachte kein Ergebnis. Vor der Mauer fiel das Gelände vermutlich steil ab. Eine alte Gefängniszelle? Wahrscheinlich immer ein Keller wie bei den Nazis. Die hatten hier Koks eingesperrt. Man sah es an den Wänden. Man konnte Figuren deuten. Fela war nicht zu sehen. Felix konnte nicht zeichnen und zeichnete sie mit Koksstaub. Es wurde Vittoria. Die Hände blieben lange schmutzig. Seife war knapp. Wasser gab es einmal viel, einmal wenig. Zu essen Suppe und Brot. Brot von Plabutsch. Figuren an der Wand. Oben ein vertrockneter Kravogl. Die Möven hatten seine Augen gestohlen, als er abgenommen wurde von einem mehlbleichen Plabutsch, der den Henker wiedererkannte. Es stimmte. Der eine der Henker war in den Dienst der Hilfspolizei getreten, er war Sergeant der polnischen Armee gewesen, gefangen bei Kutno. Plabutsch dachte sichtbar, sein letztes Stündlein und so weiter, stand hoch über der Brücke, dem Fluß, die Traverse war nahe, er sagte, er wäre völlig unschuldig. Felix sagte: Wie ein neugeborenes Kind. Plabutsch sagte: Und meine Frau ist in anderen Umständen. Dem nichtexistenten Embryo wurde der Vater nicht genommen, er durfte heruntersteigen, überströmend, ein Hochwasser von Dankbarkeit in die Brückengasse hinein. Kravogl lag auf den Bohlen. Am besten erhalten war das Schild aus Pappe. Der Regen hatte nichts verwischt. Es hatte wenig geregnet. Figuren an die Wand gemalt, keine Teufel, und der Engel gelang nicht. Nichts war schwarz an Fela, blond ihr Flaum an den Schultern, an den Ohren, an den Konturen des Gesichts im Gegenlicht, an den Schenkeln, auf dem Schädel, nicht einmal ihre Schamhaare waren schwarz, ein sanftes Gekringel in braun, Sommerhügel über den Tälern. Nicht zu zeichnen, nur die struppigen Borsten Vittorias wuchsen an der Wand. Die Landschaft sonnig, sonnenflimmernd Mücken, unter dem Fenster eine Latrine. Schmeißfliegen schillernd, es stank herauf, die Fliegen flogen ein, surrten gegen die Wände, umkreisten den Kübel, Bomber, die nicht abstürzten: Womit abschießen? Zeitungen gab es nicht für Felix Golub. Was wollte er lesen? Die Landschaft brannte in den Augen, machte ihn blind, die Sonne war unsichtbar; wenn er ins Licht starrte, wurde alles unsichtbar, zerfloß, zerschmolz. Abends wuchs der Staub auf dem Lehmboden. Lehm oder Stein? Koksstaub, Lehmstaub, Steinstaub. Zeichnen mit Strohhalmen, Schreiben mit Strohhalmen, Namen, Grundrisse der Stadt, des Fotografenhauses, der Wohnung der Tante, ein Schema der Spielzeugeisenbahn, Frontverläufe, Landkarten, Überfahrten zu erfundenen glücklichen Inseln, Ausgeburten des Stumpfsinns vom Weiberrock zur roten Fahne, von der Auslage in den Kohlenkeller der Gauschulungsburg. Vittorias Triumph? Ihre Prophezeiung, daß er allein nicht weit und bald –

Sie wollte ihn von der Brücke wegführen in ihren Keller, einsperren in ihrer Obhut ohne Licht und Sommer, eine Märchenhexe mit anderer Logik und Miedern für die Gedanken, dankeschön sagen die Gefühle, wenn sie hassen, Revolte ist Unterwerfen, ein Gestrampel gegen seidene Daunendecken, Verzweiflung als Gekicher. Einer Charlotte bei Vittoria hätte kein Russe etwas getan. Vittoria führte einen Salon, in dem Surkow und Platgrin ein und aus gingen, sie schlief mit Surkow, ein Mann nach meinem Geschmack, sagte sie, sie lebte auf, du wirst es bedauern, bei mir würdest du nichts entbehren, Maxim bringt Kleider, das Wasser würde dir im Munde zusammenrinnen, Pia besitzt schon zwei Pelzmäntel, ohne Gegenleistung versteht sich, ich verschmähe natürlich alles, nur bei Teppichen kann ich mitunter nicht widerstehen. Schade, sehr schade, daß du nicht vernünftig gewesen bist, es ist dein Schaden. Und mich so zu versetzen, weißt du, aus purer Dummheit, du wirst es bereuen –

Er hatte ihr lachend zu verstehen gegeben, daß er sehr zufrieden sei, nicht mehr so tänzeln zu müssen, wie sie pfeife. Ihr Getue brachte ihn in Rage, eigentlich war es sein eigenes, das ihn bis zu Gestotter ergrimmte. Sprach Vittoria mit ihm, mußte er sich eine Zeitlang bemühen, nicht mehr wie Charlotte zu tun, waren sie allein oder nicht. Kruzitürken noch einmal, könnte dir so passen, daß ich Surkow bediene, wenn er sich bei dir ausgegeben hat, und dich dazu! Natürlich, fauchte sie, es tut dir leid um die Bonbons und die Dessous, die du deiner dreckigen Polackin angezogen hast. Wie kann man sich derart vergessen!

Bei aller Dankbarkeit, sie solle sich in acht nehmen, er spiele sich auch nicht zum Sittenrichter auf und Fela sei. Er zitterte, wenn er daran dachte. Die eifersüchtige Alte, die Felas Geschlechtskrankheit erfunden hatte, die, die, die mit zwei Iwans zugleich, die sich mit gestohlenem Zeug beschenken ließ und jeden Sonntag in die Kirche ging wie vorher, die Schutzherrin der Stadt, zu der alle liefen um Hilfe und Rat, die alle liebten, die machte, was ihr einfiel, die dem einen mit einer Szene auf der Kommandantur oder auf offenem Markt zu einem Fensterpolster wiederverhalf, die den nächsten ohne jeden Einspruch delogieren ließ mit zwei oder sechs Kindern, egal, sie war die wundertätige Mutter. Sie spielte ein gefährliches Spielchen, Surkow hatte schon einmal nach der Pistole gegriffen, wußte Raimund, der gefürchtete rote Starost, der sich abrackerte wie noch nie. Vittoria an der Wand, Hoffnung des Deserteurs, Zuversicht des Eingesperrten trotz Ekel & Einsicht. Wenn jemand, dann sie. Vittoria aus Koks und Schimmel, Arche des Unflats, Götzenbild an der Wand, hör meine Bitte, die ich unterdrücke, für die ich mich schäme, denn ich denke sie längst, ich bin dabei, die Gedanken an Fela zu verraten. Ich möchte mein Glück ungeschehen machen, den wirklichen Traum, ist er es gewesen, ist sie wirklich wirklich gewesen, je so wie Vittoria, scheußlicher Fleck an der Wand, Feuchte der schwitzenden Mauer über dem Stroh, Gespenst im vermodernden Hirn, im Pimpel? Hilf mir, ich will, ich will und ich habe, nein, ich habe nicht wollen. Sonst hätte ich es getan. Nichts wäre leichter für einen Feigling gewesen, vom blutigen Kobielski, vom wirklichen Tod wegzulaufen, wegzuschleichen, sich wegführen zu lassen. Das Entscheidende war getan, die Wehrmacht weg, Lubits in Unterhosen aus der Stadt gelaufen, Charlotte hätte Charlotte bleiben können, eine natürliche Reaktion angesichts der Därme, Beharrungsvermögen, Angst, Zuflucht, Sehnsucht nach dem bewährten Port, eine Flut beliebig vieler Vokabeln, Treue zur Retterin, die Peinlichkeit vor den Leuten nach allem plötzlich als Mann, der sich so, ein Deserteur, der sich jetzt aufspielt, pfui Teufel, das schamlose Miststück, wir werden es, wenn wir, wir kommen wieder – für die Vertreibung von Lubits wirst du mich loben, du wirst lachen, daß deine Schenkel bibbern, ein Erdbeben, das sich ausbreitet über die Haut, ich bleibe vorläufig hier, du hast vollkommen recht, alles andere ist verrückt, ich bin dem nicht gewachsen, den Einzug der Russen sehen wir durch den Vorhang, es wird nichts passieren, du kannst kroatisch, woher eigentlich, ich slowenisch, Pia –

Mitgegangen um wegzugehen. Ein Mann ließ den Salon Frauenheil hinter sich, in SS-Stiefeln, als wäre er nie in hochhackigen Pumps gestelzt, ein Mann in Überfallhosen, in der Tasche am Knie das Fallmesser, er organisierte in den folgenden drei Ewigkeiten eine Treppe mit rot-weiß-roten Armbinden, die Pia auf der Maschine, Miederflieder und Ripsweiß, erzeugte. Versprengte aus der Gegend, Tichy, Genosse Wilddieb, der Henkersergeant, ein Franzose, acht Mann, zwölf, schließlich zwanzig und ein MG. Die Brücke fest in unserer Hand, Stützpunkt Raimund, Wazurak der sich überwunden hatte wie Charlotte Kommandant, Partisan für einige Stunden, Raimund entrollte das letzte Banner Rotweiß-rot, die Heckmayrfahne, hier war sie wiedererstanden, ging in Stellung an der Brücke, im Stadtpark, Barrikaden gegen den Fluß, gegen die Straße. Einzelgänger, Verwundete, kleine Trupps, blieben stehen, wollten in Deckung, versuchten zu fliehen, ergaben sich, Hände hoch durch die Sperre, die Waffen klirrten, ein Haufen Metall, den einer sortierte. Kapo Bahnert dachte, er werde erschossen, Tichy wollte alles gefangennehmen, im Turnsaal war Platz, wir brauchen Geiseln. Andere murrten, Palaver der Revolutionäre angesichts ihrer Opfer. Felix entschied, er war und blieb Kommandant, die anderen wollten es so, er hatte die Initiative ergriffen, er sollte sie auch behalten: Abzug ohne Waffen, Durchzug schnellstmöglich durch das Stadtgebiet, dann macht, was ihr wollt. Auf den Bergen ist die SS, sie wird euch freundlich begrüßen. Sind froh, daß es aus ist, sagten ein paar, die anderen schwiegen, alle glücklich, daß die Brücke noch stand, das Wasser war kalt und reißend, sie hatten es woanders versuchen wollen, aussichtslos, sind keine Selbstmörder, nicht wahr. Gemma, schrie Tichy. Paßt auf, hinter uns ist der Iwan, sagten sie zum Abschied.

Er kam nicht. Sah er die weiße Fahne am Kirchturm nicht? Motorengeräusch, ein einzelner Pkw. Deckung oder nicht? Ein deutscher Kübelwagen war es, der mit kreischenden Bremsen stoppte. Ein Leutnant, drei Mann mit roten Armbinden. Hoppla, was ist hier ausgebrochen, das ist doch – das war der Rückwärtsgang, das war das MG, das schoß. Felix verschob den Lauf, ein Fliegenschißmuster kerbte sich stäubend in den Gasthof zur Sonne. Narr, sagte Tichy, das ist die Heeresstreife, die jeden umlegt, der nicht mehr will. Der Kübelwagen verschwand. Später lag er hinter der Bahn. Ausgebrannt. Gegen eine Telegrafenstange gefahren, absichtlich oder nicht. Die Besatzung, weiß Gott, ob verkrümelt, beim

Iwan oder bei Gott. In der Brückengasse schoß der Doppelposten ums Hauseck. Warum hatten sie dort keine Barrikade gebaut? Taktik eines Rekruten. Felix sah Kobielski liegen, die Möven flogen auf, standen schwingenschlagend in der Luft. Der Volkssturm griff an, Karabinerfeuer in den Himmel, Kravogl wurde nachträglich auch erschossen. Die Möven waren gefeit. Felix und der Pole liefen hinüber mit dem MG, es belferte gegen den Marktplatz und still wurde es Mittag. Die Turmuhr schlug, die Möven sanken aufs Wasser, zwischen zwei Fronten schwamm die Freiheit im Schnaps des Franzosen, Flasche von Gurgel zu Gurgel, scharfer Korn und die Fahne von dem Balkönchen, auf dem Wazurak stand als Gespenst Leon Blums, Schutzgeist der Seinen, Victor Adlers bleiche Wiedergeburt, Trieb im Kartoffelkeller, bleich aber rührend, einmal keine Angst haben. Dann wenn es am gefährlichsten ist, Maximen unklar heroisch und zum Wegschmeißen wie das Soldbuch in der Arschtasche. Ungelesen weg damit. Ein bißchen Kameradschaft, bevor die Russen kamen. Die Kameraden Partisanen wollten keinen Orden. Oder? Sie wollten niemanden umbringen. Oder? Sie wollten, daß die Brücke nicht in die Luft flog. Daß die Stadt nicht zerschossen wurde, in der keiner von ihnen daheim war. Oder? Warum also? Ein Indianerspiel in der Endphase einer mit riesigem Aufwand für die Jugend der Welt inszenierten Passion mit echten Toten? Kusch, Felix. Der Schnaps rann durch die Kehle. Jetzt nicht allein sein, nicht an die Möglichkeiten denken, die für Felas Ausscheiden aus diesem Treiben irrsinnig gewordener Karl May-Leser bestanden. Wenn er sie nicht wiederfand, wozu dann der Aufwand, fragte er sich und sagte trotzdem zu sich trotzdem, Karl May-Leser, der sich nicht verleugnen wollte, Apache zwischen übermächtigen Stämmen, Rotweißrothaut. Wenn alle untreu werden, so werden wir es auch, grölte ein Kamerad, aber nicht dir, Glatzkopf. Gefällst uns. KZ-ler oder? Tichy erzählte die Charlottengeschichte. Er wußte sie schon, die Sandsäcke hüpften vor Lachen. Felix lachte Tränen über sich selber. Das waren

Stunden, was, Raimund, bestätigten sie sich nachher. Was könnte man alles darüber erzählen, es reicht nicht hin, wie man es anfinge, und war doch ganz einfach. Eine Gruppe Banditen im Niemandsland, ein schwuler Fotograf mit einem Gesicht, das dreißig Jahre vorher modern war, auf dem Balkon die österreichische Fahne zwischen zwei gebleichten Geweihen. Raimund Wazurak ähnelte auch Peter Altenberg.

Eine Manie, die Gesichter zu vergleichen. Impotenz der Fantasie, die zum Klischee drängt, nachher. Als könnte das der fliehenden Vorstellung Schärfe zurückschenken. Jedes Wort zuviel. Die Sonne schien, die SS gab keinen Schuß ab. Die Wälder schwiegen, die Turmuhr schlug. Die Russen kamen nicht. Abgezogen, versickert? Der Krieg war eingeschlafen. Die Kumpel wollten plündern. Felix schickte drei Mann in die Stadt um Verpflegung. Die Geschäfte waren ratzeputz. Wieso? Die Straße war doch seit Stunden leer. Von hinten, Mensch. Ach so, na ja. Aber die drei hatten doch Beute gemacht. Jeder einen Kranz Blutwürste um den Hals, stiegen sie auf die Barrikade. Blutwürste mit Graupen statt Speck, mit Thymian und Majoran gewürzt –

Felix hatte Hunger, von Tag zu Tag ärger. Die Vorstellungen reduzierten sich auf Speckschwarten, fette Einwickelpapiere, die graue Kommißstreichwurst, den Kunsthonig aus Tangermünde, duftend nun nach Lindenblüten. Felix verlor seine Hose, hielt er sie nicht. Die fette Charlotte, der gutgenährte Barrikadenkämpfer ohne Kampf: in der Schulungsburg gab es Kartoffel- oder Gemüsebrühen, sie wurden dünner, die Brotschnitten kleiner. Zigaretten fehlten. Höchstens beim Verhör tauchte eine auf, rollte vor ihn hin. Er widerstand mühsam –

Sie rauchten auf der Barrikade. Der Franzose hatte in der Sonne große Kartons entdeckt. Sie warteten und wachten, um bereit zu sein für den Einmarsch, wachsam auch gegen die eigenen Wünsche abzuhauen, jeder wollte es. Nicht nur Felix. Die Russen, na ja. Man sprach sich Mut zu in dieser Beziehung. Was verdankten die nicht diesem Häuflein? Stünden sonst an der Brücke, die Brücke, wo Brücke, Kamerad? In der Luft, Towarisch. Aber wo Iwan?

Schloß Paumgarten konnte nicht stark besetzt sein. Wenn Felix nach oben geholt wurde, nicht oft, es ging noch auf die Finger einer Hand, ging es durch leere Gänge, hie und da ein alter Wochenspruch in Fraktur, mehr davon als sichtbare Russen. Vielleicht war in anderen Trakten stärkerer Betrieb. Das Offizierskasino im Palais oder wo? Er war kein Agent, es war egal. Nichts wie raus, sich anfressen und schlafen. In einem Bett. Schluß mit Politik und Aktion. Das bisherige für ein Leben genug, ab zur Tante als Schande der untergegangenen Nation. Die Eisenbahn war in Betrieb, sie jaulte herauf vor Schlechtwettereinbruch. Vonnichtsmehrwissen-Maxime? Noch immer nicht. Was Charlotte nicht gelang, gelingt Felix nimmermehr: wer saß hier noch in Gewahrsam? Könnte Aufschlüsse geben. Manchmal heulten nicht nur Lokomotiven. Waren es betrunkene Russen, Alkoholorgeln statt Lungen unter der Bluse, wurde hier gefoltert wie bei Krasnow? Kommissar Platgrin, natürlich ein Jude, liebe Tante. Es wäre kein Wunder, wenn sie uns – hoppla, ich bin Deserteur, ich habe mein Leben riskiert, ich habe erstens, zweitens und zehntens. Es jaulte wie wenn. Wie wenn es eine Frau wäre. Ein Mann kann nicht so jämmerlich quietschen. Sich sträubende Stoppelhaare: Hatten sie, was wäre, wenn sie Fela in Arbeit hätten mit Nagaika und Schwänzen, mit nassen Stricken, mit –

Konnte Fela hier sein? Sie war verschwunden, vom Erdboden verschluckt am 19. Mai. Um halb drei hatte sie Wazuraks Bude verlassen, um Vittoria die Bilder der Russen zu bringen. Surkow und Stab in Gala, koloriert von Fela, die das am besten konnte. Die Aufträge häuften sich. Bei Vittoria war Fela nie angekommen. Verläßlich. Derart lügen konnte auch Vittoria nicht. Sie schaltete sich selber in die Suche ein. Raimund und Felix, die Kommandantura. Dort wußten sie nichts. Wirklich, nichts. Vor einer Stunde ist ein Repatriierungszug abgegangen. Ist möglich, daß Fräulein Pomorska ihn hat genommen. Frist schon überschritten gewesen. Am

Bahnhof wußten sie nichts. Ja doch, ein Russenzug, das schon. Maschinen und beschlagnahmtes Zeug. Betten und Schränke, das meiste bereits hin. Auch ein Personenwaggon war dabei, richtig, Polen? Wer unterscheidet das Gesindel, pardon, nein. Dieses Fräulein, Ihre Braut, wie Sie sagen, nein, sicher nicht, war nicht dabei. Die Erinnerung streikte, versagte den Dienst wie die Beine damals, Tränen Charlottes in Felix' Gesicht. Und ein Summen, ein Bienenschwarm in der Ferne, anwachsend der Ton schwärmender Bienen, nur tiefer, penetranter, Hummeln, Hornissen, Flugzeuge. Amis noch einmal? Es waren Panzer. Die Uhr schlug vier, das Brausen nahm zu, es klapperte dazwischen, schepperte, wurde mehrstimmig, vielstimmig, füllte das Tal, der Boden dröhnte, das MG brummelte mit, schreiend verständigten sich die Männer auf der Barrikade, begannen sie auseinanderzureißen, in den Knien summten weiter die Bienen, aber die Knie blieben durchgedrückt, der Franzose hatte blühende Zweige in der Hand, der Sergeant sagte: Das sind sie. Heilige Mutter Gottes von Jasna Gora. Das Pflaster klirrte, unter der unsichtbaren Vorhut rumpelten schon die Bohlen, Wazurak hatte die Leica in Händen, die Fahne Heckmayrs hing traurig darüber, das einzig Unbewegliche – da kamen sie, Panzer grüngrau wie die anderen Panzer, Panzer mit höheren Türmen, die Rohre schwenkten in die Kurve vor der Bahn, sie fuhren im Schritt, hielten an, der Lärm in den Ohren nahm nicht ab, an den Straßenrändern schlichen geduckte Schatten, waren da, wo vorher nichts gewesen war. Der Franzose schwenkte die Zweige, Männer in verschmierten Wattejacken lautlos, die Augen weiß in Gesichtern aus Staub, sie erkannten die weißen Fahnen, umringten den Franzosen, die Gruppe an der Brücke, drängten sie zur Seite, die Panzer ruckten gleichgültig an und rollten mit aufgesessener Infanterie gegen die Barrikadenreste, das Spielzeug splitterte, die Bohlen begannen zu trommeln, der erste Panzer unter Kravogls Socken. Der zweite Panzer, der dritte, der fünfte, siebente. Elf waren es. Aus dem fünften sah ein Lederkopf geradeaus, vom nächsten winkten die erdigen Infanteristen hinter den Türmen zurück.

Am 19. Mai fuhren keine Panzer wie am 7. April, aber der Bienenschwarm summte, die Erde dröhnte genauso. Wir sind keine Kindermädchen, Herr Golub, sagte Platgrin abends bei Vittoria, wird schon kommen das Fräulein, wenn es nicht repatriiert worden ist. Frauen entschließen sich schnell. Ich werde mich erkundigen, ich verstehe, Sie werden erfahren. Besser, wenn repatriiert, günstiger ein plötzlicher Schmerz als ein endloser Abschied, kennen Sie Tschechow? Der sagt so. Das Fräulein ist ein gutes Fräulein, wenn es das so gemacht hat. Ach, Kleines, sagte Vittoria –

Plötzlich verschwunden, plötzlich aufgetaucht. In der Brükkengasse verschwunden, aufgetaucht im Stadtpark mitten unter kampierenden Soldaten, zwischen Leiterwagen und räudigen Kleppern, im Schein der Lagerfeuer, die sich um die SS nicht scherten. Kolonnen waren den Panzern nach über die Brücke, ein erdiges Gewimmel, Pelzmützen, Stahlhelme ohne Rand, Gamaschen, Stiefel, alles auf weichen leisen Sohlen nach dem vielen Eisen, das drüben in die Wälder getaucht war, verstummt, verschluckt wie Fela gewesen war, die da kam, nur Felix sah, daß sie es war, er sprang auf, ob er durfte oder nicht, sie waren entwaffnet und nicht erschossen worden, obwohl einer irgendwas gebrüllt hatte, Faschist jedenfalls, ein anderer, Dickerer war gekommen: Awstrizi! Ein Lächelnder mit einem Goldzahn, da kam Fela, Felix erkannte sie auch als Mann, auch sie trug sich als Mann, sie stak in verdreckter Uniform, eine Eisenbahnermütze tief in der Stirn, schlenderte vorbei, wollte es, ein betrübter Schlachtenbummler. Fela, rief Felix, sie reagierte nicht, ging weiter zum Jahn. Beim Turnvater dann: Fela! Sie stieß seine Umarmung zurück, mit einem Fluch oder was, er ließ nicht locker, warf ihr die stinkende Mütze vom Kopf, ein Russe sang, eine Amsel flog auf, es war Fela, die kratzte und biß, nichts begriff, was ihr Felix sagte. Er mußte stärker sein als sie, mußte, mußte es unbedingt, sie hatte etwas wie einen Schlagring, er keuchte:

ich, Mädchen von gegenüber, bin kein Mädchen, verrückte Person, da ist meine Glatze. O Gott, sagte Fela und ließ sich an der Hand führen, ins Haus führen, weinte und lachte, fiel ihm um den Hals und fühlte, ob er nicht doch einen Busen besitze, Raimund kam mit Blutwurst und Brot. Sie stopfte es in sich hinein, Felix ließ sie nicht fertig essen, ließ sie doch, richtete ein Bad, alles funktionierte, nichts war gesprengt, und Fela –

Fela kam im Kimono und bestaunte Charlottes Gewand, griff alles an, knitterte herum, kicherte, begriff allmählich, daß Felix ein Deserteur war, daß die Sachen von Mieder bis Mantel ihr gehören sollten, sie wollte nicht, nicht jetzt. Sie war stur und wollte Männerkleidung anziehen, ihr verdrecktes Zeug, jetzt gleich, ja was denn. Stück für Stück hängte sie Charlottes Garderobe in den Kasten, Felix brachte ihr, also gut, wenigstens ein sauberes Hemd, Socken und eine Gatje von Raimund, stand mit dem Kimono in der Hand folgsam vor der Tür seiner Kammer und wartete auf Fela. Also so und sag bitte niemand, daß ich. Niemandem, Fela. Icheiße Felix, ducheißen Felix, sagte sie und war so müde, daß sie kaum mehr gehen konnte. Zwei Tage im Schluf unter dem Stellwerk gesitzt und gewarten. Sie schlief ein. In Raimunds Wäsche. Nein, kein Nachthemd. Später. Hoffentlich. Felix konferierte mit Raimund, draußen war Lärm, auf dem anderen Ufer wurde geschossen. Pferdewagen klapperten über die Brücke. Wie in Galizien, sagte Raimund. Hinter den Panzern kommt Rußland mit Panjewagen in einer Wolke Machorka. Die Polin fürchtete sich, du weißt wovor. Nur Männer, sagte Felix wenig später, hob drei Finger hoch und zeigte auf das gestempelte Papierchen, das Raimund dem dicken Russen entlockt hatte. Es klebte in der Auslagentür. Der Towarisch torkelte, schlug Felix auf die Schulter und verschwand in der Nacht. Felix war kein Russe, aber er überlegte, ob er nicht doch gleich. Er konnte kaum mehr stehen, das Pervitin verlor seine Wirkung, die Freiheit aber, Fela war da, er drückte behutsam die Klinke, und kroch zu ihr ins Bett, Fela murmelte etwas, sie hatte ihn gehört, vielleicht erwartet, sie streifte die Hosen hinunter, er sollte kein Licht machen, sie legte sich seufzend zurecht, ein Tribut, den sie zahlen mußte, sie benahm sich als Opfer, prosze pana, er stutzte, aber er lag schon auf ihr und konnte nicht, was er wollte, so sehr er es wollte, es ging nicht. Er küßte sie, er wollte sie küssen, aber sie wollte das nicht, sie drehte sich um, ihre Schultern zuckten, seine vielleicht auch. Sollte er gehen, er streichelte sie, hörte sie schnarchen, schlief ein. Es erwachten beide von Geschützfeuer drüben am anderen Ufer. Weit oder? Die Nacht dröhnte, die Dachziegel schepperten, das Haus bebte ärger als bei Föhn, die Bettstatt begann schüchtern zu quietschen, Messingbett der Beate, der Charlotte, Bett von Fela und Felix. Die Katjuscha heulte über die Dächer, Geisterbahn und Gewitters Rolldonner, Magnesiumblitze durch die Verdunklung, Fela aus Muskeln, Fela aus Haut und Sommer, Haarflaum und Hals, Lippen und Zähnen, hier schwabberte nichts, quatschte nichts, sie wollte das nicht und jenes nicht, wozu auch, die Stalinorgeln jaulten, Maschinengewehrfeuer hallte dazwischen wie in einem riesigen Saal, Fela und Felix, dort war der Krieg und da war das Pumpen der Lungen, das Schwitzen der Brüste, das Federn der Bäuche, die Kraft in den Schenkeln, die große Stummheit im Lärm der westlichen Schlacht, die in der nächsten Stunde, aber in dieser nicht, in dieser nicht, Fela, du bist da und ich lasse dich nicht mehr weg, nicht mehr aus, nicht mehr allein, nicht alleinsein, hörst du –

Es raschelte das zusammengelegene stinkende Stroh, ein ferner, letzter Hauch des Sommerausbruchs am 8. April, des Fleisches, das nach Brot roch, nach Heu und Thymian. Fela zwischen den Brüsten, im Nacken im Nabel unter den Achseln Fela mit Sehnen und Adern, Zunge Kniescheiben Schenkeln perlendem Schweiß und Gänsehaut, Muttermal auf der linken Brust und Punkten in den Augen, Fela stumm und leise jauchzend, sie wollte nicht laut, sie genierte sich, wenn ihr Luft auskam, sie bekam rote Flecken bis zu den Schlüsselbeinen, Fela nackt und im Mieder, verkleidet als Dame, wie sie sagte, nein sitzend nicht, das nicht und dann doch, Fela in Leinenhosen von Raimund, die Ripsbänder bindend, Fela lachend, Fela traurig, zornig, von hinten und vorn, oben und unten, Fela –

Fela mit Raimund und Parotin, Tichy und Leszek dem Henker, mit Plabutsch (ja ich leb noch, hab nicht Angst, Bäkker, ich bin katholisch), mit Vittoria: Sie sind eine, wie sagt man, Zauberer, haben einen ziemlich gesunden Mann so lange als Mädchen herumzappeln lassen. Haben ihm den dummen Kopf geschoren, damit er überlebt. Ich möchte für Sie etwas tun, gnädige Frau! Vittoria nicht unbeeindruckt: Liebes Kind, er wäre ganz begabt für weibliche Rollen, nur leider zu dumm, wissen Sie. Und Ihnen passen Stiefel besser als Stökkelschuhe, diese Welt ist eine Welt, die man nicht ärger träumen kann. Wenn Sie auf mich hören wollen, dann bitte gefälligst, lümmeln Sie nicht so herum, in Mitteleuropa sitzt man als Weiblichkeit nicht verkehrt auf dem Sessel, auch wenn man verliebt ist. Sei ruhig, Felix, es ist richtig. Sie müssen noch viel lernen in puncto Benehmen. Fela schaute zu Boden und ließ sich abends von Felix schön machen, setzte die Perücke auf, brünetter Bubikopf schief vor Eifer, in diesem Zustand schielte sie tatsächlich. Sie freute sich kindisch, in Charlottes Sachen zu passen. Sie stolzierte herum und ließ die Knie möglichst zusammen, wie ihr Felix gezeigt hatte. Raimund starrte auf den Hintern, der das Kleid zu sprengen drohte, sie sagte: Bütte benehmänn Sü sich wie ün Mütteleuropa, Sü, knücksen Sü, wenn oine Dame auf Sü vorgäht, Sü sünd oin löcherlüches polnüsches Dünstmödchen, Sü. Raimund applaudierte, Felix knickste gefälligst, Fela kippte aus Pumps und Rolle, die Stümme Vittorias wurde klein, weinerlich und sagte: Mir geht hier so gutt und was ist zuhause? Wer lebt noch? Ich, ach Gott, seid nicht böse, ich soll nicht Dummheit machen, ich muß heim –

Es war noch Krieg, man konnte ihr sagen, daß noch Krieg war, nur zehn zwölf Kilometer westlich, wo die Berge höher und schroffer wurden, hielt die deutsche HKL allen Angriffen stand. Man hörte den Gefechtslärm manchmal stärker, manchmal schwächer, nie so wie in der ersten Nacht, aber er war da, die Leute flüsterten vom großen Gegenschlag, der kommen werde, kommen müsse, sie flüsterten nicht mit Worten, nur mit Blicken, wenn sie nach Westen sahen, wenn sie den kleinen Kalmücken oder Tataren oder was es sonst war, nachsahen. Die Russen ihrerseits klopften an Haustüren, die verrammelt waren entgegen dem Verbot, entgegen ihrem Verbot klopften sie und schlugen die eine oder andere Tür ein, dieses oder jenes Fenster, suchten versteckte Soldaten und meinten Frauen, die über Nacht gealtert waren. Vermummte Großmütterchen allüberall, ungewaschen, gebeugt, pickelig, ein Volk in Fetzen. Trauernd. Wer das Haus verlassen mußte, huschend. Vittoria strahlte, hochbusig wie die Offizierinnen, die es zu sehen gab, aber elegant und von der Stadt hingebend verehrt. Die Hilfspolizei, die dieser Felix Golub kommandierte, jeder wußte, wer das war, rief man, wenn sie gebraucht wurde, auf alle Fälle. Mitunter richtete dieses Gesindel etwas aus, mitunter nicht. Felix hatte weniger Illusionen (diesbezüglich) als Bürgermeister Wazurak. Dem dicken Stadtkommandeur verantwortlich waren beide, Starost und Chef von elf Mann. Größer durfte die unbewaffnete Truppe nicht sein. Sie hatte für Ordnung zu sorgen, was denn, für die Ablieferung der Rundfunk- und Fotoapparate. Raimunds Geräte hatten nach Diskussion Dispens, der Rest lag in der Grube unter dem Schreibtisch. Hitlerbilder mußten nicht beschlagnahmt werden, sie hatten sich von selbst empfohlen. Wenn man wollte, fand man im Park ein paar Dutzend. Manchmal las dort der Wind die Bibel der Deutschen, Franz Ehers Fraktur bleichte unter Hecken. Von den Russen verhaftet war zunächst niemand worden, sie hatten nur ukrainische Landsleute weggebracht. Eskortiert wie vor der Erschießung. Wirklich erschossen hatten sie zwei Einheimische, einen Arbeiter der Wurstfabrik und den Uhrmacher. Beide wegen ihrer Frauen. Der dicke Major sagte kategorisch: Sie waren Faschisten und haben dem Armeebefehl II Widerstand geleistet. So übersetzte der Dolmetscher, ein spindeldürrer Litauer namens Rajteris. Das war nicht mehr zu erörtern. Semjon Semjonowitsch Parotin mit dem Goldzahn war von Beruf künstlerischer Direktor der Oper (?) von Rostow am Don. Er sagte zu Raimund, er solle arbeiten wie Stanislawskij, realistisch, Starost, keine großen Tiraden, kein Futurismus, ganz kleine Schrittchen dem Frieden entgegen, damit du nicht stolperst. Rajteris verdrehte die Augen. Sergeant Leszek, aus der Stadtgarde ausgeschieden wie alle Ausländer, Befehl Nummer sowieso, Absatz 3, verabschiedete sich eines Nachts, lang nach eingetretenem Ausgangsverbot. Es gefalle ihm nicht mehr, er wolle auch nicht heim, er gehe nach Italien zur Armee Anders. Er habe trübe Gefühle: ein Traum, daß mich die Deutschen an die Brücke hängen, hat seine Bedeutung. Deutsche und Russen unterscheiden sich nur durch verschiedene Art zu marschieren und zu rülpsen. Fela sollte nach Radom Grüße schicken, wenn sie heimgekommen sei. Er ließ sich nichts ausreden. General Anders ist Polen mitten in Rom oder wo sonst. Fela stammte aus Sochaczew an der Bzura, ihr Vater war Eisenbahner. Ein großer Knotenpunkt sind wir. In der Nähe ist Zelazowa Wola. Chopin unter riesigen Birken. Eiserne Freiheit, grüne Melancholie in Felas Augen, pathetische Takte. Felix beschwor sie zu bleiben, ja, für immer, er wollte sie heiraten, sagte es, sagte, es werden wieder Briefe gehen und wir können einmal miteinander fahren, in dieser Gegend waren keine Kämpfe, alles in Ordnung, sicher, ich spüre es, du mußt bei mir bleiben, wir werden zu leben haben, ich gehe arbeiten, irgend etwas, wir brauchen nur ein Zimmer, hier haben wir eines, aber wir gehen, wenn es geht, in meine Heimatstadt, ich werde studieren, nebenbei, das gehe, schwer & schön aber jedenfalls leichter als bisher, was kann uns noch etwas anhaben, Fela? Sie hielt sich die Ohren zu und schielte, sie sagte, sie sei zu alt und zu häßlich und nicht aus Mitteleuropa. Sie ließ sich einen Abend lang überzeugen, nickte und hatte am Morgen ein neues Unmeglich. Es war natürlich auch Taktik dabei, sie hörte es gern, sie wollte nur vorher, nur eine Woche, nach Hause. Ich möchte doch, daß sie wissen, daß du und daß ich. Und daß ich weiß, daß sie leben. Dann kannst du mich haben, wenn du mich willst. Ich heirate aber erst, wenn ich Haare habe. Nein, zwei Glatzköpfe heiraten. Es gibt sogar ein Brautkleid. Das wollte sie sehen, er zögerte, sie preßte ihm das Geständnis seiner Abenteuer mit Vittoria ab, sie wurde sähr sähr traurig und sagte dann, solle er doch der General der Generalin werden, die Frau Baronin sei wenigstens nicht nur drei, sondern dreißig Jahre älter. Und hat sicher bei gar nix Bedenken und schielen tut sie auch nicht, auch Chopin hat für ältere Damen von Adel geschwärmt, ich bin Proletärin, ist halt so. Er betete die Litanei aus Dummheit und Liebe zurück, er schmähte Vittoria und sich armen unschuldigen Knaben in Spitzen und Speck der Baronin. Er begreife es nicht, sagte er, begriff es auch wirklich nicht. Ach du, ich habe meine Unschuld, heißt so doch, bei Windischreiter, du kennst, ist auf Urlaub gewesen, hat mit Polizei gedroht und dabei geprügelt, vorher nachher immer. Nachher noch ärger. Wenn ich sage, hat gesagt, dann – was dann? Sie sagte es nicht. Sie solle es vergessen, Windischreiter und Vittoria und Charlotte, Sochaczew sei nicht zerstört und wir, wir, wirwirwir –

Vittoria an der Wand sagte: Syphilis, ein Knecht von Windischreiter hat sie sich bei ihr geholt. Ich erzähle dir die Symptome, sie zeigen sich erst später, bei manchen nach Jahren. Felix war gekommen, um das Brautkleid zu holen. Sie gebe ihm, wenn er schön bitte, Bonbon und Kleid. Er wollte davon, da waren die Türen versperrt. Vittoria sagte: Die Syphilis ist ein Gerücht. Es gibt viele Gerüchte. Du kannst das Kleid haben, auch ohne Gegenleistung. Er wollte es nicht mehr. Jetzt nicht. Er ließ sich über Felas Qualitäten ausfragen, merkte spät, daß er nicht so schwärmen sollte. Hauptsache, du hast etwas gelernt bei mir. Viel war es nicht, vielleicht wird es für dieses Mädchen reichen. Ich habe mir Ersatz beschafft. Männer, keine armen Deserteure, die so geschmacklos sind, ihre Kleidchen weiterzugeben. Du bist sie mir eigentlich noch schuldig, aber ich schenke sie dir zur Erinnerung an deine ent-setzlichen Leiden unter dem Naziterror.

Felix log, Vittoria sei reizend gewesen, keine Anspielung, nichts Peinliches, nichts. Fela schaute auf die Bzura. Die Bzura schlängelt sich unter Weiden und Birken dahin, an vielen Stellen sieht man nicht, nach welcher Seite sie fließt. Felix sah die Bzura, die er nie gesehen hatte, er kannte sie, so mußte sie sein, grün in der grünen Ebene, Birken und Erlen, grau und silbergrün, Kühe, Weidenstümpfe, durch hohes Gras ging ein Mädchen weit weg, er lief ihr nach – ein Gesicht mit breiten Backenknochen, ein Totenkopf drehte sich um, eine Mumie mit bleckenden Zähnen, die sie nicht mehr öffnen konnte. War das Fela, war sie es nicht? Trieb sie mit Zweigen im Wasser, stand sie in Sochaczew am Bahnhof, eine Eisenbahnermütze in die Stirn gedrückt? Trug sie Uniform? Sie hatte Eisenbahner werden wollen als Kind. Sie stand auf der Schotterfläche zwischen Normalspur und Kleinbahngleise, einen Grashalm im Mund, sie lag im Wartesaal mit auseinanderhängenden Schenkeln, Windischreiter in Sowjetuniform zog sie aus, warf die Hose auf den Staubölboden, ein Mädchen im Brautkleid kam aus einer Rohziegelkirche, eine Orgel spielte Polka, ein Ringelspiel drehte sich im Turnsaal, Gehenkte tanzten an Kletterseilen über den Köpfen – Fela?

Beim Verhör fragte Felix noch einmal, er hatte es lang überlegt, Wort für Wort, Platgrin nahm überrascht den Blick von den Jagdstichen, er spielte mit Bleistiften, er ließ Felix reden, laut, lauter, Felix beschwerte sich und wollte Klarheit, Klarheit, das Mädchen ist meine Braut, was Sie erzählt haben, Herr Oberleutnant, ist völlig unglaubhaft, die Repatriierung kann nur unter Zwang, Terror, jawohl, faschistische Methoden sind das, sagen Sie mir, wo sich Fela Pomorska befindet, ich sage Ihnen dafür meinen Auftraggeber. Ich bin es, ich allein, ich habe mir erlaubt, die Brückensprengung zu verhindern und den Nazibefehlshaber davonzujagen. Es ist mir gelungen, durch Glück allerdings, die Stadt unbeschädigt bis zum Einmarsch –

– Sind Sie fertig, Herr Golub?

– Ich habe mir ferner erlaubt, während der Besatzung für Ruhe und Ordnung zu sorgen in Übereinstimmung mit dem Stadtkommandanten, von diesem und auch von Ihnen, Herr Platgrin, des öfteren belobigt. Ich will endlich wissen, warum Sie mich hier festhalten, ohne jeden Haftbefehl, ich will wissen, wo sich meine Braut befindet, ich will –

– Hören Sie zu, Golub. Sie reden da herum in einem Ton, den ich Ihnen gegenüber Faschisten empfohlen habe, ja ich weiß, im letzten Kriegsjahr, knapp vor dem Zusammenbruch der Hitlerarmee kann man auch als Mensch wie Sie Antifaschist geworden sein, ich weiß. Nachdem Sie offen gesprochen haben, werde ich offen reden, von Mensch zu Mensch, was sich in Widerspruch zu meiner Funktion befinden mag. Hören Sie zu. Die polnische Staatsbürgerin Fela Pomorska, gebürtig aus Sochaczew, ist von uns einvernommen worden. Sie hat mit Unterschrift bekräftigt, was sie zu Protokoll gegeben hat. Aus den Aussagen der Pomorska geht eindeutig hervor, daß Sie dem polnischen Exfeldwebel Leszek Kolarzik, gebürtig in Radom, dem mehrere Kriegsverbrechen zur Last gelegt werden, zur Flucht aus den sowjetisch besetzten Gebieten verholfen haben. Das weiteren haben Sie laut Aussage der Pomorska getarnt in sowjetischer Uniform beziehungsweise Uniformteilen im Bereich der Stadtkommandantur wiederholt Raubüberfälle durchgeführt. Zu diesen Delikten gibt es auch vielfach belegte überprüfte Aussagen der Bevölkerung. Wir stützen uns hier nicht nur auf die Pomorska.

– Das glauben Sie selbst nicht. Ich berufe mich auf Zeugen meiner Tätigkeit und ersuche, den Bürgermeister –

– Unsere Zeugen sind Ihnen nicht glaubhaft genug? Ihre Exbraut –

– Wieso Exbraut?

– Können Sie sich nicht vorstellen, daß jemand ein Verlöbnis löst?

– Warum lügen Sie! Sie haben keine Ahnung von Fela, Sie haben sie verschickt –

— Ich überhöre diese Provokation. Ich habe die Pomorska längere Zeit gekannt, sie, so sagt man doch im Deutschen, arbeitet für uns. Wo sie sich jetzt befindet, kann ich Ihnen im Interesse der Staatssicherheit nicht sagen. Nur soviel: Es geht ihr gut. Sehr gut, Golub.

Platgrin lachte sein trauriges Lachen: Sie müssen es mir nicht glauben, es bleibt trotzdem wahr, was wahr ist. Wollen Sie noch etwas wissen?

— Nein, danke. Oder doch. Nennen Sie mir einen einzigen von mir durchgeführten Raubüberfall! Und einen Zeugen dafür!

— Die Fluchthilfe im Fall Kolarzik geben Sie also zu. Ihr Gedächtnis bessert sich. Sie erinnern sich gewiß, daß wir Sie in der Bäckerei Plabutsch verhaftet haben. Alle dortigen Bestände an Brot und Mehl sind Eigentum der sowjetischen Besatzungsmacht. Sie wissen —

— Es hat sich um Schwarzbestände gehandelt! Während die Bevölkerung nicht einmal ihre Ration beziehen kann, hat Plabutsch unter euren Augen einen riesigen Schwarzhandel mit Hilfe von Angehörigen eurer Armee —

— Provokation, Golub.

— Die Kommandantur hat mich beauftragt —

— Provokation, Golub.

— Major Parotin —

— Provokation, Golub. Denken Sie nach. Oder wollen Sie hier noch lange herumsitzen?

Die Zelle, in die Felix stolperte, hatte ein vernageltes Fenster. Durch zwei Bretterritzen fiel so viel Licht, um zu erkennen, daß es kein anderer Raum war als das vertraute Quartier, es war nur der Landschaft beraubt, Dunkelhaft also, bis auf weiteres Nacht zur Verbesserung des Gedächtnisses. Das Gedächtnis dachte an Fela, aber Fela gehorchte nicht. Sie zeigte sich nicht nach dem 19. Mai, sie zeigte sich nicht mehr vor dem 19. Mai, das Gedächtnis produzierte nur Bilder der Wut, Windischreiter und Plabutsch, Plabutsch nicht mehr demütig und devot wie nach seiner Absetzung, Plabutsch als unverschämte Made im Mehl, sich widersetzend, zitternd und bleich zwar, aber mit Worten Warnungen maulend, Kommandantura, ihr werdet es bereuen, während sich die Säckchen häufen im verlassenen Zimmer der Tochter Radegund, unter den Federbetten sind sie feinsäuberlich geschlichtet gewesen, pralle Säckchen Weizenmehl, jetzt liegen sie auf dem gewebten Teppich, einem Geschenk von Glaube und Schönheit, Sonnenräder aus Stroh dekorieren die Wände, Sie werden das bitter bereuen, sagt die Bäckerin, das ist Hausfriedensbruch, ein Gewicht von fünf Zentnern ist im Bett gelegen, die Razzia geht weiter, Klein-Margarete sperrt vergeblich ihren Spielzeugspind ab, die Hilfspolizei schleppt, Felix sucht und findet Mehl statt Fela, besser Mehl als nichts, er findet hinter der Backstube Fahrtenwimpel, den Reichsjugendführer mit tausend stumm Kreischenden hinter ihm, sie haben alle die Rechte erhoben und grüßen das Brot, das sich hier stapelt, während das Geschäft seit Tagen geschlossen ist mit der Bitte um Verständnis, Bäcker und Bäckerin stellen sich schützend vor Wimpel und Bild, hinter der Jugend steht der oberste Führer in siebenfacher Gestalt, die Plabutschs verlieren die Fassung, das illegale Brot gestehen sie ungeniert, wir müßten ja verrückt sein, es nicht zu backen, wenn wir die Gelegenheit haben, Bilder und Wimpel sind Andenken sonst nichts, Radegund, sagt die Bäckerin und weint, wenn wir nur wüßten, wo sie ist, ob sie überhaupt noch lebt, meine Tochter, sie schluchzt, sie bietet Schmuck, wenn die Bilder nicht gemeldet werden, sie bietet einen Eid an, das Zeug zu vernichten, Felix sagt: Werdet selig mit diesem Gerümpel, mich interessiert nur, daß die Leute etwas zu fressen haben. Bei euch verschimmelt das Brot, da schaut euch das an, da! So weit sie zurückweicht, Felix erwischt sie, er wischt den Schimmel an ihrem Kleid ab, sie schreit und schluchzt, die Jugend grüßt eindringende Sowjets, die nicht die Bäcker und nicht die Hitler festnehmen, nur den lächerlichen Kapo ihrer Hilfspolizei, sie treiben ihn durchs Haus auf die Straße, seine Begleiter werden mit Kolbenstößen entlassen, er wird in einen

Jeep gelegt, mit Perserbrücken bedeckt und auf geht's, dawai und hinweg in ölstinkender Teppichnacht –

Nach Platgrin kam Surkow, der brüllte, wenn Felix erklären wollte. Es gab da nichts zu erklären, der Fall war klar, nur ein Protokoll zu unterschreiben. Felix weigerte sich jedesmal. Dann fragte weder Surkow noch Platgrin, sie schienen ihn vergessen zu haben, sie vergaßen auch das Brot für die Dunkelzelle, an das erinnerten sie sich schließlich wieder, und eines Tages war es Herbst, eine Morgenstunde mit Gold in der Runde, der Bäume Leuchten um Paumgarten trieb das Wasser in die Augen, talwärts ging es in einer Limousine am Jungwald vorbei in die Stadt, St. Florian goß sein Wasser in den Brunnen, vor der Bäckerei stand eine Schlange, der Adler schwebte über dem Wirtshausportal, der Salon Frauenheil zeigte Mieder in der Auslage, die Russen grinsten und schenkten Felix eine Zigarette, er rauchte. Alle Mißverständnisse lösten sich auf in der Versöhnung dieses Morgens, die Brükkenbohlen rumpelten fröhlich, das Atelier stand noch, die Turnhalle war unbeschädigt, vor Friedrich Ludwig Jahn hielt die Limousine, von der Turnhalle lächelten zwischen Fachwerk Lenin und Stalin, hinein gings zur letzten Formalität –

In der darauffolgenden Nacht fuhr ein Zug Richtung Fela, fuhr dann wirklich durchs wirkliche Polen, wenn auch nicht durch Sochaczew an der Bzura, er quietschte über Weichen, kreischte in den Kurven, er sprang nicht aus den Schienen, Felix kam an, alle anderen auch, keiner von vierzig war beim Transport verstorben, Stalin und Lenin lächelten freundlich, im ersten Frost wehten die Fähnchen über dem Tor.

Weihnachten, Fasching und Ostern. Schau her, sagte Benno, Sein oder Nichtsein lernte der Fahnenjunker der Waffen-SS und gab es fünfundzwanzigmal en suite in der Kulturbaracke zum besten, fünfundzwanzig Jahre sind lang, Ophelia, aber es waltet eine besondere Vorsehung über dem Fall eines Sperlings. Fela? Mach dich nicht verrückt, Ophelia, vielleicht hat sie dich wirklich verpfiffen, man muß auf Erden mit allem rechnen, wer hätte geglaubt, daß der Reichsführer Gift nimmt wie ein Jude, im Getto von Warschau haben sie gekämpft wie kein Werwolf zuhause, ob es von edlerem Gemüte zeugt, die Pfeile krausen Mißgeschicks zu dulden, ob sich zu waffnen gegen eine See von Plagen und durch kühnen Widerstand sie mutig zu beenden? Sterben, schlafen! Nichts weiter. Und du schreibst Briefe noch Sochaczew, schreib lieber, wenn du etwas tun willst, einen schönen Aufsatz über dialektischen Materialismus, er ist fällig, du diskutierst unangenehmer für die Brüder als dieser Benno, der hat nichts zu verlieren, du hast nur zwölf Jahre, die vergehen, wenn du brav bist, wie ein längerer Fasching. An deiner Stelle, Ophelia, würde ich alles dransetzen, ein Bolschewik zu werden, du hast gute Chancen, wenn du dich nicht mehr mit Benno abgibst, halt dich an die Richtigen, endlich! Die Ärztin zum Beispiel –

Felix schrieb Briefe an Fela, an Raimund, sogar an die Tante, es antwortete niemand. Also war es kein Beweis, daß Fela nicht lebte, nicht heimgekehrt war, nicht mehr wartete. Wie lange dauerte es, bis Felix einsah, daß es besser war, mit sich und den anderen auf der Basis von Einsicht & Aussicht zu diskutieren? Hatte er endlich begriffen? Er sah Sochaczew an der Bzura auf der Rückfahrt, es war Abend, es regnete nicht, der Zug hielt im Bahnhof. Felix hielt noch lange einen Zettel in der Hand, den er leicht hätte abgeben können, die Eisenbahner hatten gelacht, er hörte sie lachen bis in den Schlaf, bis in den Heilschlaf in der Grube. Drei Eisenbahner in Sochaczew mit einer Ziege am Strick, die graste am Schotter zwischen Normalspur- und Kleinbahngleise.

Ich habe begriffen, daß dem Bäcker das Mehl gehört, auch wenn andere hungern, ich habe begriffen, daß es begreiflich ist, daß ein Deserteur Dinge erlebt, die ich erlebt habe, ich begreife die Begriffe der anderen, ich habe lange nicht begreifen wollen, was andere so leicht begreifen wie die sieben Hauptteile des Karabiners 98 k, seine Funktion, ihre und meine. Ich begreife, daß es ein Glück ist, daß Fasching ist. Es wird jedes Jahr Fasching proklamiert, auf daß niemand auf die Idee käme, es wäre immerfort Fasching. Eine Sentenz, die ich in der Turnhalle geäußert habe, nicht zu den Russen und nicht beim Fest, sondern dazwischen. Gestern, nein, vorgestern schon, die Zeit rückt vor, ich habe mich rasch korrigiert, siehe oben, ich habe gesagt, im Fasching macht mir das weniger aus. Hätte ich sagen sollen, o weh, verschone mich doch, verschont mich, ich leide unter deiner Regierung, Prinz Pacher, ärger als unter Stalin und Hitler? So blöd bin ich, so könnte ich sein, wenn ich nicht begriffen hätte, ganz im Ernst, ich habe begriffen zu sagen, es sei ganz lustig gewesen, ich bin kein Zyniker, woher denn, ihr habt vollkommen recht, das kann man sich nicht entgehen lassen, wer ist eine Zielscheibe wie ich, aber das habe ich nicht gesagt, ich will kein Spaßverderber sein, ich habe unterschrieben und die Nachtschwester gespielt, sagt mir, was ihr noch vorhabt, habe ich gesagt. Wir haben nicht mehr viel Zeit bis Aschermittwoch, unser Fasching ist kurz, wir sind eine Kleinstadt, wir konzentrieren uns auf ein verlängertes Wochenende, nur du, sagt der Prinz und meint mich, hast uns (er ist ein kleiner Pimpf gewesen) länger zum Narren gehalten. Also schön, gebe ich zu, was hätte ich denn tun sollen? Ein Narr, pardon, Charlotte bleiben, sagt Susi, wir müssen uns auf jeden verlassen können. Wo kämen wir hin, wenn sich plötzlich eine als

Mann entpuppt, oder einer gesteht, er ist eine Frau, jeder desertieren kann, wie er will? Das geht höchstens im Fasching, sagt sie, und ich will wissen, weil Hilga Klarheit haben will, damit sie sich darauf vorbereiten kann, ich möchte das auch, ich will also wissen, was sie vorhaben. Sie sagen, du sollst als Fotograf zum Narrenball kommen, kein Kostüm, das wäre nur peinlich und uns keinesfalls recht. Hilga kann kommen, wie sie will. Ich bin glücklicher als in der Baracke, da der Natschalnik die Begnadigung mitteilen läßt, ein freundlicher Kalmück. Der Steirer Pacher ist kein Asiat, die Turnhalle ein feierlicherer Raum als die Russenbude, was denn, die Turnhalle ist erhebend schön in dieser Minute, ich habe zu meinem Erstaunen nichts mehr gegen die vier gebogenen F über der Sprossenwand. Frisch fromm fröhlich frei huldige ich Prinz und Prinzessin, der Turnsaalgeruch ist erträglich, das Sonnenrad ein Symbol wie andere auch, ich mache Vorschläge für die Dekoration, man hört auf mich, ich gelte etwas bei ihnen schon vor Aschermittwoch, Hilga ist glücklich, Fiala schreckt nicht, ich bin freundlich zu ihm, was sollen deine Bedenken, Raimund, meine Taktik ist richtig, ich habe nicht zuviel und nicht zuwenig Widerstand geleistet, diesmal nicht. Wo denkst du hin, der Hase läuft richtig, ich mache mich am Herrn Fasching zu schaffen, eine Karotte? Eine Karotte ist nichts. Eine Wurst soll ihm aus dem Hosenstall schauen. Ein Würstchen vom Lubits, sagt Susi, und Fiala bringt eine Krakauer, die er geschält hübsch arrangiert. Herr Fasching steht hinter den Kletterstangen bereit für seine große Nacht, gut geölt sind seine Räder, der Dietwart meint, es könnte aus mir etwas werden in Zukunft, Fiala macht Vorschläge, die nicht ohne Empörung zurückgewiesen werden. Er will, daß es Lose gibt, die jeweils für eine Stunde seine Ablösung bedeuten. Es wird ihm verboten, seine Soldatenmütze zu tragen. Er zetert, er muß sich vom Doktor Häubchen und Mull holen, wir werden dir geben, dich von deiner Aufgabe zu drücken, nimm dir an Herrn Golub ein Beispiel! Ich bin Herr Golub bei allen, es steht glänzend, denke ich, habe ich gedacht auch bei der Nachricht von Vittorias neuerlichem Kollaps, Raimund bringt die Kunde, die Leute lachen, die Alte ist auch nicht aus Eisen, kein Wunder nach dieser Nacht, sie wird zahm werden, sie schlagen mir begeistert auf die Schultern, was kann ich dafür? Meine Frage hat den Jubel erhöht, ich habe begriffen und geschwiegen, ich habe mich ausgeruht gegen Abend, Hilga ist allein zu Vittoria gegangen, Raimund hat sich alleine geputzt, man hat ihm Soutane und Chorhemd empfohlen, ich habe gewarnt, doch Sakrilege sind nicht immer Sakrilege, ich bin Anfänger, es ist mein erster Fasching im Frieden, ich begreife die Begriffe nur schwer: dem Bäcker das Mehl, dem Herrn Fasching aus Stroh seine Wurst. Das hat sie gefreut, ich weiß erst jetzt warum, ich bin ihnen unwissend absichtlich entgegengekommen, ich habe alle Pflichtübungen erfüllt, ich habe außerdem freiwillig –

– freiwillig, was? Freiwillig das alles, wieso, wo ist mein Wille gewesen, was will dieser Wille? Was sie wollen, kann er nicht wollen und hat es doch gewollt im Augenblick des Einklangs, des, ach wie ersehnten, unerwartet eingetretenen Augenblicks der spontanen Kommunion in der Turnhalle vor dem Ball. Wenn sie wollen, soll ich wollen, was ich soll? Sie und ich, Mehrzahl und Einzahl, ich gehe im Kreise, auch wenn ich liege, ich liege und liege ob ich will oder nicht, liege im Loch, ich wollte, es wüßte niemand, daß ich hier liege, wie es Vittoria empfahl, aber das kann ich nicht wollen, so komme ich nicht heraus. Ich wollte also um der Logik willen, sie wüßten es und wollten mich endlich holen. Ich will nicht mehr, wie ich nicht gewollt habe, und will zugleich widerrufen. Ich will gutwillig weiter. Mit guter Miene im bösen Spiel, mit böser Miene im guten, mit guter im guten, es ist ja ein Spiel, worauf ich vergesse, seid mir nicht böse, ihr Guten, ich liege zu euren Füßen, aber eure Füße sind woanders, schon eure Füße machten mich glücklich, wenn ich sie hörte, höre ich sie? Ich höre nichts, ich will und will nicht, ich will nichts, ich will sie vergessen wollen, weil ich mich meiner Eintracht mit ihnen schäme, nicht meiner Eintracht, nein, meiner Enttäuschung nachher, ist sie eine Enttäuschung über sie oder über mich? Über meine ehrliche Anbiederung, die sich entzückt hat über den unvermuteten Erfolg und die verheißene Schonung, denke, wer hier denken kann, ich kann es nicht, es dreht mich, sie drehen sich, ich sehe sie tanzen, es tanzt Platgrin mit Fela, von mir aus, Hilga mit Lubits, warum nicht, General Vittoria mit der Friseuse, nur zu, Almut sucht einen Tänzer, wie wäre es, Fiala? Ein Gespräch über Leutschau ist immer ein Labsal. Die Bilder verlieren an Schärfe, sie sind unterbelichtet, mein Interesse erlahmt, die Tante im Stechschritt zieht auf, aber man hört nichts. Bleibt wo ihr seid, würde ich sagen, läge ich nicht in der Grube. Ich brauche jemanden, egal wen, der mich hinausläßt, ich atme flach, so geht es besser als am Anfang, wie lange es geht, weiß ich nicht, die Leistungskraft der Lunge in diesem Verlies ist mir nicht bekannt, der Rekrut hat weniger Schwierigkeiten gehabt, die Bohlen liegen jetzt enger, Zufall, Absicht oder Einbildung, ich liege am Halfter, ich kann das Halsband nicht lösen, aber es würgt eigentlich nicht, wenn man nicht daran zieht –

Wollen sie, daß ich es tue, daß ich mich in meiner Schlinge erwürge, diesem Unfall zufällig erliege? Denunziere ich sie? Sie haben mich denunziert, aber wer ist es gewesen? Wie lange ist das her? Wie viele Prinzen haben indessen regiert? Kein Bild taucht auf, ich bin froh, ich kann atmen, ich möchte lachen, ich fürchte das Echo, ich werde sparsam mit meinen Gefühlen, meine Glieder schlafen, ich schlafe bald als ganzes Objekt, abgelegte Puppe vom letzten Karneval, Narrenkostüm ade, Fleisch lebe wohl, ich erinnere mich einer Predigt des Dechants, die auf Charlotte Eindruck gemacht hat, was hat Lottchen alles Eindruck gemacht, eine Maus als Ratte, Vicky Pisanič, die überlebensgroße Wachspuppe einer Königin von Montenegro. Staub rieselt in das Panoptikum, ich erinnere mich kaum, wie die Figuren zusammenhängen sollen, aus der Versenkung gesehen, bilden die Szenen keine verständliche Handlung, ich staune, sie miterlebt zu haben als Felix Golub, die Ratte als Maus, stets beteiligt, welch ein

Gehusche Gewolle Gerede Getue! Ein Zug an der Leine und das Halsband beendet die Geschichte, die komplizierter als die Erinnerung ist, der Erzähler stolpert erschöpft, verkriecht sich und stirbt, ungeboren im Loch verröchelt der Foetus, die Zukunft. Noch nie an Selbstmord gedacht? Ein Zeichen primitiver Vitalität, religiöse Motivik kann ausgeklammert werden trotz mancher Anrufung Christi, geseufzt gemurmelt gehaucht, eine gute Lunge ist etwas wert, ich warte weiter, sie werden, sie müssen ja kommen, sie sind keine Mörder, ich spreche sie frei von Mordabsichten an mir, von allen anderen Morden, Absichten, Träumen, ich bin Partei, welche verrückten Ideen im Halbschlaf, es wird Zeit, den Fasching wieder als Fasching zu nehmen, das Lächerliche lächerlich, Narr Golub erwache zur Narrheit, du hast nicht begriffen, was gespielt wird: es ist ein lustiges Ritual mit falschen und gebrochenen Eiden, ausgestopften Brüsten, zu Unrecht getragenen Kreuzen, plötzlichen Offertorien, dem Confiteor des ertappten Betrügers, wer oder was wird konsekriert, wer kann die einzelnen Nummern dieser Liturgie erklären, wer hat eine Erklärung versucht? Wie ist es zu Ende gegangen? Wie weit reicht das Schlußkapitel zurück? Ich weiß nicht mehr weiter zurück als in den Turnsaal. Belichten, Totale zuerst, die große Szene noch einmal, Höhepunkt der Saison, der Fotograf ungehindert unbekümmert am Werk –

ALLER ECHTEN WERTE Quelle ist dein Volk, in schwarzer Fraktur an die Wand und in die Herzen geschrieben, das wird nicht getarnt, das stört den Ball nicht, das gilt auch im Fasching, wir sind nicht so, wir lachen gern über uns selbst, wir haben Sinn für Humor, den müssen Sie erst entwickeln, versuchen Sie nur, es wird Ihnen gelingen, Sie leben dann anders, leichter, besser und schöner bewältigen Sie dieses Leben –

– Aber ja, warum nicht, Sie glauben, ich lache nicht gern und nicht auf eigene Kosten, Ihr verkennt mich, Prinz –

Felix verbrachte Stunden freiwillig im Turnsaal, half mit, ihn zum Ballsaal zu wandeln, hatte geholfen, hatte gewandelt, hatte Vittoria besucht, ein Vorwand, um Hilga zu sehen, um zu erfahren, in welcher Maske sie auftauchen wollte oder sollte, ein Vorwand nicht nur, Vittoria tat ihm nicht ohne Schadenfreude leid, sie lag perückenlos im Bett, mach dir keine Sorgen, lächelte sie mühsam, ich muß Kräfte sammeln, die Nacht ist mir zu turbulent, ich brauche Ruhe, ich werde mich ausschlafen, es ist alles geregelt, ich bin nicht mehr unbedingt vonnöten, keiner wird dir etwas antun, wenn du nicht aus dem Rahmen fällst. Ich werde mich hüten, hatte Felix gesagt, Hilga als Spanierin schwarz in schwarz war fremd und schön durch den Salon geschritten, Klischee in Klischee, Pia & Mia knicksten als weiße Erstkommunionkinder, als Felix ging. Eine stille Winternacht lag über der Stadt, Heimat & Herdrauch, ein Tropf, wer nur Spott hat, zähneklappernd wehleidig wird er zur Spottfigur für die anderen, gewiß: der Schaukasten dort und unter dem Dach das Heimatmuseum, er hatte sie nicht erfunden aber ertragen, ertragen! Fremde Gesichter grüßten freundlich, Felix fühlte sich heimisch. Rauh aber herzlich, hatte Pacher gesagt, sind wir im

Fasching wie sonst. Wer uns auf den Arm genommen hat, kommt selbst einmal dran. Logisch, Prinz, das sah Felix ein, er ging über die Brücke, in Treue fest wie noch nie, er gehörte her, er gehörte dazu, die Möven waren nur Möven, die Bogenlampe gab friedlichen Schein, schon waren Masken unterwegs, aus dem Atelier kollerten gicksende Clowns, Abbé Raimund hatte sie porträtiert, bevor sie beschädigt wurden, ein Raimund in gütiger Sorge, ein Beichtvater mit vielen Ratschlägen, denen Felix zerknirscht lauschte, die er belachte, bis dem Vater selber das Lachen zurückkehrte. Also gut, wenn es so ist, wie du glaubst, dann ist es gut ist es besser ist es am besten, ich habe dir stets gesagt, du sollst alles hinnehmen. Backe links und Backe rechts darbieten, die Schläge gehen in Tätscheln über, der Argwohn in Wohlgefallen, alle Gegensätze in die große Synthese.

Hatte er das gesagt? Dies und auch das Gegenteil, Streicheln wird zu Hieben, wenn, du weißt wann, er sprach von Paris und dem Amte des Mesners, von der Friseuse wollte er nichts wissen. Später einmal, wenn ich alles hinter mir habe, erfinde ich eine neue Geschichte. Was fragst du? Nimm es nicht leicht und nicht schwer, die Nacht ist lang, durchhalten ist meine Maxime, man muß immer noch eine Reserve bereithaben, nimm genug Filme mit, ich mache diesmal keine einzige Aufnahme, ich habe mein Amt hinter mich gebracht, ich bin so frei, daß ich gar nicht hingehen müßte, wenn ich dich nicht sehen wollte. Ich müßte nicht, aber ich könnte nicht anders, ich kann mir nicht vorstellen, einmal nicht mehr dabei zu sein. Rückschauend kommt mir die Hybris, als wäre alles ausschließlich für mich arrangiert, jeder denkt das, ich weiß, das ist das Grundgesetz der Sensation für den Zuschauer, der die Aktion scheut, o Felix, ich möchte mir selbst einmal zuschauen, mich mit Ärger und Mitleid verfolgen über die Hürden. Was überwiegt, will ich wissen, nein, ich will es nicht wissen, man darf das nicht wissen, ich halte mir die Augen zu vor dem, was ich sehe, ich will diese Freiheit nicht haben, lebwohl, ich höre Vittoria eine kleine Beichte ab, dann sehen wir einander wieder zwischen Barren und Reck, ich drücke dir Daumen, nur kein Wagnis, es wird ein leichtes Programm verlangt, wie ich hoffe –

Felas Bild blieb verschollen. Vielleicht war es besser. In Kürze wollte Hilga, und sie hatte recht, mit der großen Entrümpelung anfangen, zum Teufel mit dem Plunder, Raimund hatte mit Beate begonnen, es war Zeit, sich von Ballast zu befreien, Zeit hinüberzugehen in die Turnhalle ohne Sorgen, ohne Maske, ein Fotograf mit einer Serie unbelichteten Materials; den Herrn Fasching hatte er schon geknipst, Smoking, Wurst und Stroh. Manches Jahr wird er angeblich so gezaust, daß man ihn am Morgen nicht mehr beerdigen kann. Der Faschingsbraut geht es besser, die versteht ja Spaß und kann reagieren. Ihr Bräutigam ist wehrlos, die tiefe Weisheit unseres Brauchtums laut Pacher: der Freudenbringer tut nichts, er wird geboren und stirbt, er wird begraben und steht wieder auf, ja Golub, der Herr Fasching, dem du spöttisch statt einer Karotte eine Wurst eingesetzt hast, ist keine Spottfigur aus Stroh und Fetzen, wir verehren ihn aufrichtig –

Der Herr Fasching stand mitten im Saal, ein Idol, um das die Masken tanzten, ein schönes Motiv, Felix hatte Zeit zur Betrachtung. Die Kostüme und ihr Abstand zu Absicht und Fantasie ihrer Träger und Trägerinnen: ein Journalist, der sich Notizen überlegt, so sah Felix seine Rolle, ein gutmütiger Klatschkolumnist, der sich freut, dabeisein zu dürfen, der seine Rolle genießt, jeder ist nett zu ihm, weil sein Urteil eine Macht sein kann, die nicht blind ist, absolut nicht abstrakt, sondern durch und durch menschlich, eine bestechliche Registratur gegebener Interessen, kein Schwein und kein Lämmchen, woher denn, die Synthese aus Taube und Schlange ist durchaus empfänglich für Freundlichkeit und dieses und jenes, ein Glas Kognak bitte, ein Hummerbrötchen, schönen Dank, Herr Konsul, habe Sie auch unter dem Zweispitz erkannt, an der Haltung, die ist unverkennbar, gnädige Frau sind ebenfalls Empire, Sie gestatten doch ein Bild, Lubits als Frackträger mit Mütze, er hat nicht mehr nötig, die Honorationen haben Dispens, wenn sie wollen, Hilga wird bewundert, sie ist schön, ja ich weiß, Herr Konsul, ich bin leider im Dienst, die Pflicht, Sie verstehen, man muß mitmachen, macht es gerne ...

Felix verbeugte sich knapp und verbindlich, Hilga schwebte in seinen Armen und Wonnen, warum sollte sie sich nicht auch mit Lubits unterhalten, dessen Gemahlin gab Obacht, hallo Doktor, man macht seinen Frieden, unser Abbé macht sich unnötige Sorgen, Prinzessin Susanne winkte intim, dort der Offizier, kennst ihn vielleicht? Felix kannte ihn nicht, trotz dieser Nase, der Leutnant mußte sein Geheimnis verraten, Glaube und Schönheit, sagte er, du bist mir leider entwischt, der Leutnant hielt sich an den Cowboy vom Bahnhof, traktierte die Kommunionmädchen Mia und Pia, Prinz Pacher lächelte weit und breit in den Saal und speziell auch für Felix: ich sehe noch deine Angst vor der Faschingskommission, als dich Raimund vorgeführt hat, jawohl, vorgeführt, wir sind nicht weniger neugierig als du, gestehe doch auch, daß du neugierig bist.

Er gestand es, es war so, er war neugierig, mehr jedenfalls als eifersüchtig, er wollte nur wissen, was die Spanierin mit dem Frack sprach. Er horchte und hörte sie kichern, harmlos. Harmloses Knutschen, Madame Lubits saß unweit, Leutnant Radegund lehnte ab, mit Lujo zu tanzen, Mia und Pia tanzten miteinander, der einäugige Leutnant lugte versonnen in den Raum, spähte auf Herrn Fasching, war es zufrieden, soweit es das Aug ohne Binde erkennen ließ.

— Ach Gott, Raimund, laß mich in Ruhe mit deinen Bedenken, ich schwöre ausnahmsweise wieder einmal, wenn du unbedingt willst, ich schwöre, bitte hier meine Schwurhand gereckt, ich verspreche es auch feierlich in deine Hände.

— Du bleibst also friedlich bis zum Ende?

— Bis zum Ende, Abbé, es ist mein Vorteil, sage ich mir. Ich lache der Spanierin zu, auch wenn sie andächtig stillhält. Schau, ich ertrage die Küsse von Lubits im Gesicht meiner Braut.

– Ertrage sie, Felix, es ist eine Prüfung, die Schlußphase kommt, ich fiebere vor Aufregung, lache mich aus, es ist so. Du, ich glaube, ich werde gerufen, mein Gott, den du vorhin angerufen hast, es wird immer ärger; solches Trema habe ich noch niemals gehabt, in meiner ganzen Laufbahn nicht, nicht einmal vor dem Auftritt als Friseur beim General Vicky –

Fanfaren leiteten eine Amtshandlung ein, der Prinz bestieg seinen Thron, die Prinzessin wedelte ihm nach, er verbeugte sich vor ihr, vor dem Volk, Felix fotografierte, die Prinzessin winkte ihn näher, Pacher ergriff das Mikrophon und redete umständlich daher. Er schickte sich an, das Ergebnis einer Wahl zur schönsten Maske bekanntzugeben. Die Stimmzettel waren von den Hellebarden-Garden verteilt und anscheinend schon wieder eingesammelt worden. Mit überwältigender Mehrheit sagte Pacher, hat unser geliebtes Narrenvolk Fräulein Charlotte Weber gekürt. Tusch und Gebrüll. Jubel oder Empörung? Zurufe, Erwartung. Felix sah sich um, er war wirklich neugierig, wer sich als Lottchen hergerichtet hatte. Er lachte, reckte den Hals, um besser zu sehen, wurde von der Garde ergriffen und vor die Stufen des Thrones geführt. Die Turnhalle bebte, das Volk brandete näher, Papphellebarden hielten es mühsam in Schranken.

– Unser Volk hat einen unfehlbaren Instinkt für Qualität: die beste Maske, die ich je gesehen habe – das Lottchen kommt als Fotograf. Nimm hin den Preis, vielgeliebte Charlotte, eine Anweisung auf eine Garnitur Luxuswäsche aus dem Salon Pisani. Freust du dich?

– Ich bin begeistert, sagte Felix, das ist wirklich originell, Oberhaupt aller Narren.

– Na vielleicht nicht? rief eine Stimme weit hinten. Es gab einige, die sehr richtig sagten.

– Du bist aufgenommen unter meine Hofdamen, rief Susi und setzte Felix ein Flitterkrönchen auf. Er knickste. Man zollte ihm Beifall. Lubits und die Spanierin bemerkten erst jetzt, was geschah. Sie versuchten ihr Versäumnis durch besondere Aufmerksamkeit wettzumachen.

Kaum hatte Pacher die nächste Sensation, nämlich die eingetretene Mitternacht verkündet, gebot er der Musik abermals Schweigen. Jetzt kam die Wahl der Faschingsbraut. Irgendwer zog die Schnur, die an der Wurst des Herrn Fasching befestigt war, die Wurst hob sich pflichtschuldig, Herrn Faschings Begierde ward jedermann sichtbar. Kindern unter 16 ist ja der Eintritt verboten, aber das ist doch, Felix verstand nicht, was es nach der Meinung einer Kollegin im Hofstaat war. Wer kandidierte als Braut? Es wurde nach freiwilligen unbescholtenen oder bescholtenen Jungfrauen gesucht. Niemand meldete sich. Felix fotografierte. So angespannte Gesichter bekam man selten zu sehen, alle schauten in seine Linsen. Der Prinz bestimmte Kandidatinnen, mehr Unmut als Zustimmung war das Echo, ein fettes Fantasiedirndl, eine magere Wahrsagerin, angeblich Postfräulein. Aus ihrer Augenmaske flossen Tränen. Erst die dritte fand stärkeren Beifall. Ja, die, die Spanierin! Warum nicht, Hochmut kommt vor den Fall. Die Wurst ruckte nach oben. Hilga wehrte sich gegen die Wachen. Schau doch nicht zu, sagte sie laut. Felix überlegte, wie er im Stil dieses Humors wirkungsvoll intervenieren könnte, als sich eine Hand auf seinen Arm legte. Sie gehörte Lubits: Machen Sie keinen Unsinn, Hilga wird geschont. Und tatsächlich, das Murren nahm zu, je mehr Pacher die Vorzüge der Spanierin pries, selbst der Herr Fasching verlor Interesse an ihr, aber sie mußte mit ihren beiden Leidensgenossinnen auf dem Laufsteg bleiben. Sie hatte Haltung und Würde wiedergefunden, sie ordnete ihren Spitzenschleier und lächelte ihren Schicksalsgenossinnen zu. Das Postfräulein litt weiter.

– Unsere Weisheit ist bald zuende, klagte der Prinz, hilf mir, mein Volk, ich höre auf deinen Zuruf. Wen sollen wir dir noch zur Wahl stellen, wer genügt so hohen Ansprüchen? Was machen wir, wenn wir keine Würdige finden? Wollet bedenken, wir gewähren euch drei Minuten Bedenkzeit, nennt uns noch eine, nur eine möglichst mögliche Jungfrau, Vorleben egal, wir oktroyieren euch keine, ihr habt die Entscheidung über die Kandidatinnen und dann könnt ihr wählen, eine von den vieren, was wollt ihr mehr? Versinket in nachdenkliches Schweigen; wenn die Fanfare wieder ertönt, ruft uns den Namen zu, einen einzigen Namen noch.

Der Lärm wurde zu Raunen, die Köpfe suchten hin und her, sie flüsterten Namen, nein, sie schüttelten sich hin und her, nein, sie nickten sich zu, sie warfen Blicke durch Masken, sie schienen ernstlich entschlossen, einen einstimmigen Vorschlag zu machen. Als der Trompeter zu blasen aufhörte, kollerte ein Sprechchor los.

Charlocharlotte!

Der Prinz erklärte die Wahlmodalitäten. Es müsse ordentlich abgestimmt werden, das sei unabdingbar, es wurde gelacht, er dozierte. Zuruf genüge nicht, sagte er, wir lehnen den Terror von Minderheiten ab, wer ist also dagegen, daß die Faschingsbraut meiner Regierung Charlotte Weber heißt? Er hebe die Hand.

Felix, jetzt neben Hilga auf dem Laufsteg, glaubte einen zu sehen, einen schüchtern erhobenen Arm vor den Garderoben, Arm an kleiner Gestalt, es gab Bewegung, der Arm ging unter, zuckte wieder hoch, Zufall oder nicht, Arme und Hände schwammen im Dunst, gingen unter in Demokratie.

– Einstimmig, sagte Pacher bewegt, ein überwältigendes Votum. Wir sehen die Braut erröten in Vorfreude kommenden Wonnen, wir sehen ihre Bereitschaft zur Hingabe, wir wollen keine Zeit versäumen!

Er klatschte in die Hände, die Wache geleitete Felix durch ein Spalier murmelnder Masken in die Amtsräume von Schwester Fiala. Mia & Pia waren da, die Konsulin und Frau Lubits, Leutnant Radegund trat mit den Wachen ab, die Hellebarden hielten draußen Neugierige und Bedürftige fern, der Ball ging weiter. In der Damentoilette war alles bereit, Kleid und Zubehör, Fiala hielt die Robe an seinen Körper, Felix lachte, als die Konsulin mit Anstrengung Ausziehen! befahl: Versuchen Sie keinen Widerstand, er ist zwecklos, er lachte, lachend zog er sich aus, die Damen erröteten möglicherweise unter der Schminke, es fehlte Vittoria, Eifer wich der Verlegenheit, die sogar das Gezwitscher von Mia & Pia lähmte, als Felix in der Unterhose dastand. Fiala wollte Felix ganz entblößen, lassen Sie das, sagte die Konsulin, Frau Lubits war dafür, das machte Mia & Pia wieder Mut, die Konsulin setzte sich nicht durch. Macht, was ihr wollt, sagte sie, wenn Ihnen das nicht peinlich ist –

– Gnädige Frau, sagte Felix, der eingeschnürt wurde, ich will niemandem den Spaß verderben, wenn das einer ist. Ich hüte mich –

– Du bist still, sagte Pia und mühte sich, Felix ins Kleid der Charlotte zu zwängen, es krachte in den Nähten, er ließ sie verbissen hantieren.

– Warum geniert er sich nicht, fragte die Lubits, warum tust du, als ginge dich das nichts an?

– Ich soll doch keinen Widerstand leisten, gnädige Frau.

Pia und Mia hatten ziemliche Plage, nichts klappte richtig, sogar die Handschuhe waren zu eng, sogar Fiala zeigte Anzeichen der allgemeinen Enttäuschung, er blubberte zwar sein Gelächter, als die Haare des Opfers mit Kleister beschmiert wurden, aber das Zeremoniell befriedigte keine der Damen so richtig, ärgerlich klatschten sie die alte Auslagenperücke an, schnell befestigten sie Schleier, etlichen Talmischmuck und Rosmarin.

– Wissen Sie eigentlich, warum man Sie so entsetzlich drapiert, fragte die Konsulin. Reden Sie, Mensch, stehen Sie nicht da, als wollten Sie sich über uns lustig machen. Wir amüsieren uns über Sie, verstehen Sie!

– Sehr richtig, sagte die Lubits, wir lachen Sie aus, wir finden Sie degustiös, das ist das passende Wort!

– Ich verwehre es Ihnen nicht, sagte Felix, Mia & Pia griffen nach seiner Schleppe: Auf geht's! Der Leutnant Radegund stiftete vor der Tür einen Halsschmuck samt Leine, auf ging's der Wache nach durch das Spalier vor Pachers Thron. War das Gelächter weniger kräftig oder dämpfte der Anblick einer Braut den Lärm? Felix dachte an sein Fotogerät, das bei Fiala geblieben war, mehr als an die noch zu überstehende Prozedur. Hinter Tüll bewegten sich Pacher und Susi, stand die Strohpuppe mit erhobener Wurst, versuchten sich alle in Mimik, nur die Spanierin saß mit dem Rücken zum Saal, saß auf Lubits, soweit man es sah, ihr Schleier ragte über die Narrenmütze des Majors. Pacher winkte und begann zu reden. Wie er sich spreizte mit Fettsteiß und Wanst, vor dem Spiegel geübte Gesten, auf Kontoblättern gedrechselte Phrasen, schütter beklatscht, wahrscheinlich hatten die meisten gedacht, Charlotte würde sich wehren, protestieren, sich fürchten, aber nein: sie schlug den Schleier zurück, um besser zu sehen zu hören zu atmen, animierter mitzuspielen: Ich danke, mein Prinz, Ihr seht mich bereit.

Hilga tuschelte Lubits etwas zu, sie glaubte sich unbeobachtet, sie tupfte auf seine Nasenspitze, viel fröhlicher als die kompakte Mehrheit.

– Liebliche Braut, habe Geduld. Bevor du Frau Fasching wirst, gilt es zu beichten, auf daß du ohne Sünde in die Ehe eintrittst, wie es sich für eine ordentliche Frauensperson geziemt.

Raimund in Soutane und Chorhemd stolperte vor den Thron, neigte sich vor den Durchlauchten und ihrem Volk, neigte sich vor der Braut –

– Er wird euch trauen, sagte der Prinz. Die Aufmerksamkeit schien endlich zu wachsen, Raimund hob seine Hände zum Segen, schluckte, begann: Eine öffentliche, eine öffentliche Beichte mußt du ablegen, mein Kind, ich hoffe, du lügst nicht, und ich kann dich von deinen Sünden freisprechen –

Raimund sprach drei Meter von Felix entfernt an ihm vorbei in den Saal, er war heiser, er schwitzte.

– Bist du bereit zu bereuen?

– Ja, sagte Felix.

– Was sind deine Vergehen?

Felix überlegte die Antwort. Unnötig. Raimund setzte fort: Du hast gelogen, du hast uns betrogen, du hast uns schändlich getäuscht, du bist als Mann kostümiert zurückgekehrt und hast versucht, als solcher aufzutreten, tut es dir wenigstens leid? Du mußt es bereuen –

– Ich bereue, sagte Felix, euch irgendwann getäuscht zu haben.

– Hast du es absichtlich und mit bösem Vorsatz getan?

– Absichtlich, aber mit gutem Vorsatz, Hochwürden.

– Du mußt entschieden mehr Zeichen von Reue zeigen, sei vernünftig, mein Kind!

Raimund wiederholte es, fuchtelte, legte den Kopf schief, der Schweiß rann ihm zu beiden Seiten der Nase in den Schnurrbart, als wären es Tränen, aber er lachte doch wohl.

– Ich versuche es ehrlich.

Raimund wollte wissen, ob man zufrieden war, er drehte sich um, vom Thron kam nur eine Geste, die Weiter, Schneller, Nur zu bedeuten mochte. Der Priester zu Füßen des Thrones gab die Geste weiter, er deutete nicht Weiter, Nur zu, er deutete, so befehlend er konnte, Auf die Knie. Felix raschelte von Mia & Pia in die Kniekehlen gestoßen in die Knie, er wollte Raimund keine Schwierigkeiten machen, Raimund war weiß wie Chorhemd und Brautkleid, schwarz sank der Spitzenschleier über Hilga und Lubits –

– Wird's bald lustiger, fragte eine Stimme. Unzufrieden fielen andere ein, schone sie nicht, Alter, frag interessanter!

Raimund wandte die Blicke zum Himmel um Beistand: Hast du Unzucht getrieben in Gedanken, Worten und Werken, so gestehe es ein!

– Ich vermute, es handelt sich auch um sogenannte Unzucht –

– Was soll das, mein Kind, antwortet so ein Gewissen?

Raimund näherte sich seinem Beichtkind, das ihm entgegengrinste, er nahm es an den Schultern, er flüsterte: Laß mich nicht im Stich, weh mir, wenn du aus der Rolle fällst. Bühnenschön rollte er über das Rosmarinhaupt die Worte hinweg: In welchen Abgrund von Unzucht muß ich blicken!

Er stützte sich fester auf Felix: Gestehe, daß es gräßliche Unkeuschheit ist, die du getrieben hast.

— Ei freilich, sagte Felix.

— Er gibt es zu, gellte es nahe, die Sau ist schamlos und frech, frech schamlos frech impertinent, ein blödes Theater, schamlos, hier das Weib zu spielen —

— Liebe Kinder, es ist die von euch erwählte Braut des Herrn Fasching, sagte Raimund, ein holdes Mädchen —

— Ein Mädchen, du Trottel? Für dich vielleicht, das weiß man längst. Abtreten, Raimund. Einsperren. Eingesperrt gehört er. Wer? Er? Alle beide. Nein, nur das Schwein — Raimund tat, als hörte er nichts, er steigerte seine Stimme, um noch einigermaßen den Weisungen der Faschingskommission gemäß schließen zu können. Sündige Kreatur, sagte er, wenn du alles bereust und versprichst, eine ehrsame Hausfrau —

— des Herrn Fasching, verstand außer Felix kaum jemand sonst, der Tumult nahm zu, Felix wurde hochgerissen —

— Versprich doch, schrie Raimund.

— Sei endlich still, rief Felix, sie wollen es anscheinend anders —

— Die wird jetzt auf unsere Fragen antworten, nicht wahr, Augustin! Augustin gab seine Zustimmung, Felix wurde von der Wache zum Saal gedreht, auf den Laufsteg gestellt, seine Brautjungfern blieben zurück.

— Nur ich bin befugt, kreischte Raimund, nur ich kann diese Seele lossprechen, ich, ich habe sie schließlich dazu gebracht, ich habe sie euch wiedergebracht, ich ich ich — — der Abbé schnappte gräßlich nach Luft und brach an den Stufen zusammen. Felix konnte nicht sehen, ob Raimund hinausgetragen wurde, selber aufstand, blieb, sich verdrückte, der Laufsteg wurde umringt, der Prinz ließ gewähren, der Herr Fasching stand vergessen vor Lubits und Hilga —

— Hast du den Alten verführt, ja oder nein?

— Nein, sagte Felix, Wazurak ist so wenig wie ich —

— Und warum hast du dir Kittel angezogen, damals?

Der Saal war still. Der Fragesteller, ein fetter Arnaute, konnte der Vorstand sein, Windischreiter vielleicht, Felix sagte: Wollt ihr Fasching spielen oder nicht?

– Die Wahrheit sollst sagen, nichts als die Wahrheit!

– Sie sind mir angezogen worden, Herrschaften, damals wie heute. Ein Deserteur hat nicht viel Freiheit bei der Wahl des Kostüms.

– Er lügt, kreischte Pia, er hat uns erpreßt, sieben Mieder haben wir ihm schenken müssen, dreizehn –

– Kusch, sagte der Arnaute, wie viele sind es gewesen?

– Zwei oder drei, sagte Felix.

– Das Kleid, das er trägt, gehört ihm, er hat es selber genäht, er hat heiraten wollen, Herrschaften, so wahr ich die Pia bin. Den Wazurak, bitteschön!

– Sollen, nicht wollen, fragt doch –

Noch einmal wurden der Arnaute und der herabgestiegene Prinz der Lage Herr. Er hat die Russen hereingelassen, fistelte ein Stimmchen in den hinteren Reihen, er hat einen Polen geliebt!

– Schlimm, sagte der Prinz, das ist alles sehr schlimm, was wir da hören, auch wenn wir die Russen außer Betracht lassen. Unser lieber Raimund ist vor Herzeleid zusammengebrochen, Herr Fasching ist ohne Gefühle für dich, du wirst dich anstrengen müssen, wenn du ihn ehelichen willst.

– Wer sagt, daß ich will? Ihr wollt!

– Wazurak, jaulte der Saal, belogen und betrogen! Die Baronin, fistelte das Stimmchen. Betrogen und belogen, antwortete der Chor. Lubits, fistelte es –

– Keine Namen, befahl der Arnaut, es war Windischreiter: Es ist Fasching! Belogen und betrogen, röhrte der Turnsaal. Und die Charlotte grinst, sagte die Prinzessin. Schaut hin, wie er sie es grinst. Heiraten! schrie der Prinz, auf der Stelle! Aber der Fasching kam nicht durch das Gedränge, er schwankte, drohte zu stürzen, die Braut wurde an der Leine gezerrt und gestoßen, vor dem Thron sollten sie einander begegnen, aber da waren Fäuste, die zuschlugen, lange Nägel, die kratzten an den Armen, im Gesicht, da war die Wurst des Herrn Fasching, da beiß hinein, bevor wir dich erschlagen, da lag Raimund und spielte den Toten –

Da begann sich Felix zu wehren, er stolperte und stand wieder auf, wenigstens einen Augenblick hatte er Luft, er lachte, er schlug in die Masken, die johlten und spuckten, endlich hatte er einen Grund, sich offen zu wehren, er hatte die Leine wiedererobert, er wehrte sich mit Fäusten, mit den Schuhen, die er auszog, die Hacken waren spitz, die Weiber wichen zurück, die Männer zögerten, sammelten sich zu neuem Angriff, da wurde es finster und eine Hand in einem Ärmel aus Leder – –

– – ich habe gelacht, gelacht hat Vittoria. Nimm es nicht tragisch, das beruhigt sich, ich bringe das vermutlich in Ordnung, ich bin wieder gesund, wie du siehst, du hast die Prügel verdient, du hättest mehr verdient für deine Antworten und dein Schweigen, aber ich stecke dich lieber eine Weile ins Loch, frag nicht viel, jetzt ist ihre Wut echt, du hast sie verhöhnt –

– ich habe über mich gelacht, ich bin ihnen in jede Falle gegangen, habe ich gesagt und bin in die Grube gestiegen ... ... es muß ziemlich lange her sein ... was ist mit Raimund ... ist da wer oben? Wie oft glaube ich etwas zu hören, wie oft höre ich ... mich selber und dieses verdammte Gewand, ich habe ... ich habe nicht viel Luft, ich darf mich nicht aufregen, zu blöd, ich habe vergessen ... ich habe ... nicht lachen, ich habe, nein, ich habe nicht ... ich habe ... keine Angst ... ich fürchtemich nicht, ich hätteblei bensollen, vielleichtist ... Hilgadiebraut geworden, aberesmuß ... es muß vorbeisein, längst ... vorbei ... keuche nicht so, keuchnicht, keuchen und kichern verboten, es denkt sich schwer, wenn man wenig Luft, wenn man Hunger hat, wenn man friert ... verflucht naturalistisch ist dieser Scherz, dieses Grab ...

– Ist da wer? Macht das Maul auf, macht dieses Loch auf, zum Teufel zum –

Besser nicht, besser nicht jaulen, wenn niemand da ist, es ist niemand da, es ist der Gefoppte allein an der Leine, wenn er jault wie ein Hund ... es scheint kein Mond ... sei ruhig, sei brav, Vittoria wird kommen mit befreiendem Lachen, es ist Aschermittwoch ... soll ich bleiben ... soll ich gehen ...

nicht nachdenken, nicht aufregen ... ein Traum im Raum, ich schwebe du schwebst, ich lebe, mein Arm ist nicht abgestorben, wenn ich ihn drücke, es schmerzt der Hals, wenn sich die Leine bewegt, wenn ich döse ... so endlos dahinlallen ... lallend glaube ich, ich bin so weit, daß ich Vittoria um den Hals falle oder vor die Füße, wenn sie mich holt, herauf nur heraus in mein Haus, es ist meines. Hilga? Hilga ja, Hilga nein, ich bin allein, fortgehen bleiben fortbleiben gehen ausharren ... aus! Das Haus für sie, sie für Lois, aus ... heraus ...

Aus! Da ist wer, stille Gewand, kusch kostümierter Hund, deine Herrschaft! Jajajajaja, sie sind da, vergeben und vergessen –

... nein, daß er sich einfach so ... weißt du, so einfach aus dem Staub macht ... versteckt kann er sich nicht haben ... sie haben ihn überall gesucht ... wenn sie ihn erwischt hätten ... der arme Raimund ... diese schamlose Beichte ...

Schritte näher, Getrippel weg. Hilga, Radegund, Susi? Pia & Mia? Niemand. Das Piepsen der Angst, das Lachen des Irrsinns: Bist dunoch, seidihrnochdaa?

Ein Schuh hämmert in den Schädel. Jaaa!

... das ist brav, daß du dich nicht gerührt hast, jetzt kannst du schreien, sie sind fort. Wir sind allein ... ich verstehe dich nicht ... du mußt lauter reden, lauter, lauter ... ich verstehe kein Wort, ich kann nicht so schreien, zumal im Haus eines Toten ... der schönste Tod ... der Tod auf der Bühne ... Winiak hat nur das Kreuz geschlagen ... die Menschen sind ergriffen und empört ... Hilga verkauft ... das Haus wird abgerissen ... im Sommer eine hübsche Terrasse ... der arme Raimund ... einen Tee zum Gedenken ... wer nicht hören will ... ja du verstehst, ich weiß, daß du verstehst ... hoffentlich hast du uns endlich verstanden ... es wird Zeit ... du hast vielleicht nicht mehr viel ... und immer noch Fragen ... ich weiß nicht, was offen sein sollte ... der Käfig ... geschlossen und verhängt ... wer sollte Pilsudski befreien ... er ist glücklich hinter Gittern ... Hilga ist froh

... vergeben und vergessen ... vergiß auch du ... das ist vernünftig ... wo kämen wir hin ... ich habe dich verschickt und du bist wiedergekommen ... wir haben dich aufgenommen ... und du hast vergessen ...

Ich höre die Stimme, ich kann sie nicht vergessen, sie redet und redet ... sie redet in meinen Ohren, in meinem Kopf, ich will nicht ... will sie nicht hören ... ich will meine eigenen Gedanken denken ... ich bin kein Papagei ... in unvergessener Dankbarkeit krächzt er ... ich bin frei ... du hast mir vergeben ... ein Papagei krächzt Freiheit ... ein Papagei nicht ... eine Taube namens Charlotte ... eine Taube nicht ... eine Möve verkleidet als Taube ... eine Gefahr ... keine Gefahr für irgendwen ... keine Angst ... nur ich habe Angst ... ich lache nicht, ich krächze nicht mehr ... lacht, lacht ihr ... besser verlacht als gefangen ... besser gefangen als begraben ... ihr habt mich gefangen ... ich lache mit euch ... ich bete mit euch ... im Namen des Vaters und des Sohnes ... ich hacke niemandem die Augen aus ... ein wehrloser Narr ... ich knie fromm zu euren Füßen ... ich sehe dich mit Raimunds Augen ... gegrüßt seist du also ... Königin von Montenegro ... Mutter der Barmherzigkeit ... unsere Hoffnung sei gegrüßt ... du Sitz des Heils ... du Arche des Bundes ... du Himmelspforte du ... du Morgenstern ... du Zuflucht, du Trösterin Helferin Königin der Irren ... es waltet eine besondere Vorsehung über dem Fall eines Sperlings ... da ist ein Sträußchen Rosmarin ... und da ist kein Vergißmeinnicht ... wer lacht im Saal ... Gott mit euch ... es geht nicht ohne ... den Gottesleugnern verwirrt sich der Verstand ... führe mich weg ... erlöse mich aus dem Loch ... salve Regina ... öffne diesen Käfig der Prüfung ... ich mache, was du willst ... ich bete ... ich glaube an die himmlische und an die irdische Ordnung ... sie verlängert sich senkrecht nach oben ... ich weiß ... seid ihr endlich zufrieden ... es erscheint die Madonna im Mieder mit ihren Bütteln ... es fotografiert eine Friseuse die Vision ... im Fasching ist alles möglich ... die Hinrichtung ist äußerst human ... ihr braucht nur vergessen ... ich verstehe allmählich ... es ist ... es ist wie es ist ... Amen oder Aufruhr ... bitte gefälligst ... Brüder zur Sonne zur Frei ... schrei ... so schrei doch ... die nackten Hühner wandern ... sie machen zackig rechts um ... es ist eine Prüfung ... ein Experiment ... würdig werden der Verheißungen ... ich sehe die Mumie ... die bleckenden Zähne ... sie grinsen ... ein Haus ... eine Frau ... eine Zukunft ... ein Mitbürger ... gutheil ... in Treue fest in der Falle ... ich habe noch nie so gelacht ... und die Tränlein fließen ... ich bin desertiert von den Männern zu den Mädchen ... von den Mördern zu den Narren ... von den Narren zu den Mördern ... ei warum ... ei darum ... sie vergeben nicht ... sie vergessen ... sie lachen ... und ich ... lache mit ... die Tante marschiert ... und ich ... marschiere mit ... links zwo drei ... links ... links zwo ... warum ... warum nicht ... warum erst jetzt ... warum denn nicht gleich so?

Nachwort

AUF DIESEM FASCHING TANZEN WIR NOCH IMMER

Solange der Fasching währt,
verehren wir die Lüge.
Friedrich Schiller

Fasching und *Faschismus* haben keine gemeinsame Wortwurzel – obwohl man sich nach der Lektüre von Gerhard Fritschs Roman dieses Gedankens zunächst nicht erwehren kann. Aber auch wenn *Fasching* und *Faschismus* nicht auseinander hervorgegangen sind, sie scheinen in eins zusammengefallen zu sein: all diejenigen, die nach dem Faschismus plötzlich andere sein mußten, können im Fasching, wenn sie andere sein dürfen, endlich wieder sie selbst sein. Aus Würdenträgern werden wieder träge Würger, ehemalige Mitläufer werden nochmals läufig. Und wer, wie der Casanova Lubits oder die Baronin Pisani, da noch glaubt, seinem individuellen sexuellen Profit nachzujagen, ist unversehens Teil eines *Volkskörpers*, der seine Lust bezieht aus dem Haß auf jeglichen *Fremdkörper* – den es zu demütigen, auszuscheiden, zu vernichten gilt.

Diese Idee, daß der Fasching, die Zeit der Travestien, nach dem Faschismus die Zeit der Aufhebung jener Travestien sei, die von den Siegern erzwungen worden waren, und damit die Stunde der Wahrheit, hat etwas Bestechendes – und erinnert tatsächlich an manche entlarvende Geschichte von flinkem Kleidungswechsel: Zur Zeit der NS-Diktatur hatte zum Beispiel der Bürgermeister einer österreichischen Stadt, die in ihrer Größe etwa mit der in Fritschs Roman vergleichbar ist, einen Künstler beauftragt, für das Rathaus ein großes Bild zu malen, das diese Stadt während eines Volksfests »in der Begeisterung des vollzogenen Anschlusses an Deutschland«

zeigen sollte. Nach dem Krieg aber hatten der Bürgermeister und die Menschen dieser Stadt Sorge, dieses Bild könnte bei den Siegern den Eindruck erwecken, alle in dieser Stadt seien Nazis gewesen, zugleich aber wollten sie dieses Bild auch nicht abhängen und verschwinden lassen, da es ihnen noch immer gefiel. Sie fanden eine Lösung, die ihre Begeisterung für dieses Bild mit den Anforderungen der geänderten politischen Situation versöhnte: Die Hakenkreuzfahnen wurden vom Künstler und zwei Gehilfen raschest mit den österreichischen Farben übermalt, SS- und Wehrmachtsuniformen mutierten zu Steirer-Anzügen, aus BDM-Uniformen wurden Dirndlkleider. Die Menschen erkannten sich auch in diesen Verkleidungen und waren glücklich. Es war nicht Fasching, aber eine Zeit der Lüge. So hängt dieses Bild bis heute im Rathaus dieser Stadt.

Fritsch hatte diese Geschichte wohl nicht gekannt – sie wurde, wie viele andere ähnliche auch, erst vor kurzer Zeit bekannt, als eine profundere Aufarbeitung von NS-Zeit, Krieg und Nachkrieg in Österreich einsetzte. Aber sie, diese wahre Geschichte, verbürgt gewissermaßen die innere Wahrheit schon der Grundidee von *Fasching* – wenn sie es denn ist, wenn es Fritsch mit diesem Roman wirklich darum gegangen ist, den Wandel der Nazis und Mitläufer zu Demokraten als »Transvestismus« zu entlarven, als lächerliche, dürftige Maskerade, hinter der immer noch die Fratze nationalsozialistischer Ideologie stecke. Honorige Bürger, ein demokratisch organisiertes Gemeinwesen, Wirtschaftswunder – alles nur Verkleidung, Kulisse, vordergründiger schöner Schein? So jedenfalls wurde der Roman, als er 1967 erschien, gelesen, so wurde der Plot von *Fasching* verstanden und als »grotesk« zurückgewiesen.

Wie denn sonst wäre die Geschichte des Felix Golub zu verstehen? Er desertiert gegen Kriegsende, versteckt sich, wird von einer Baronin und Miederfabrikantin als Frau verkleidet und zu ihrem Dienstmädchen und geheimen Liebhaber gemacht – und just dieser »Feigling in Frauenkleidern«

wird zum unfreiwilligen Helden, als er sich der stürmischen Liebesavancen des deutschen Ortskommandanten, der die Verkleidung nicht durchschaut, erwehren muß, ihn dabei entwaffnet und schließlich zwingt, vor der herannahenden Roten Armee kampflos zu kapitulieren. Der Ort ist dadurch vor der Zerstörung bewahrt, »zum Dank« wird Golub aber bei den Russen angeschwärzt, die ihn nach Sibirien verschleppen. Als Felix Golub rund zehn Jahre später heimkehrt, schlagen ihm Verachtung, Hohn und Aggressionen entgegen, es ist gerade Faschingszeit, die Demütigungen kulminieren darin, daß er, zur Erinnerung an seine Heldentat »mit den Waffen einer Frau«, zur Faschingsprinzessin gewählt und als Frau kostümiert wird. Der aggressive Spaß kippt um in hemmungslose Wut, man empfindet Felix Golub als ungeheuerliche Provokation und will ihn lynchen. Da rettet ihm die Baronin abermals das Leben, sie lotst ihn aus dem Getümmel heraus, in wollüstiger Erwartung der Macht über den Geretteten, aber auch aus Rache, denn damals, knapp vor Kriegsende, hatte er sich noch in eine polnische Zwangsarbeiterin verliebt, und so setzt sie ihn dann ausgerechnet in jene Fallgrube, in der er schon 1945 als Deserteur versteckt war und aus der er sich selbst nicht mehr befreien kann.

Warum diese unglaublichen Aggressionen, diese Wut? Weil der Mann in Frauenkleidern der Bevölkerung dieses Ortes als karikaturhaftes Abbild ihres eigenen Transvestismus nach dem Krieg erscheinen mußte, weil der verkleidete Felix Golub ihnen vorführte, wie lächerlich der Wechsel ihrer Uniformen gegen Trachtenkleidung genaugenommen war? Weil ihnen seine Desertion und seine Heldentat als Verrat an der Ideologie erschienen, der sie insgeheim immer noch anhingen? Oder weil die unfreiwillige Heldentat des Feiglings Golub ihnen allzu deutlich vor Augen führte, daß man kein tollkühner Held hatte sein müssen, um effektiven Widerstand zu leisten? Die Kritik reagierte betreten, reserviert, oftmals geradezu mit wütender Ablehnung.

Der erste Roman von Gerhard Fritsch, *Moos auf den*

Steinen (1956), war von Kritik und Publikum begeistert aufgenommen worden und hatte den Autor etabliert. Fritsch war zudem auch als (Mit-)Herausgeber von Zeitschriften (*Wort in der Zeit, Literatur und Kritik, Protokolle)* und Anthologien (etwa *Finale und Auftakt* und *Aufforderung zum Mißtrauen*) sowie durch seine Tätigkeit für den Rundfunk ein einflußreicher Mann des literarischen Lebens geworden, der auch einer Reihe von jüngeren Autoren (wie etwa der *Wiener Gruppe* oder Thomas Bernhard) bei ihrer Durchsetzung behilflich sein konnte. Als Fritsch mit seinem neuen Roman vom Salzburger Otto Müller-Verlag zu Rowohlt wechselte, schien ein großer Erfolg, der ganz große Durchbruch, geradezu vorprogrammiert.

In langjähriger Arbeit hatte sich Fritsch an den Stoff herangeschrieben, zwei Vorstufen (sie sollten *Spießrutenlauf* und *Denkmal für einen Deserteur* heißen) wurden von ihm verworfen und blieben unveröffentlicht. Wer sich mit der Entstehungsgeschichte von *Fasching* beschäftigt, kann keinen Zweifel daran haben, daß dieser Autor mit höchster Selbstkritik, wachsendem Stoff- und Formbewußtsein und ohne die geringste Lust an billiger Provokation gearbeitet hat.

Dieses Buch aber hatte man sich vom Autor von *Moos auf den Steinen* nicht erwartet und schon gar nicht gewünscht. Die alten Fritsch-Leser blieben aus, und ein neues Publikum konnte er mit den Kritiken, die er erhielt, nicht gewinnen. Der Roman, über den knapp vor Erscheinen noch euphorisch vermeldet worden war, daß bereits einige Auslandslizenzen verhandelt würden, wurde ein Flop.

Die Rezeptionsgeschichte gab diesem so oft als »böse« und »grotesk« bezeichneten Roman erst seine grausam groteske Pointe, indem sie dem Autor gleichsam das Schicksal seiner Hauptfigur Felix Golub bescherte: rund zehn Jahre, nachdem er mit dem ersten Roman zu einem zweifelhaften Helden des literarischen Lebens, der er so nicht sein wollte, geworden war, kam Fritsch als Erzähler zurück, stieß auf Hohn und Aggressionen und verschwand in der Versenkung.

Moos auf den Steinen ist das Kultbuch einer Generation gewesen, die süchtig war nach Versöhnung, Synthese und Harmonie. Der Roman ist äußerst traditionell erzählt, das Wetter paßt stets zum Gang der Handlung und zu den Entscheidungen der Helden, die prototypisch eine idealisierte alte Zeit und die anbrechende neue Zeit repräsentieren, die Erzählperspektive schwankt rhythmisch zwischen dem »Alten« und dem »Neuen« hin und her, so daß sich als statistisches Mittel ein Nicken einstellt, und die Natur erweist sich als das wichtigste Requisit im Theatrum mundi: sie überwuchert alles, Gras wächst über die Sachen, Moos auf den Steinen.

Diese Lesart des Romans mag, wie neuere Untersuchungen zu Gerhard Fritsch zeigen, ungerecht sein, aber es ist unbestritten, daß der Erfolg, den *Moos auf den Steinen* hatte, auf dieser Lesart beruhte.

Fritsch selbst, auch das kann heute als gesichert gelten, hatte es so jedenfalls nicht gemeint und war deshalb wohl mit diesem Erfolg, den er als Mißverständnis ansehen mußte, nicht glücklich. Er, ein Held wider Willen, machte sich daran, dieses Mißverständnis auszuräumen: Galt *Moos auf den Steinen* als Exempel für die *geglückte Synthese zwischen Tradition und neuer Zeit*, so brach er nun mit der Tradition – und zwar mit jener, in der er wirklich stand: das war nicht so sehr Joseph Roth, als dessen Erbe er gefeiert wurde, sondern Ernst Wiechert, den er in seiner Jugend mit Begeisterung gelesen und der auf *Moos auf den Steinen* einen deutlichen, aber nie thematisierten Einfluß ausgeübt hatte. Und er brach mit jenem Selbstbild der neuen Zeit, die in Naturmetaphern den Ausdruck ihrer Befindlichkeit und Stimmung suchte, und beschäftigte sich nun mit der gesellschaftlichen Natur der Menschen, die die Neue Zeit im Munde führten. Natur und Wetter dienen in *Fasching* nur noch als *Ausrede*, wie etwa der Föhn, eine dürftige Entschuldigung für Bosheit und Wahnsinn: »Schwache lassen sich hinreißen, bei solchem Wetter werden Väter, die nicht sterben wollen, in Senkgruben gelegt, fallen debile Ergebnisse jahrhundertelanger Inzucht den erstbesten Kittel an.«

So radikal gegensätzlich die Romane *Moos auf den Steinen* und *Fasching* auch sind, bei genauerer Betrachtung sieht man, daß der zweite Roman mit einiger Logik aus dem ersten hervorgegangen war und ihn und seine Wirkung geradezu kommentierte. Ernst Wiecherts Romane zum Beispiel, die die Topographie von *Moos auf den Steinen* gleichsam wie Nebelschwaden durchweht hatten, bekommen in *Fasching* körperliche Gestalt: Die Figur der Generalswitwe und Baronin Vittoria Pisani kann als Paraphrase auf *Die Majorin* aus Wiecherts gleichnamigem Roman gesehen werden, womit die Literatur dieses in der NS-Zeit vielgelesenen »Inneren Emigranten« als *Retterin im Terror* und zugleich als *Falle* benannt – und exorziert ist. Der innere Zusammenhang der beiden Romane von Gerhard Fritsch und die Stringenz seiner Entwicklung wurden aber nicht bemerkt. Die beiden Romane wurden einfach als polar einander entgegengesetzte gesehen, und so glücklich man mit *Moos auf den Steinen* gewesen war, so vehement wurde *Fasching* abgelehnt.

Im Jahr 1969 beging Gerhard Fritsch Selbstmord. Bald darauf schickte der Verlag die Restauflage an die Witwe.

Moos auf den Steinen, 1968 sogar verfilmt, blieb beinahe durchgehend bis heute lieferbar, aber *Fasching* wurde nie wieder aufgelegt, das Ärgernis war verschwunden.

Was hat an diesem Buch so verstört? Liest man die damaligen Rezensionen, fällt auf, wie oft und in wie vielen Varianten das Fehlen einer »ganzen Wahrheit« eingeklagt wurde. Der Roman zeichne »nicht das gesamte Panorama«, »kein differenziertes Gesamtbild« der damaligen Zeit, Fritsch zeige »weniger als die halbe Wahrheit, weil er nicht einmal schwarz-weiß malt, sondern nur schwarz«, in diesem Roman werde »nur die Hölle vorgeführt, aber wo eine Hölle, dort muß es auch einen Himmel geben, und dazwischen jedenfalls noch die Erde«. Und besonders wütend machte die damaligen Kritiker, daß in Fritschs Roman kein wirklich positiver Held vorkommt, keine Lichtgestalt, keine »Antithese zum Unmenschen«. Auch Felix Golub ist ja keine Identifikationsfigur, keine Projektionsfläche für die Hoffnungen auf das letztendlich Gute im Menschen, sondern ein Feigling, der einmal zum Helden wider Willen wurde, um dann sogar als Opportunist zu scheitern.

An diesem Punkt muß die Rezeptionsgeschichte von *Fasching* zur Ich-Erzählung werden. Ich habe diesen Roman rund zwanzig Jahre später gelesen, seitdem mehrmals. Ich bin von *Fasching* begeistert. Die referierten Einwände gegen dieses Buch, die ich nun nachgelesen habe, halte ich für falsch, sie basieren auf einem Mißverständnis. Ich behaupte das nicht, weil ich klüger bin als die damaligen Kritiker, sondern vielleicht weil ich biographisch unbelastet bin. Anders gesagt, ich bin genauso beschränkt wie sie, nur eben auf der Basis gänzlich anderer Erfahrungen: Ich habe Krieg, Kriegsende und Nachkriegszeit selbst nicht erlebt, habe also die Erfahrungen und Erlebnisse nicht, an denen ein Roman, der in jener Zeit handelt, sofort überprüft sein will. Keine »Ja, so war es«-Lust und keine »Nein, so war es nicht«-Wut konnten mich von der Lektüre dessen ablenken, was *Fasching* erzählt: nämlich eine Geschichte, die etwas grundsätzlich aussagt über das Funktionieren sozialer Systeme. Die Schlüssigkeit, Gewalt und Kraft dieser Geschichte erweisen sich für mich darin, daß sie mich nicht zum mehr oder weniger ergriffenen oder erschütterten Zeugen einer vergangenen Zeit macht, sondern daß sie mich vielmehr in meiner eigenen *Zeitgenossenschaft* herausfordert. Ein Beispiel: Ich stelle mir vor, ich sitze in jenem Gasthaus, in dem der Dorftrottel Fiala von den Gästen so, wie Fritsch es beschreibt, gequält, gedemütigt und verhöhnt wird – was mache ich? Natürlich hätte ich eine Wut auf das Faschistenpack, aber würde ich aufstehen und einschreiten? Natürlich wäre ich in dieser Situation meinem Selbstgefühl nach der *gute Mensch*, aber hätte ich den Mut, es zu zeigen, mich auszusetzen? Ich halte es für sehr gut möglich, daß ich das nicht könnte. Ich würde also, von außen betrachtet, in der kompakten Masse der Alltagsfaschisten ununterscheidbar verschwinden. Wo ist der Kritiker, der glaubhaft versichern kann, daß er einschreiten, dem grölenden Haufen in den Arm fallen würde? Die Kritiker von Fritsch haben den positiven Helden eingeklagt, haben Fritsch vorgeworfen, daß er ihn nicht in Szene setzt. Nun habe ich aber soeben festgestellt, daß keiner da ist, weil auch auf mich kein Verlaß ist. Aber stellen wir uns vor, es wäre doch einer da, der aufstünde und einschritte – ich wäre nicht nur entlastet, was ich natürlich grundsätzlich sein will, wahrscheinlich würde ich ihn jetzt sogar unterstützen, ihm beipflichten, mich also in seinem Windschatten wichtig machen. Habe ich mich jetzt doch als anständiger Mensch bestätigt? Nein, sondern auch nur als Mitläufer. Das ist genau die Beschämung, mit der sich auseinanderzusetzen Fritsch dem Leser zumutet: auf diesem Fasching tanzen wir hier und heute. Elias Canetti hat übrigens in einem Brief an Gerhard Fritsch die Fiala-Stelle besonders gelobt: »Sie könnte nicht besser sein.«

Fasching jedenfalls hat, wie man an diesem Beispiel ermessen kann, nicht den Anspruch, das auktorial zusammengefaßte Gesamtbild einer bestimmten Zeit, einer *überwundenen* Epoche zu geben, zu zeigen, »wie es damals gewesen ist« – und deshalb geht die Kritik völlig ins Leere, die genau dies einforderte. Wenn man *Fasching* als Bild sehen will, dann als eines, das eine paradigmatische Situation in zwei Schichten zeigt, so wie das eingangs beschriebene Bild in dem Rathaus einer österreichischen Kleinstadt: Das alte Bild zeigt Menschen in Uniformen – und einen einzelnen, der sich dieser »Volksgemeinschaft« und dem Krieg entziehen, der nicht mittun, der sich heraushalten will, weshalb er sich als Dienstmädchen verkleidet hat. Aber dieses Bild ist nicht mehr wahr, es ist alles anders geworden, es ist übermalt, was aber auch heißt, daß die Zeit, die es darstellt, nicht überwunden ist, sondern nur abgedeckt durch das Bild, das dieselben Menschen nun als zivile Gesellschaft zeigt, mit dem Außenseiter, der nun keiner mehr sein will, der sich jetzt anzupassen und zu integrieren versucht. Aber auch dieses, das aktuelle Bild ist so nicht wahr, weil es nur eine Übermalung des alten Bildes ist, weil es aus Retuschen besteht, aber das würde wohl keine Rolle spielen, solange verdeckt bliebe, was unter der Übermalung liegt. Fritsch zeigt, was passiert, wenn etwas Farbe abgeht, wenn wieder etwas vorscheint. Er zeigt die Aggressionen und die Wut einer gewandelten Gesellschaft, wenn ihr das Uneindeutige und Vexierbildhafte ihres in historischen Schichten gemalten Selbstbildes zu Bewußtsein kommt. So dick aufgetragen das Neue auf diesem Bild auch ist, plötzlich wirkt es so lächerlich wie bedrohlich, wie der Mann in den Frauenkleidern, der für alles gleichzeitig und für nichts eindeutig steht und der doch für alles geradestehen muß – für die Vergangenheit und die Gegenwart, als Held und Feigling, als Opportunist und Außenseiter.

Heute heißt es, daß die Nachkriegszeit erst jetzt wirklich zu Ende gegangen ist – aber gerade heute sieht man zugleich auch, daß längst überwunden Geglaubtes erst recht wieder zum Vorschein kommt. Just diese Situation, das Changieren zwischen Tätern und Opfern, Macht und Ohnmacht, Integration und Ausgrenzung in einem *unbeherrschten* Zusammenhang, das ist es, was Fritsch in *Fasching* so kühn und radikal imaginiert, so, daß unser Selbstbild, wenn wir es genau betrachten, vor unseren Augen zu tanzen beginnt. Es ist Fasching.

Robert Menasse
Amsterdam, im Mai 1995

Inhalt

Neuere deutschsprachige Literatur in den suhrkamp taschenbüchern

Baur, Margrit: Ausfallzeit. Eine Erzählung. st 1617
– Überleben. Eine unsystematische Ermittlung gegen die Not aller Tage. st 1098
Berkéwicz, Ulla: Adam. st 1664
– Engel sind schwarz und weiß. Roman. st 2296
– Josef stirbt. Erzählung. st 2296
– Maria, Maria. Drei Erzählungen. st 1809
– Michel, sag ich. st 1530
Blatter, Silvio: Avenue America. Roman. st 2388
– Das blaue Haus. Roman. st 2141
– Kein schöner Land. Roman. st 1250
– Das sanfte Gesetz. Roman. st 1794
– Schaltfehler. Erzählungen. st 743
– Die Schneefalle. Roman. st 1170
– Tage im Freiamt. Zunehmendes Heimweh. Kein schöner Land. Das sanfte Gesetz. 3 Bände in Kassette. st 649, st 1250, st 1794
– Wassermann. Roman. st 1597
– Zunehmendes Heimweh. Roman. st 649
Buch, Hans Christoph: Haïti Chérie. Roman. st 1956
– Die Hochzeit von Port-au-Prince. Roman. st 1260
– Tropische Früchte. Afro-amerikanische Impressionen. Erstausgabe. st 2231
Burger, Hermann: Brenner. Band 1: Brunsleben. Roman. st 1941
– Der Schuß auf die Kanzel. Eine Erzählung. st 1823
Cailloux, Bernd: Der gelernte Berliner. Erstausgabe. st 1843
Endres, Ria: Werde, was du bist. Dreizehn literarische Frauenportraits. st 1942
Federspiel, Jürg: Die Ballade von der Typhoid Mary. st 1983
– Böses. Wahn und Müll. st 1729
– Geographie der Lust. Roman. st 1895
– Die Liebe ist eine Himmelsmacht. Zwölf Fabeln. st 1529
– Die Märchentante. st 1234
– Der Mann, der das Glück brachte. Erzählungen. st 891
– Massaker im Mond. Roman. st 1286
– Orangen und Tode. Erzählungen. st 1155
Felder, Franz Michael: Aus meinem Leben. Mit einer Vorbemerkung von Peter Handke und einem Nachwort von Walter Methlagl. st 1353
Gall, Herbert: Deleatur. Notizen aus einem Betrieb. st 639
Genzmer, Herbert: Cockroach Hotel. Ängste. st 1243
– Freitagabend. st 1540

250/1/11.94

Neuere deutschsprachige Literatur in den suhrkamp taschenbüchern

250/2/11.94

Neuere deutschsprachige Literatur
in den suhrkamp taschenbüchern

Meyer-Hörstgen, Hans: Hirntod. Roman. st 1437
Mitscherlich, Alexander: Toleranz – Überprüfung eines Begriffs. Ermittlungen. st 213
Morshäuser, Bodo: Die Berliner Simulation. Erzählung. st 1293
– Blende. Erzählung. st 1585
Neuwirth, Barbara: Dunkler Fluß des Lebens. Erzählungen. st 2399
Offenbach, Judith: Sonja. Eine Melancholie für Fortgeschrittene. st 688
Pakleppa, Fabienne: Die Himmelsjäger. Roman. st 2214
Praetorius, Friedrich-Karl: Reisebuch für den Menschenfeind. Die Freuden der Misanthropie. Erstausgabe. st 2203
– Tod eines Schauspielers. Bekenntnisse. st 2463
Rakusa, Ilma: Die Insel. Erzählung. st 1964
Reinshagen, Gerlind: Drei Wünsche frei. Fünf Theaterstücke. Mit einem Nachwort von Anke Roeder. st 1817
Rothmann, Ralf: Kratzer und andere Gedichte. st 1824
– Messers Schneide. Erzählung. st 1633
– Stier. Roman. st 2255
Sanzara, Rahel: Das verlorene Kind. Roman. Mit einem Nachwort von Peter Engel. st 910
Schindel, Robert: Gebürtig. Roman. st 2273
Schleef, Einar: Gertrud. st 942
Sloterdijk, Peter: Der Zauberbaum. Die Entstehung der Psychoanalyse im Jahr 1785. Ein epischer Versuch zur Philosophie der Psychologie. st 1445
Winkler, Josef: Der Ackermann aus Kärnten. Roman. st 1043
– Friedhof der bitteren Orangen. Roman. st 2171
– Der Leibeigene. Roman. st 1731
– Muttersprache. Roman. st 1044
– Das wilde Kärnten. Drei Romane. st 2477
– Das Zöglingsheft des Jean Genet. st 2320

250/3/11.94